新装版

石田三成

「義」に生きた智将

徳永真一郎

PHP文庫

○本表紙図柄＝ロゼッタ・ストーン（大英博物館蔵）
○本表紙デザイン＋紋章＝上田晃郷

石田三成◎目次

寵臣

一

三成が樫《かし》の木に馬をつなぎ、実宰院の門をくぐったとたん、右の肩に軽くぶっつかったものがあった。

はっとして立ち止まると、眼の前に赤いものが転がった。よく見ると、それは大きな盃《さかずき》くらいの丸さの、糸で造った手毬《てまり》であった。

なにげなく、それを拾い上げたとき、

「申しわけございませぬ」

若い女の声がして、右手の杉の植え込みの蔭から、紫色の小袖を着た大柄な娘がとび出してきて、三成の前でぺこりと頭を下げた。

「これでござるか」

と言って、手毬を渡すと、娘はにこやかに笑い、真白い両手を差し出した。受け取るとき、三成の指と彼女の指が触れ合った。

娘はもう一度ぺこりと頭を下げると、身をひるがえして、植え込みの向こうに走り去った。娘たちの、弾けるような笑い声が聞こえてきた。

三成は、一瞬、夢を見ているような気がして、しばしその場にたたずんでいた。触れ合った娘の指先の感触がいつまでも消えなかった。

天正十二年（一五八四）の秋のことで、これが三成と茶々姫の最初の出会いであった。

三成二十五歳、茶々姫十八歳。

このころの三成は、羽柴秀吉の家臣として湖北地方の検地をやっており、寺領検地のことで実宰院を訪れたわけである。

実宰院の庵主は昌安久見尼といい、織田信長に攻められて敗死した小谷城主浅井備前守長政の長姉であった。

寺伝によると、久見尼は身長五尺八寸（一七六センチ）、体重二十八貫（一〇五キロ）の大女であったため、十九歳のとき嫁入りをあきらめて出家し、小谷城の南一里（四キロ）の平塚村に小さな庵寺を建ててもらって移り住み、実宰院の開基となった。

三成が実宰院を訪れた前年の天正十一年四月、秀吉は、いわゆる賤ヶ嶽合戦でライバル柴田勝家を打ち破り、逃げるのを追ってその本拠たる越前北ノ庄城を包囲した。勝家は半年前に結婚したばかりの、浅井長政の未亡人お市の方を死出の旅の道連れにして、燃える天守閣で自刃したが、事前にお市の方の連れ子で、長政の遺児である、茶々、はつ、とくの三人の姫を城の外へ出して、秀吉に将来を託した。

秀吉は、とりあえず姫たちを、父方の伯母である久見尼に、寺領五十石を添えて預けたのである。

三成が久見尼と寺領検地のことで話し合っているところへ、先刻、手毬を手渡した娘が自分で点《た》てたお茶を捧げるようにしてはいってきた。

三成は、改めて自分の前に姿を現わした茶々姫の堂々たる体軀と自然に備わる威厳と気品に、先ず圧倒され、形容しがたい感動を味わった。それは、これまで会った、どの女性からも受けたことのない感動であった。

茶々姫は母のお市の方のような絶世の美女ではなかった。どちらかといえば、顔は父親に似て豊頬で細目で、笑うと右頬に笑くぼが刻まれるという、可愛い感じの女であった。しかも体格まで大兵肥満だった父親似で、豊かな胸、肉づきのよい腰、丸っこい尻、当時でいえば出尻鳩胸、いまでいえばグラマー型だが、母親に似て色が抜けるほど白いところが、幾層倍か彼女を美しく、引き立てていた。

そして七歳のとき父を失い、十七歳で母に死なれ孤児となった哀愁と、この悲境に負けてはならじとする闘志が、濃い眉の間ににじみ出ていて、それが冒し難い気品に陰影を添えて、よけいに﨟たけて見えるのだった。

三成が大きい感動を受けたのは、その辺にあったのであるが、彼の晩年の運命に結びつけて考えると、一種の霊感のようなものが、才智に長けた、この青年の体を駆け抜けたのかも知れなかった。

そして、十年も前から会っている人のような親近感を覚えたことも事実である。

彼女は漆黒の髪を長く後ろに垂らし、肥り気味の長身を静かに運んできて、

「先刻は、失礼いたしました。妹が手毬を強く投げたものですから、つい手がそれて」

はっきりした口調で言って、こちらの膝の前に茶碗を置いて、軽く頭を下げると、真っ直ぐに顔を上げて、親しみのこもった表情で、こちらの眼を見すえるような眼をした。

三成は、気味の悪いほど胸が鳴るのを覚えた。

「石田殿は、ここから南へ二里の石田村の名家のご二男ですよ」

久見尼は、黒衣に包んだ巨体をどっしりすえて、三成のことを紹介した。

十二年前に、自分の弟長政を、先鋒隊の隊長として攻めほろぼした秀吉であっても、いまは徳川家康と天下の覇権を争うほどの実力者であり、寺領五十石をくれたこの実宰院の保護者でもあった。その秀吉の使者である三成に心ならずも、せいいっぱいのお世辞をいわねばならぬ久見尼であった。

茶々姫は、伯母の言葉に急に眼を輝かせ、

「では、佐和どのは、あなたさまの姉上でございますか」

「はい、娘のころ清水谷の浅井館にご奉公に上がっておりました」

「では、やっぱり。わたくしは佐和どのにおんぶして育ったのでございますよ」

「さようでございましたか。姉は浅井さまからお暇を頂いて帰りましてから、一年足らずのうちに病死いたしました」

「それは、ちっとも知りませんでした。わたくしの三つのときに宿下がりしたままで、何の便りもないので、どうしたことかと思うておりました。お佐和どのの顔は、幼いながらも、よう覚えております。そう申せば、あなたさまは、眼元や口元が、佐和どのに、よう似ておられますこと」

「たった一人の姉でござりますから。それにしても、姉が姫さまのお守役をつとめておったとは、ちっとも存じませんでした」

「そうとわかったら、石田どのが、他人でないような気がしてきました」

「拙者も、同様でござります」

このとき、久見尼が、話の中に割って入った。

「まあまあ、そういうことでござりますか。姫がこのように、うれしそうに殿方と話すのは、初めてのことでござります。京極と浅井の縁につながる旧家のお方とお近づきになれて、わたくしもうれしゅうござります」

久見尼が三成のことを旧家と言ったのは、あながち、お世辞ばかりとはいえなかった。

これまで三成のことを書いた伝記の中には、彼のことを山の中の荒れ寺の茶坊主の出身であるようにいっているものもあるが、事実は久見尼のいっているように、彼の生まれた石田家は、湖北では近在に知られた名門であった。

鎌倉幕府を創設した源頼朝が、全国に守護、地頭を置いたとき、近江守護職として佐々木定綱が着任した。定綱の子信綱のとき、三男泰綱に近江守護職と佐々木家総領職をゆずり、京都六角東洞院の館と愛知川以南の近江六郡の地頭職を与えた。また、四男氏信には京都の京極高辻の館と愛知川以北の近江六郡の地頭職を与えた。それ以後、泰綱の子孫が六角佐々木を名のって観音寺城を本拠とし、氏信の子孫が京極佐々木を名のって伊吹山の大平寺城を本拠とした。

石田家は京極佐々木氏の被官で、坂田郡石田村に居住するのを石田東殿、同郡梓河内村に居住するのを石田北殿と呼ばれた。

永正年間（一五〇四―二〇）には、当主京極高清に代わって石田東殿の民部丞景俊が観音寺に安堵状を出した記録があり、梓河内の石田北殿の住地の隣に京極氏の隠れ城のあった跡がいまも残っている。

京極氏の陪臣である浅井氏が、長政の祖父亮政時代に京極氏を押さえてのし上がり、湖北地方を制圧してからは、石田東殿は浅井氏の被官となり、石田村の村長《むらおさ》を勤めていた。

三成の曾祖父は石田蔵人入道祐快、祖父を陸奥入道清心といい、父の藤左衛門正継は、和漢の学に通じた篤学の士であった。

少年のころ佐吉と呼ばれていた三成が、生家と横山をへだてた東隣の朝日村の観音寺の寺童子をしていたのは、和尚に習字を学ぶためだった。天台宗伊冨貴山観音寺は、一時は、七堂二十三坊をもつ名刹で、姉川合戦直後の元亀二年八月十六日、信長がこの寺の福寿坊良舜と連歌を試み、「のぼる夜や月も静かに夜も長く（良）、月ものどかに照らす大空（信）」というのをものした寄せ書きも残っている。

秀吉が浅井氏攻略の功を買われて小谷城主となって湖北三郡を支配するようになり、長浜に城を移したころ、鷹狩りの帰途、観音寺に立ち寄り茶を所望した。

そのとき、十五歳の佐吉少年三成は、生まれつき目立ちたがりの性格から、進んで給仕役をひきうけ、最初は大きな茶碗に七、八分目にぬるくたてた茶を持っていった。秀吉はこれを飲んで舌を鳴らし、いま一杯と所望した。こんどは前より少し熱くして茶碗半分ほどにして持っていった。さらにもう一杯といわれて、小さな茶碗に熱くたてた茶を少量入れて持っていった。秀吉は佐吉少年の「気くばり」に感心して、和尚に頼んで、小姓として取り立てることにした。

あまりにも有名な、三成三碗の才の話である。

観音寺に入ったときから、佐吉少年は神童の名をほしいままにしていた。

父の正継仕込みで学問の素養はあるし、筆を持たせば筋はよいし、俗にいう「目から鼻にぬける」ほど利発であるし、観音寺に手習いにやってくる二十数人の少年たちのあいだで、群を抜いていた。

躰《からだ》は小柄で、やせ型で、さいづち頭が目立つほうだったが、顔は色白で眼元涼しく、鼻筋通り、口元引きしまり、見るからに秀才の風貌をそなえていた。

弁舌もさわやかで、人をそらさず、いちいち道理にかなっていた。

秀吉が来て、茶を所望したとき、進んで給仕役を買って出たのも、自分を売りこむ好機到来とばかりに勢い立ったのであろう。

その佐吉を将来見込みあり、として小姓に召し抱えた秀吉も、

「さすがに草履取りから出世したお方だけに苦労人じゃ。人を見る明がある」

と、百名をこえる堂衆のいる名刹観音寺では、しばし秀吉と佐吉の話題で持ちきりであった。

それから十年、三成は秀吉の使者をつとめる若侍に成長していたのである。

実宰院を辞去するとき、茶々姫は久見尼とともに、わざわざ門の外まで見送ってくれ、名残惜しげに手を振ってくれた。

三成は、その姿を目の底に焼きつけた。

彼は馬首を東へ向けて、横山をめざした。

（茶々姫さまに逢うた日を忘れぬために――）

横山に登ろうと考えたのである。

横山は父の正継や兄の正澄たちが住む石田屋敷の背後にある山で、十四年前の姉川合戦から小谷城落城までの三年間、秀吉が砦をかまえ、浅井方の動向を監視し、浅井方の家臣を織田方に寝返らせる工作をつづけていたところだ。小谷城落城後、秀吉が小谷城主となり、城を長浜へ移してからは、横山砦は廃止され、石

田屋敷とは反対の東側の麓にある観音寺には、秀吉の寄進した茶室があり、そこに立ち寄った秀吉が茶の給仕に出た三成をスカウトしたのである。

三成にとっては、幼年のときから遊び慣れた、ふるさとの山であった。

秀吉の小姓として仕えるようになって以来、この山に登るのは、十年ぶりで、勝手知った小道も、道のそばに立つ松の木も、みんな見覚えがあり、なつかしかった。

山頂の砦の跡に立って西へ顔を向けると、麓にあるわが石田屋敷につづいて、琵琶湖岸に建つ長浜城まで一望のもとにおさめることができる、いまの城主は秀吉によって任命された山内一豊だ。

眼を北へ転じると、手にとれるほどの近くに小谷山が見える。茶々姫が、あの山の麓にあった浅井館で生まれ、自分と同じように伊吹山の雪を見て育ったのだと思うと、いいしれぬ親近感が、あらためて湧いてきて、先刻、手毬を渡すときに彼女の指先の触れた自分の指を撫でた。

（わしも、もっと出世すれば、あの茶々姫さまを妻に迎えることができるかも知れぬ……）

そんな思いが、ふと胸に浮かんできたが、その考えが自分ながら、あまりにも不遜だと、三成は、さいづち頭を横に振って、自分で打ち消した。

二

このころの三成は、すでに秀吉の寵臣として、確固たる地位を得ていた。

天正元年（一五七三）八月末、浅井氏の旧領湖北三郡十二万石をもらい、長浜に築城した秀吉は、にわか大名の悲しさ、家の子郎党ともいうべき家臣がなかった。

そこで、新興会社が新聞広告などで社員を募集するように、家臣募集の貼り紙を、領内にベタベタと貼りまわしたという。

三成も、そのとき採用された地元近江出身者の一人だ。長束正家、増田長盛、藤堂高虎、片桐且元ら、みんな現地採用組である。

そして彼らは、一様に、計数に明るく、総務、経理といった事務的才能にすぐれていた。

古代史をひもとくと、六世紀ごろ、朝鮮から日本海の潮流に乗って越前や若狭に上陸するものが多く、その中の相当数のものが、山を越えて近江にはいってきて、口をつけると直ちに飲用できる淡水の巨大なタンクである琵琶湖周辺の平野に住みついた。

「日本書紀」によると、天智天皇が大津に都を置いていたころ、蒲生郡に五百余人、神崎郡に七百余人の百済からの渡来人を定住させたという記録もある。

つまり、近江は織物、鋳物、陶器、製鉄、などの技術を持った渡来人の集団居住地であったわけだ。

彼らに共通していることは、計数に明るいことだった。秀吉が現地採用した近江出身の家臣たちが、一様に計数に明るいことは、一千年前の渡来人の血の伝統を受け継いでいると考えられなくはなかった。

簡単にいうと、秀吉政権の行政化を何とか形あるものに仕上げたのは、近江出身の家臣だったといってよい。

一方、秀吉は、自分や正妻のお禰《ね》の出身地である尾張からも、多くの家臣を採用した。福島正則、浅野長政、加藤清正、同嘉明といったところがその代表的なもので、彼らは一様に、槍先で功名を勝ちとる武断派だ。

近江出身の文吏派、尾張出身の武断派が年を追って対立を深め、これが、それぞれ淀殿（茶々姫）と北ノ政所（お禰）と結びついて、ついに関ヶ原合戦にまで発展することは、あまりにも有名である。

それは、後のこととして——。

観音寺の寺童子から、小姓として秀吉の側近に仕えるようになった三成は、勤勉で合理的で（これは徳川時代に全国的に発展した近江商人の特徴とも共通する）、常に秀吉の意向を機敏に察知して立ちふるまい、その言動は、ことごとく秀吉の意にかない、ついに秀吉をして、

「才器の、われに異ならないものは、三成だけじゃ」

と言わしめるほどになった。

つまり秀吉は、木下藤吉郎として織田信長に必死になって仕えていたころの自分の姿を、三成の姿に見たのである。

小柄な躰までが自分に似ていた。

「佐吉、佐吉」

と、そばから離さぬほどに寵愛した。

天正五年（一五七七）十月二十三日、秀吉が京都を出発して播磨に下ったとき、これに従ったのが十八歳の佐吉の初陣で、秀吉は但馬に入って岩淵、竹田の両城をおとしいれ、つづいて播磨の上月城を攻めて落城させ、信長の部将としての力量を大いに発揮した。

このとき佐吉は奏者として報告を取り次ぐ役をつとめたが、単に取り次ぐだけでなく、おのれの裁量をふくめた機智あふれる言動に終始し、秀吉をひどく感心させた。

有名な武将の首を取ったというような功名手柄は皆無だが、吏僚としてすぐれていた。

十二月中旬、秀吉が戦果を信長に報告するため姫路から安土に帰ったとき、秀吉みずから烏帽子《えぼし》親になって佐吉を元服させ三成と名のらせた。そして、

「元服祝いとして、そちに二千石を加増してやろう」

と言ってくれた。そのとき三成は、

「私ごときものにご加増くださるのなら、私よりはるかに智勇のすぐれた若者が

おります。この者にお与えくださりますよう」

と言って大谷紀之助という、自分より一歳年下の青年を推せんした。これが後の大谷刑部吉継である。

紀之助は、もと九州の大友家に仕えていたが、中央で活躍したいという野心に燃えて姫路にきて、三成を頼って秀吉に仕官したいと希望していたのである。

三成の推せんにより百五十石で小姓に取り立てられ、元服して秀吉の吉の字を与えられ、奉行、軍監と出世して、敦賀六万石の城主となった。

三成の無二の親友として、関ヶ原役の際、病軀に鞭打って三成のために死闘を演ずる話は後述にゆだねたい。

天正六年三月、秀吉が播磨三木城主別所長治を攻めたとき、三成は依然として奏者として活躍した。翌七年六月十三日、秀吉の軍師として側近から離れなかった竹中半兵衛重治が三十六歳で三木城攻めの陣中で病没した。このとき秀吉は、

「わしを残して、そちひとりはや逝くか。そちに別れて、この後の戦《いくさ》に、秀吉は何としよう……」

と遺体を抱いてかき口説き、声を放って泣いたという。秀吉がいかに半兵衛を

信頼し寵愛していたかを示すものだが、結果から見て、半兵衛を失ったのちの秀吉は、戦略のことは黒田官兵衛に、天下を治めるための政略は三成に大きく依存することになる。

言い換えれば、半兵衛の死によって、三成は大きく浮上することになったのである。もし半兵衛があと十年も長命していたら、彼の知恵にかくれて、三成の知恵が十分に秀吉に認められず、したがって抜群といわれるような出世もしなかったのではないかと思われる。

とにかく、秀吉にとっても三成にとっても、運命的な半兵衛の死であった。秀吉は三木城を落城させ、つづいて鳥取城を半年間にわたって包囲し兵糧攻めによって落城させた。

信長は秀吉の中国征伐の勲功を賞して、但馬、播磨の二国を与えたので、秀吉は八十万石の姫路城主になった。

彼はそれを機会に、家臣たちにもあまねく加俸をおこなうことにし、

「三成、そちにも新恩五百石を与える」

と申し渡した。彼の扶持は秀吉の直接経費から賄《まかな》われていた。

三成は、さいづち頭を上げて、主君の顔を仰ぎ、

「恐れ入りまするが、宇治川と淀川の両岸には葭葦《よしあし》が茂り、郷民どもが勝手に刈り取るにまかせております。あれから今後運上（徴税）を取ることを私めにお許し下されば、ただいま拝領の五百石は返上つかまつります」

平然として答えた。

「なるほど、そちは近江者よな。目のつけどころが違うわい」

さすがの秀吉も、細い顎を右手でつまみながら、うなった。感心したとき、顎をつまむのが彼の癖であった。

しかし、三成の同僚たち、ことに尾張出身の若侍たちは、

（一言居士めが、あいかわらず、小賢《ざか》しい口をきくことよ）

といいたげな白い眼で、三成を見つめた。

敏感な秀吉は、一座の空気を読みとり、

「人間というものは、おかしなものよ。わしが若くして信長公の側近に仕えておったとき、主君に向かって犬のように尾を振り、見えすいたお世辞をいう者を見て、ごますりめと軽蔑しておった。しかし、自分が尾を振られる立場になると、

尾を振らぬ犬より、尾を振る犬のほうが可愛いものじゃ。それが人情というものよ。人に仕える者は、自分のしたことを、二倍にも三倍にも水増しして、上司に報告するのは良くないが、自分のしたことを、そのまま報告するのは、ごますりでも何でもない。上司は、自分のすることは、なんでもわかっていてくれると思うて、黙っていては損をする。人間、角を曲がるときは旗を振れで、時にふれ、折にふれて、自分のいまやっておることを明らかにするのは、大切なことじゃぞ」

まるで現代のサラリーマンに聞かせたいようなことを言った。みんな納得顔でうなずいた。

秀吉の晩年、お伽衆として仕えた曾呂利新左衛門は、毎日一回秀吉の耳をなめさせてもらって、諸大名に「何か告げ口をしているのでは？」と恐れさせたというが、三成は秀吉に歯の浮くようなお追従は決して言わなかった。ここぞというとき、

「殿、私は、こう思いますが……」

と適切な建言をした。

そのため、「一言居士」と同輩から綽名《あだな》をつけられたが、その建言が、いちいち、

「なるほど、もっともじゃ」

と秀吉の気に入られるのだから、尾張組としては、三成は、

「始末におえぬ」

存在であった。

それに、三成は生まれつきの下戸であった。

小さな杯の酒を三つも重ねると、首筋まで真っ赤になり、五杯をこすと目を開けておれぬほど眠くなり、横たわらないでおれぬようになった。

そういう体質なのだから、どうにも仕方がなかった。そのため、なるべく酒宴の場を避けるようにつとめた。

ところが、尾張組の福島や加藤らは、そろって酒豪ばかりで、その点でも三成とは対照的であった。

このころは、酒豪すなわち豪傑という風潮で、酒も飲めぬものは、なまくら武士で、ものの用に立てぬ者のようにいわれた。

勢い、三成もそのように見られた。付き合いの悪い男と敬遠された。

そんな三成が、知恵のよく回るということで秀吉に寵愛されるのだから、尾張組にとっては、がまんのならぬことであった。

村雨退二郎（故人）は、その著『史談蚤の市』の中で、三成のことについて、「三成は茶坊主的人物ではなかったが、主人に対して直言を憚《はば》からないというだけで、彼を真に誠実な人間であると信じたのは、秀吉の大きな誤りであった。誠実からではなくて、自分のためになる目上の者に対して、意識的に犬馬の労に服し、時には面を冒《おか》して直言もし、表面いかにも忠誠そのもののように振る舞う人間というものがある。これに欺かれる上等の人間が案外に多いため、いろいろと面倒が起こり、時には一国が亡んだり、一党が崩壊したりするような大事件にさえ発展する」

と書いている。こういう底意地の悪い見方をされたら、史上でどんな善人もいなくなるというものだ。

要するに三成は、頭のきれる、有能なエリート官僚の素質をもっていたのだ。

三

天正十年（一五八二）六月二日、本能寺の変が起こった。備中、高松城を水攻めの最中であった秀吉は、凶報を入手するや直ちに毛利方と講和を結び、反転して山崎合戦で明智光秀を敗死させ、主君信長、信忠父子の「仇を討つ」という金星を挙げた。

このとき、三成は秀吉の側近を離れず従軍している。

本能寺の変まで、信長の政権下における幹部級の地位は第一が宿老柴田勝家、第二が丹羽長秀、第三が明智光秀、第四位が秀吉であった。

秀吉は、丹羽長秀と結び、信長の後継者を定める清洲会議において、柴田勝家の推す信孝を押さえて、信忠の遺児で三歳の三法師丸を信長の後継者に擁立することに成功した。

こうしてトップを争う秀吉と勝家の激突は避けられぬ情勢となった。

秀吉は勝家が越前北ノ庄城からの南下に備えて、湖北の山々に砦を構えた。

天正十一年三月、三成のもとへ湖北東浅井郡称名寺の僧が、江越の国境をこえて柴田軍が伊香郡柳ヶ瀬まで進出してきていることを通報してきた。三成はこれを秀吉に取り次ぎ、称名寺に対して、さらに忠勤を励むようにとの自署の書状を与えた。

四月十六日、秀吉は岐阜城に籠って叛意を示す信孝に備えて大垣城に入った。

二十日午前十時、勝家の甥の佐久間盛政が大岩山砦を守る中川清秀を攻めて全滅させ、これを占拠して動かない、という報告が、午後四時、大垣の秀吉の陣営に届いた。

「しめたッ!!」

と勇躍した秀吉は三成に先発を命じた。

三成は二十騎をひきいて、大垣から木之本にいたるまでの北国脇往還沿いの村々に、

「あとで二倍にして返すから、各戸に米一升ずつを炊いて兵糧として差し出せ」

と触《ふ》れ出しつつ進み、とくに小谷より北の村々は、これを木之本まで運ぶよう命じた。

また彼は、賤ヶ嶽の前面の木之本一帯の田んぼの「はさぐい」（稲掛け）に農家の笠とみのをあるだけくくりつけさせ、松明《たいまつ》をかかげて歩き回らせた。大軍が集中しているとみせかける偽装工作だ（湖北に育ち、地理や人情に明るい、三成ならではの働きだ）。

秀吉は十三里（五十二キロ）の道を、わずか五時間で突っ走って午後九時に木之本に着き、翌二十一日、午前二時から反撃を開始し、午前九時には柴田軍を敗走させた。

秀吉は三成の肩を叩いて、

「賤ヶ嶽の加藤や福島の働き（七本槍）もりっぱだったが、お前のこんどの知恵は、また格別、百万の力があったぞ」

と激賞した。

二十四日、逃げる柴田勝家を越前北ノ庄城に追い詰め自刃させたとき、秀吉が、

「日本の治りはこのときに候」

と豪語したように、賤ヶ嶽合戦は、信長亡きあとの天下分けめの合戦であっ

た。秀吉亡きあとの関ヶ原合戦のように――。

秀吉は、北ノ庄の落城後、三成に命じて越後の春日山城へ使者としておくり、

「お互いに提携して天下平定に当たりたい」

という意味の親書を城主上杉景勝に渡させた。

景勝は、このとき二十九歳。武田信玄とともに戦国時代の龍虎といわれた上杉謙信（輝虎）の姉の子で、五年前謙信が病死したのち、その後を嗣《つ》いでいた。

謙信は信長の生前、これに敵対したが、景勝は流亡の足利将軍義昭が、柴田勝家と結んで秀吉を討てと要請してきたのを拒み、秀吉との友好を求めていたのである。

景勝は、三成を引見し、

「羽柴殿の、こたびの勝利、まことにめでたい」

と祝いの言葉を述べ、秀吉と同盟の誓書を交わしたい、という意向を伝えた。

このとき、景勝の側近にあって、終始、あっせんの労をとったのは直江兼続《なおえかねつぐ》であった。

兼続は、三成と同年輩の二十四歳、樋口兼続と名のって謙信に仕え、寵童とし

て愛されていた。天正九年九月、景勝の越後平定戦のとき、戦死した直江信綱の家名を嗣ぐよう景勝から命じられ、従四位下に叙し、直江山城守と名のるようになった。

謙信の在世のころ、兼続は、重臣たちを前にして、

「それがし日ごろ、ひそかに胸中に案じていることがござる。それは、ご主君謙信公のご態度である。どうもご在世が長久でないように思えてならない。第一に去年より別にご病気でもないのに、日を追うてお躰の肉が落ちておられる。第二にご主君は、勇鋭といい、無欲といい、聡明といい、正直といい、義理といい、知恵といい、明敏といい、わが日本国はいうにおよばず、唐、天竺までも、かくのごとき大将はあるまいと思われる。その短所はお怒りが常人より強く、不仁を憎みたまうところ激しい。これは、おのおの方《がた》とともに、ときおり御前《ごぜん》にて諷諫したことがあるほどである。しかるに、ここ一両年は、そのお怒りが以前ほどでなく、不肖の者にはなおさらお憐《あわれ》みを加えたまうほどである。さすれば円満有徳の名将と申し上げてよいのであるが、天道はとかく全《まった》きを与えず、このように円満にならせられたのは、満つれば欠ぐる前兆であると思えてならない。また武田

信玄が臨終に際して、信長、家康は果報者である。彼らは必ず天下の主となるであろう。その故《ゆえ》は信玄まず死し、その後謙信も死ぬであろう。もし、この二人のうち、一人残りて、いま五年も存命なれば、信長、家康を討ちほろぼすことができるが、予も死に謙信も五年とたたぬ間に必ず死ぬであろう、と語ったと聞いておる。このことも思い合わされて、どうも心にかかってならない。方々《かたがた》はいかが思われるか。もし、それを打ち消すだけの根拠があれば、まことにうれしいことで、一言承りたい」

と断言したが誰も答えるものはなかった。

果たして謙信は、信玄の死後四年十カ月の天正六年三月に病死した。重臣たちはみな、兼続の明智に感服したという。

三成は、景勝の側近にあって、あれこれと気くばりする兼続を見て、

(側臣は、かくありたきもの)

と感動したし、兼続もまた、万事にそつのない三成の言動に、

(さすがは、秀吉公第一の寵臣だけある)

と感心させられた。

主君を異にするが、同じ立場にある側臣同士、しかも同年齢ということで、三成と兼続は、初対面から心の通じ合うものがあった。

兼続は、三成のあっせんの労を謝し、馬一匹と白布五十服を贈ったが、別れ際に固く手をにぎり合い、

「今後とも、よしなに」

「いずれまた」

と再会を約した。

これより以後、三成は、常に兼続と連絡をとって、景勝の動静を掌握していた。秀吉が徳川家康との講和や紀州雑賀攻めや四国征伐に奔走しているあいだ、景勝は関東、奥羽に、にらみをきかせて、後顧の憂いのなからしめるようにつとめた。

天正十三年四月、越中富山の城主佐々成政が、家康に通じて秀吉に反抗したとき、秀吉は景勝と手を組んでこれを挾撃した。

成政が降伏し、越中が平定されると、秀吉は書状を景勝に送って会見を求め、三成のほかには、従士わずか三十七名を連れて越後の西端にある越水城（勝山

城）にはいった。

このとき景勝は、八千六百余の兵をひきいて越水城の東五キロの糸魚川城（清崎城）にあり、秀吉を襲撃しようと思えば容易に実行し得る状況にあった。しかし、律義な景勝はあくまでも信義を守り、群議を排して、直江兼続、藤田信吉、安田順易など十二騎と六十名の兵を従えたのみで越水城にはいり、初めて秀吉と会見した。

二人は、一室にこもって一刻（二時間）余も密談した。同席した家臣は、三成と兼続だけであった。

まさに両雄の劇的な会見であったが、ここまでことを運んだのは、三成と兼続との密接な連携の結果であった。

両雄の会談が終了し、同盟の成立したのを見届けてから、三成と兼続が感激に胸をふくらませて、なんども手をにぎり合ったことは、いうまでもない。

謀臣という同じ立場の二人が肝胆あい照らし、兄弟よりも深い交わりを結んだことが、十五年後の関ヶ原役のとき、天下をゆるがすような事態をひき起こすのである。

この越水の会は、三成が実宰院で初めて茶々姫に会ってから半年後のことで、彼が秀吉の寵臣から謀臣の地位に達していたことを物語るものといえる。

聚楽第

一

天正十三年（一五八五）七月十一日、秀吉は強引に近衛前久の養子にしてもらい、従一位、関白に叙任された。

このとき、恒例により諸大夫《しょだいぶ》十二人が選ばれたが、三成は福島正則、中村一氏、大谷吉継らとともにその選に入り、従五位下、治部少輔《じぶのしょうゆう》に任じられた。

つづいて、実際に政務を担当する機関として五奉行が選任された。

前田玄以（四七）、浅野長政（三九）、増田《ました》長盛（四一）、石田三成（二六）、長束《なつか》正家（三八）の面々であった。

三成は他の四人にくらべると、きわだって若く、現代でいえば大卒で入社してから、わずかに、二、三年というところであった。

しかも席次は四番目でも、彼のやっている仕事は五奉行の筆頭で、内閣官房長官ともいうべき役割であった。

そして、あいかわらず、ことあるたびに機智のひらめきを見せ、細かいところにも、よく気をくばった。

ある年、豪雨で河内堤が決壊し、大坂城下が水びたしになったことがある。

秀吉みずから京橋口まで出かけて、水防作業を指揮し、

「もっと土俵をもって参れ」

と叫ぶのだが、使い果たして一俵もない。

みんなが困っているとき、三成は士卒をひきいて城内の数千の米俵を運ばせて、堰の破れ口を塞ぎ、洪水になるのを防いだ。

その翌日、からりと晴れた上天気になったので、三成は、近郷近在の庄屋を呼び集め、

「丈夫な土俵を持ってきたら、堰口を埋めた米俵と、一俵に一俵ずつの割合で、取り替えてやる」

と言った。これを聞いた農民たちは、喜んで丈夫な土俵をかついで集まってき

て、堰口の米俵と取り替え、頑丈な提防ができた。

ある年。

秀吉は伏見城の本丸に井戸がないのに気付き、早く掘らせよ、と命じた。

しかし、桃山の丘陵地なので、井戸の工事は難渋をきわめた。これを聞いた三成は、貫差しのままの銭を、家臣に持ってこさせ、人夫たちの目の前で、井戸に投げこみ、見事に掘りあげたら、あの銭をみんなくれてやると言った。みんな先を争って井戸の中に入り、工事に励んだので、たちまち井戸を掘り抜いてしまった。

三成は暴風雨の夜などは、みずから警戒して、城の破損箇所を見て回り、翌朝、午前六時ごろに秀吉に報告した。普請奉行が報告にきたのは午前十時であった。

また、ある年。

中国の毛利輝元から、立派な桃を秀吉に献上してほしいと、三成のもとに運んできた。

三成は、それを見て、使者に、

「いまごろ、このような見事な桃は珍しいが、季節はずれのものを差し上げると、虫にあたるおそれもある。それでは、毛利公の折角のご厚意が、アダとなる。また諸大名が競って高価な物を献上する例ともなる」

と断わって、差し戻した。

このようなことが秀吉を喜ばせて、なくてはならぬ存在となったわけだが、先輩や同僚から見れば、煙ったくて嫌な存在であることは、いまも昔も変わりがない。

したがって、秀吉の死後、その鬱憤《うっぷん》が爆発して、三成が集中攻撃をうけることも、社長の死後、寵愛をうけていた秘書課長や総務部長が、手のひらを返したように白眼視され、排斥の対象となるのと同様であった。

茶々姫の末妹で十四歳の於とくが、尾張大野五万石の城主佐治与九郎一成（母は信長の妹）に嫁がせられたのは、三成が治部少輔になった年の翌年（天正十四年）のことであった。その翌年、上の妹の於はつは近江大溝一万石の城主京極高次に嫁がせられた。

いずれも秀吉の養女としてであった。

茶々姫は、於はつが嫁ぐとき、見送りをかねて実宰院から大溝城に移り、城に住むことになった。

そのころ、三成をドキリとさせるような噂が聞こえてきた。

茶々姫が二十を過ぎても、妹二人が嫁いでも、そのままにおかれているのは、十二分に成熟するのを待って関白秀吉公が側室に迎えるつもりなのだ——というのである。

「殿下（秀吉）は、茶々姫の母上のお市の方が岐阜城から小谷城に嫁がれるころから心を寄せておられた。小谷城が落ち、夫の浅井長政が自刃し、お市の方が三人の姫を連れて清洲城に帰られたころから、殿下は小谷城攻略に第一番の手柄をたてたご自分にお市の方を与えられるのではないかと、ひそかに期待しておられた。しかるに本能寺の変で信長公が亡くなられると、三男の信孝公は宿老の柴田勝家を味方に引き入れるため、十四も年上の勝家のもとにお市の方を強引に嫁がせた。殿下が勝家を目の敵にして攻めたてたのも、恋の意趣晴らしの気持ちがあってのことじゃ。ところがお市の方は北ノ庄城の落城のとき、夫の勝家とともに死んでしまわれた。そこで殿下は、せめて長女の茶々姫を側室に迎えて、お市の方を偲ぼうというお気持ちじゃ」

知ったかぶりに、耳もとにささやきかけてくる同僚の長束正家の言葉に、

「めったなことを口に出されるな」

と三成は軽くたしなめたものの、実宰院で初めて茶々姫に逢った日、

「ひょっとすると、わが妻に」

と心に描いた夢が、もろくも消え、茶々姫が手の届かぬ存在になったことを痛感した。胸の中を、冷たい風が吹き抜けるような、わびしさを覚えたが、

（わしは、大それたことを考えていたのだ。秀吉公にとりたてられ、身に余る出世をさせてもらったことで、満足しておればよいのだ）

と、自分で自分を叱りつけた。

彼が宇田下野守頼忠の娘、綾を妻に迎えたのは、長束正家から茶々姫のことを聞かされてから一カ月余ののちのことであった。

宇田頼忠は尾張の出身で、もと尾藤甚右衛門といった。元来は信濃の武士だった。

はじめは秀吉の異父弟秀長に仕えていたが、のち秀吉に仕えて一万三千石もら

っていた。

お綾の姉は真田昌幸の妻になっているから、三成はその子の幸村と義理の叔父甥の関係だ。

三成の妻になったお綾は、四歳の年下で豊頬、色白、桃の花片のような唇をしており、面影が茶々姫を髣髴《ほうふつ》とさせるものがあった。それが彼の心を魅《ひ》きつけたのである。

茶々姫とは、身分違いで果たせぬ恋情を、お綾によって癒《い》やしているといえた。

妻に悪いと思いながら、お綾を抱くときは、常に瞼の裏に茶々姫の姿を描いていた。

その代わり、側室は一人もおかずに、お綾一人を守って一男四女をもうけた。

身辺清潔な謀臣であった。

二

天正十四年五月、上杉景勝は越後の春日山城を将士四千人をひきいて出発、途中前田利家を金沢城に訪い、三成の出迎えをうけて六月十四日に大坂城に着いた。

秀吉は景勝の遠来の労をねぎらい、散楽《さんがく》を張って饗応し、茶人千宗易（利休）に茶を供せしめた。みずから天守閣を案内して回ったり、手ずから唐織の道服を与えたり、その歓待ぶりは、豊臣、上杉両家の家臣たちの眼をみはらせた。

景勝のお供をしてきた直江兼続と三成が旧交を温めたのは、もちろんのことである。

このころ三成は、堺奉行を兼ねていたので、兼続を堺まで案内して歓待した。

堺は南北朝の始めごろから足利時代の末期まで商業交易の要港として栄えた町で、南蛮貿易を独占した会合衆《えごうしゅう》（倉庫業者など）によって自治組織がつくられた町でもある。

織田信長は武力によって堺を従属させたが、中途にして本能寺の変で挫折した。

秀吉は大坂城を築くと、堺の繁栄を大坂へ移そうと考え、堺の自由都市の象徴ともいうべき土居川（濠）を埋め立て、商家を移して大坂に堺筋をつくっていた。

三成の堺奉行は、その現場責任者のような役割だったので、人心の収攬には特に意を用い、連歌、茶道、謡曲、挿花などに熱心な人たちと、風流文雅の交際を深くし大坂と堺の共存共栄を説いた。

兼続は三成に案内されて、堺の町を細かく見て回り、

「世の中は広いものだと、改めて感じ入った」

と、見聞を広くできたことを喜んだ。

六月二十二日、景勝は念願の入朝を果たし、正四位上左近衛権少将に任じられ、天盃を賜った。

秀吉は関白太政大臣として、終始景勝の案内役をつとめ、仙洞御所も共に拝観した。景勝が帰国するに当たり、はなむけとして佐渡一国の鎮撫支配を命じた。

二人の主従関係はここに確立した。

それは三成と兼続との友好関係の確認でもあった。

ちなみに堺奉行は、三成から大谷吉継、富田清左衛門と継承され、文禄三年か

ら慶長四年までの五年間は、三成の兄正澄が勤めた。

政権の基礎を着々と固めていた秀吉は、やがて九州の島津征伐にのり出した。

島津氏はそこいらの戦国の出来星大名とちがい、源頼朝によって薩摩に封じられて以来、十四代四百年にわたって連綿としてつづいてきた、れっきとした守護大名で、薩摩、大隅と日向の一部で六十万九千石を領有している（のちには七十七万石になった）。

秀吉の天下平定への動きを尻目に、九州全土の征服にのり出し、肥前、肥後、筑前、筑後の諸大名を服従させ、豊後の大友宗麟を圧迫、臼杵一城を残すまでに追い詰めていた。

秀吉は大友からの救援依頼にこたえるという形で島津征伐にのり出したわけである。

彼は島津氏に薩摩、大隅、日向の三国と豊前半国の領有を認めるが、その他の侵略した地は、元の領主に返還するよう指示した。

島津家の当主義久はこれを拒絶した。

秀吉はまず仙石秀久、長宗我部元親などの四国勢を豊後に派遣し、大友氏を救援させた。

ついで、天正十五年正月、三十七カ国に命じて大坂に大軍を集結させた。三成は大谷吉継、長束正家とともに、兵二十五万、馬二万頭分の兵粮米と飼料を調達、輸送する奉行として活躍した。

九州遠征軍は七軍に編成され、宇喜多秀家が第一陣として正月二十五日に出発し、以下あいついで九州へ向かった。

秀吉は前田利家を京都の留守師団長におき、三月一日、京都を発ち西下した。三成もその帷幕に加わり、途中、宮島の厳島神社に参拝し、境内の水精寺で和歌の会を開いた。

　ききしより眺めにあかぬ厳島
　　見せばやと思う雲の上人

と秀吉が詠めば、三成も、

　春ごとのころしもたえぬ山桜
　　よも霧島の心ちこそすれ

と詠んでおり、悠々たる遠征の旅だ。

このとき、秀吉の一行に画家の海北友松《かいほうゆうしょう》も加わっていた。さしずめ従軍画家というところであろう。

友松は名を紹益といい、近江、東浅井郡田根村の出身である。浅井長政の側近の家臣海北善右衛門綱親の五男に生まれた。

父の綱親をはじめ一族郎党は、小谷城落城のとき討ち死にしたが、紹益はそれ以前から京都に出て東福寺の僧となっていたため、織田方の追及をまぬかれた。生まれつき画才があるため、先輩の僧が狩野永仙のもとに入門させたが、永仙はとても自分の手におえない才能があると師匠の永徳に推せんした。

紹益は、はじめ友徳、のちに友松と名のり、永徳の娘婿となったのであるから、その抜群の画才を想像できるというものだ。

彼は明智光秀の重臣斎藤内蔵助利三と親交があり、山崎合戦後、利三の首が粟田口にさらされたのを、ひそかに盗み取り真如堂に葬った。また利三の妻を湖岸の堅田の隠れ家にいれて扶助した。

晩年、利三の娘（のちの春日局）が徳川家光の乳母として大奥に出仕するとき、友松の妻の妙貞が母代わりとなって調度品などもととのえてやり、江戸まで付き添って行っている。

秀吉は、海北友松と斎藤利三とのそのような関係を百も承知で、彼の画才を愛し、九州遠征にまで同行させていたのである。

友松は、このとき五十五歳、同じ湖北の出身ということで、三成には特に親近感を抱いていた。

厳島神社での歌会の終わったあと、松林の向こうに光る瀬戸内海に眼を細めながら、友松は、

「治部少殿が、関白殿下のもとで、その若さでどのような役目を果たしておられるか、この友松にも、ようわかり申した。いかいご出世で、同じ湖北出身者として鼻の高いことでござる」

自分の息子のような三成にそう言って、剃りあとの青い頭を撫で回した。

「何の……、拙者はただ、関白殿下の仰せのままに動いておるに過ぎませぬ」

「関白殿下の厚い信任を得られるということは、貴殿にそれだけの才能があるということでござるよ。あのお方ほど、人の才能を見つけて、それを伸ばすことに長じたお方はない。それで、信長公亡きあとの天下を掌握されたようなものじ

ゃ。山楽も関白殿下に画才を見出され、いまでは狩野一門で押しも押されもせぬ存在じゃ」

「そういえば、山楽どのは、拙者より一つ上でござったな」

「さようで、来年が三十でござる。二十のときに安土城の襖絵を描いたのでござるからな」

二人が話題にしている狩野山楽は、友松と同じように浅井家の家臣だった木村永光の息子の光頼のことである。

三成と同じように、秀吉の小姓をしており、ある日秀吉の杖を持ってお供をしているとき、地上に馬の絵を描いているところを秀吉が見て、画才ありとして狩野永徳のもとに入門させ、のちに永徳と父子の契りを結ばせて修理亮と名のらせ、山楽と号した。人物花鳥が得意で、とくに龍虎鷹馬が出色だった。

「武人としての拙者と、画人としての修理亮殿と、どちらが出世するか。これからが見ものというところでござるな」

「いやいや、天下の五奉行の貴殿に、山楽ごとき、到底およぶところでござるまい。治部少殿は武人というより、百年に一度、現われるか現われぬかの能吏でござるよ。天下の平定が終わり、太平の世ともなれば、貴殿の才能は何ものにも替え難い貴重なものとなるでござろう」

「これはまたお口の上手な……」

「いや、本当のことを申しておるので……。ただし貴殿のようなお方は、凡人のとうていおよばぬ才幹であるだけに、ねたみやそしりを受けやすい。それにご用心なさることだ」

「ご忠告、かたじけのうござる。人の評価は、棺を覆うてのちに定まると申すが、絵画は焼けぬかぎり、何百年の後まで残るゆえ、強うござるのう」

「それだけが、とりえでござる」

あとは、わだかまりのない哄笑となったが、三成の運命を予言したような会話だった。

島津氏の勢力は約三百万石、総兵力は七万四千、秀吉のそれは五倍を上回っているのだから、戦わずして、最初から勝敗の決は、わかっていた。

秀吉は赤間ヶ関を経て二十八日小倉城に入り、ここで部署を定めて、まず異父弟の羽柴秀長に豊後から日向に進撃させた。

秀吉はみずから兵をひきいて筑前から肥後に向かうことになった。

秀長軍は四月十七日、目白坂（宮崎県）で敵の総大将島津義久の軍を破って、野尻に陣を進めた。秀吉軍は五月三日薩摩の川内《せんだい》に入り、泰平寺に本陣を置いた。

義久は戦意を失い、同月八日剃髪して泰平寺にやってきて秀吉に和議を求めた。秀吉は、義久の娘亀寿を人質に差し出し、義久は在京することを条件に和議に応じることにし、そのことを伝える使者として三成を選び、薩摩に派遣した。

鹿児島にはいった三成は、義久にもとのように薩摩を領せしめ、弟の義弘に大隅、義久の子久保《ひさやす》に日向の一部を与えるという秀吉の命令を伝えた。

秀吉は十八日泰平寺を発って大隅の大口城へ向かったが、島津の家臣新納忠元は降伏を不服として、大口城に拠って秀吉に敵対しようとした。

三成は島津の家臣伊集院忠棟とともに大口城に行き、忠元を説得して抗戦を断念させた。こういうことは三成の得意とするところで、若き日の秀吉に酷似しているところでもあった。また、この九州征伐における兵粮、弾薬等の補給についての三成の手配ぶりの見事さは、前代未聞だと、敵も味方も賞賛しないものはなかった。

凱旋の途中、秀吉は六月七日筑前筥崎に立ち寄り、大友氏と竜造寺氏との戦いで廃墟と化している博多の復興を命じ、三成をはじめ長束正家、小西行長らを奉行に任じた。三成らは博多を貿易の町、町人の町として再興させることに努力した。

秀吉に降伏した義久は、秀吉の凱旋の後を追うようにして筥崎に来て、秀吉の催した茶会に招かれ、赤間ヶ関に向かった。

ひと足先に赤間ヶ関にきていた三成は、義久を出迎え、人質として海路先着していた娘の亀寿と出会うように取り計らった。

義久の一行は高野山の木食上人の案内で赤間ヶ関から瀬戸内海を東航し、七月十日泉州堺に着いたが、堺奉行を兼ねていた三成は、多くの小船を用意させて義久の船を出迎え、ねんごろに接待した。

つづいて三成は、義久に同伴して大坂城に登り、秀吉に謁見させた。秀吉は義久を歓待して、在京料として一万石の土地を与えた。

義久は約一年間京都に滞在したが、その間、三成は細川幽斎とともに、あれこれと義久のために面倒をみた。

義久の弟義弘が上洛してきたのは、翌年の六月のことである。

義弘は、このとき五十四歳、この人が信長のように日本の中央に生まれていたら、日本一の弓取りとして、天下を平定していたであろうと評判されるほどの勇将であった。

これから七年後に、隠居した兄義久の後を継いで島津家の当主となるが、三成は親子ほど年齢のちがう義弘とたびたび会って、

「秀吉公には石田という逸材の家臣がおる」

と人に語るほど義弘に信任された。

三成は義弘と秀吉の間にあって、あっせんの労をとり義久が人質の亀寿を同伴して京都から帰国できるように取り計らった。

「治部少どの、おんしの厚志は忘れもはん」

五十四歳の義弘が、二十九歳の三成に、深く頭を下げて礼を言った。

十二年後の関ヶ原合戦に、島津維新入道義弘が、三成の西軍に加わるのも故な

いことではなかった。

三

小牧、長久手の戦いに徳川家康に敗れたものの、家康の擁する織田信雄と単独講和を結ぶことによって、外交戦では勝利を占めた秀吉は、家康との和睦に全力をそそいだ。

尾張の地侍佐治某に嫁いでいた異父妹の朝日姫を、むりやり離別させて家康の後妻として送りこみ、それでも効果がないとみるや、母の大政所を人質として岡崎城に送りこんだ。

家康が、やっと腰を上げて上洛し、大坂城で秀吉と対面し、表向き臣下の礼をとったのは天正十四年（一五八六）十一月十二日である。

もともと家康は、信長の次に天下を担うのは自分であると考えていた。桶狭間合戦の翌年の永禄四年（一五六二）の春、信長と攻守同盟を結んで以来、ことあるたびに信長のために援兵を出して、天下取りの事業を助けてきた。信長からの要求に、涙をふるって長男信康を切腹させもした。信長が倒れた時点で、その事業を継承するのは自分だと信じていた。不運にもそのとき彼は、数十人の部下を連れて堺見物に出かけていたため、命からがら岡崎まで帰るのがやっとのことで、明智光秀を討つべく陣容をととのえ、鳴海まできたとき、すでに秀吉が山崎合戦で光秀を討ったことを知った。トンビに油揚げをさらわれた思いで、じだんだを踏んで口惜しがったが後の祭りであった。

以後、秀吉と対等の立場を堅持しつつ、無理をせず、気長に秀吉の失敗か、その死亡を待っているのが、家康の本心であった（彼が関ヶ原戦によって天下の覇権《はけん》をにぎったのが本能寺の変から十八年後、大坂の陣で豊臣をほろぼしたのが、それからさらに十五年後のことであった）。

天正十四年十二月十九日、秀吉は太政大臣に任じられ豊臣の姓をたまわり、関白太政大臣豊臣秀吉ということになった。武家出身で生存中に太政大臣になったのは、平清盛、足利義満についで三人目で、豊臣という姓は、従来の源平藤橘（源氏、平氏、藤原氏、橘氏の四大名門）に対抗する意味をもっていた。

島津征伐を終わって、天下統一をほぼ完成した秀吉が、新築成った聚楽第に大坂から引き移ってきたのは、翌天正十五年九月十三日のことである。

聚楽第は京の大内裏のあとに、延六万人の人夫を動員して建てたものである。東は大宮通、西は千本通、南は丸太町、北は一条通にわたる東西四丁、南北七丁におよぶ広大な敷地の周囲に深い堀をめぐらし、四方合わせて三千坪の石垣の上に白い土塀をきずき、天守閣、楼門、重臣の邸などが林泉の美に映え、御殿の内部は壁も襖も金泥や極彩色にいろどられ、屋根瓦にまで金泥をぬりたくった、秀吉の成金趣味のあふれた豪勢きわまる邸宅であり城郭であった。

宮廷と公家をおのれの威厳と保護のもとにおき、天下に実権をふるわんとする、秀吉の政略の拠点であることは改めて説くまでもない。

その聚楽第に茶々姫が秀吉の側室として迎えられたのは、同じ年の師走も押し詰まってのことである。そして、年が明けた正月十五日、奥御殿の大広間で家臣一同に披露された。

上段の間の中央に、唐織紅入りの小袖に白の道服、紅色の衿の広袖という華美な服装の秀吉がすわり、その左隣に茶々、右隣に京極局《つぼね》が座を占め、茶々の隣に三条殿、京極局の隣に一の台局の席が与えられていた。

京極局は京極高次の妹で、かつては若狭小浜城主武田元明に嫁いでいたが、秀吉がその容色に惚れて元明を琵琶湖畔の海津の宝憧院に呼び出し、明智光秀に通謀していたというぬれ衣を着せて切腹させ、その妻を奪って側室としたという女性である。

本能寺の変後、明智方に加わり、秀吉の母や妻のいた長浜城を攻めた高次が、その罪を許されて大溝一万石の城主になれたのは、妹の京極局が閨中にあって秀吉に懇願したためといわれていた。

三条殿は伊勢松阪城主蒲生氏郷の妹で、一の台局は右大臣菊亭晴季の娘である。

晴季は公家の身で、いち早く秀吉に密着して宮廷との連絡係をつとめ、秀吉が関白太政大臣の職についたのも、豊臣の姓をもらったのも、みんな晴季の奔走によるものだった。その代償として、秀吉から大枚の黄金を与えられて貧乏公卿の生活から脱却し、ぜいたく三昧に暮らしていた。

それはともかく、上段の間に四人の側妾を並べて坐らせるなど、まったく人をくったやり方であるが、秀吉は、そんなことは、いささかも意に介していないように見えた。

「治部、茶々にみんなを紹介《ひきあわ》せてくれい」

という秀吉の命令に、いまや五奉行中の総奉行である三成が、正面に進み出て、まず自分が名乗って叮寧に頭をさげた。

「治部殿とは、実宰院以来ですのう」

湖北の名門浅井長政の長女、織田信長の宿老柴田勝家の義子という誇りを棄てず、太々《ふてぶて》しいまでに落ちつきはらっていた茶々が、花の開いたような笑顔になって、親近感あふれる態度で、声をかけてくれた。

三成は、それまで、上段に坐った茶々と秀吉の顔を見くらべながら、

(彼女にとって、秀吉公は、父の長政を小谷の火中で自刃させ、兄の万福丸を串刺しに殺し、母のお市の方を北ノ庄城の火中で自刃させた仇敵ではないか。その仇敵に、どんな気持ちで肌身《はだみ》を許しているのであろうか。秀吉公は勝者の誇りをむきだしにして、彼女の白い肌をまさぐっていることであろう)

と、嫉妬と羨望と非難の入り混じった複雑な気持ちを抱きつづけていた。しかし、そんな気持ちは、茶々の笑顔と言葉に一度に吹き飛び、実宰院で体験したと

同じように、熱いものに全身を抱きしめられるような満足感を覚え、ふたたび、

（このお方のためなら、命を捨てても惜しくない）

という感慨が胸にこみあげてくるのだった。

彼は、まるで兄が妹を導くような顔になって、居並ぶ重臣たちの名前を、かん高い声で呼び上げ、茶々に一人一人紹介していった。

重臣たちも、三成と茶々のあいだに流れている特別な感情を、なんとなく読みとっていた。そして、二人がともに湖北の生まれであることに期せずして思い当たっていた。

しかし、この二人の結びつきが、豊臣家を動かし天下を動かすことになるとはこのときは思いもしなかった。

四

島左近勝猛が三成の家老になったのも、このころである。

彼は幼いときから孫呉の書を読んで兵法に通じ、また長刀を持たせると抜群の

腕前を発揮した。

大和郡山城主筒井順慶に仕えていたが、天正十二年八月順慶が三十六歳で病没、義子の定次が酒色におぼれ、非道な政治をくりかえした。

左近は何度も諫言したがききいれないので、いやになり、牢人になって、佐和山城と目と鼻の先の近江高宮村に隠栖していた。

三成は、そこへ、なんども足を運び、三顧の礼をもって迎えたのである。

俗書によると、天正十一年ごろ、四万石の水口城主だった三成は、その中から一万五千石を割いて島左近を家老兼軍師とした。

秀吉は、これを聞いて、自分が竹中半兵衛を軍師に迎えたときと、よく似たやり方に感心し、ますます三成を重用するようになった——とある。

しかし、これは三成がいかに目先の利《き》く、はしっこい人物であり、島左近が鬼という異名をとる勇猛な武将であったことを強調するための創作のようである。

まず天正十一年の時点では、筒井順慶も健在で、左近も重用されていたのだから、三成の招きに応じるはずがない。

また水口城は、秀吉の雑賀、根来攻めの終わった天正十三年四月、そのときの武功によって甲賀の滝氏の一族である中村一氏が蒲生、甲賀二郡で六万石を与えられ、岡山（現、水口町古城山）に築城したものであるから、天正十一年に三成が水口城主に任命された、というのは、時間的にズレている。

水口町に伝わる、いかなる記録にも、三成が城主をしていたことを裏付ける記述はない。

要するに軍事に弱く、文治に強い三成が、自分の短所を補うため、一万五千石という高禄で左近を召し抱えたということだろう。

「近江国坂田郡志」によると、島左近は、京極家の被官で坂田郡箕浦城主だった今井氏の重臣嶋氏の一族だとしている。

その本拠はＪＲ新幹線米原駅の西、朝妻港の港口にある坂田郡飯村で、一族の中には姉川合戦に浅井方に加わって戦死した者や、尾張の長久手合戦に秀吉軍に加わって戦死した者や、建部伝内の婿となって秀吉に仕えた者も出ている（左近の勢い盛んなころ、坂田郡飯村に住んでいた数軒の嶋家は、関ヶ原役の敗戦後、禍のおよぶことを恐れて播磨や土佐に転出し、いまは一軒もない）。

つまり三成と島左近は、同じ坂田郡の出身であり、先祖は同じように京極家の陪臣であり、京極家が落魄《らくはく》してからは浅井氏にも仕えていたのである。

三成が左近に初めて会ったのは、本能寺の変の直後のことである。洞ヶ峠を決めこんで形勢を観望していた筒井順慶が、秀吉の勝利確実と見てとって帰順を申し込むとき、その使者の一人に加わっていたのが左近で、

「貴殿は飯村の嶋氏か」

「貴殿は石田村のご出身か」

と、たちまち旧知のような仲となった。

さすれば、左近が筒井家を牢人したときいて、三成が拾いに行ったのも当然だし、坂田郡出身の出世頭的存在である三成のもとに左近が身を寄せたのも、当然のことであった。

これから七年後の天正十九年、三成が湖北四郡十九万五千石を与えられて、佐和山に入封したとき、左近が自分の郷里の飯村とは目と鼻の先にある佐和山城の築城に熱中し、
三成に過ぎたるものが二つあり
島の左近と佐和山の城

と唄われるほどの堅城をつくりあげた心境も十分に察することができる。

左近は三成より十歳の年長で、筒井家に侍大将として仕えていたときの俸禄は一万石であった。

本能寺の変の際、大恩のある明智光秀に味方しようと逸《はや》る主君順慶に自重を説いて、しばらく形勢を観望するようにすすめたのも左近であった。

柳生新陰流の流祖石舟斎（宗厳）が筒井家に仕えていたときに、同僚として親交があり、左近の娘の一人は、石舟斎の孫兵庫助利厳（尾張柳生家の祖）の妻になっている。

年齢からいっても、経歴からいっても左近は三成にとって、最高顧問であり軍師でもあった。

秀吉の死後、間もなくのことである。

三成が大坂城の天守閣に登って、眼下にひろがる城下町を眺めながら、

「城下は、よく繁盛しておるではないか。これも英邁《えいまい》なる大閤殿下が世に出られ、天下を平定なされたからではないか。城下の民は、みんな秀頼公の御世が永久《とわ》につづくよう祈っておるようではないか」

と言い、側近の者が、

「まことに、仰せのとおりでござります」

とお追従を言ったが、左近は黙っており、屋敷に帰ってから、

「恐れながら、天守閣での殿の先刻のおことばは、納得できかねます。むかしから、王公の都には人が集まるものときまっており、この大坂がにぎわっておるのは、秀頼公の徳とは関係なく、金儲けができるからにほかありませぬ。殿は城下の町は繁昌しておる、といわれましたが、城下を二、三里も出てみられるがよい。そこでは村人が雨もりのするあばら屋に住み、ぼろをまとい、糠《ぬか》を食らって苦しんでおります。城下の繁盛だけを見て、豊家は万々歳であると考えられてはなりませぬ。ただ巨城を築き強兵を養うだけで、将士を愛することを忘れ、民衆の苦しい暮らしから目をそらしては、豊家の安泰をはかることはできませぬぞ」

と苦言を呈した。目をひらいて、しっかりと世の中を見なさい——というわけだ。

三成と左近の親子のような関係が、目に見えるようだ。

左近が三成に伴われて秀吉に謁したとき、

「治部少輔と相談して、天下の政道についても心をつけてくれい」

と言って手ずから紋付羽織を与えられた。

佐和山城主

一

秀吉が側室の茶々から懐妊《かいにん》の兆《きざし》があるときかされたのは、島津義弘が兄の義久、亀寿姫父娘を伴なって、喜び勇んで薩摩へ帰ってから間もなくのことであった。

秀吉の驚喜ぶりは非常なもので、

「それは、まことか」

最初は、なかなか信じようとしなかった。

それもそのはずで、彼が実子を産ませたのは、これまでに二度しかなかった。

最初の子は、長浜城主だったころ、山名善幸の娘で南殿《みなみどの》と呼ばれていた側室に産ませたもので、石松丸と呼んでいたが、のちに秀勝と名づけた。

城下の町民が大喜びして祝ってくれたので、秀吉は多量の砂金を与えてこれにこたえた。町民たちはその金で山車《だし》をつくって、町内を引いて回った。それが長浜市の曳山祭りとして、いまも毎年四月十五日におこなわれている。十二基の山車の上の舞台で男の子が歌舞伎を演じるのが、国の無形文化財に指定されている。

竹生島の宝厳寺の〝竹生島奉加帖〟には、南殿と石松丸の名がしるされている。

しかし、その秀勝は天正四年十月十四日に病死した。享年は、はっきりわからない。

長浜市大宮町の日蓮宗妙法寺には秀勝の画像もあり、墓もある。南殿が天正二年に女児を産んだことを証明する懸仏も長浜八幡に伝わっているが、この女児も夭折した。

秀吉は種なしカボチャで淀殿が産んだ秀頼の実父は石田三成か大野治長だろう――というゲスの勘ぐりに似たことを説く史家もあるが、秀吉が南殿に実子を生ませていることは、右の事実でも明らかだ。

とにかく秀吉は最初に生まれた秀勝によっぽど未練があったとみえ、信長の四男於義《おぎ》丸を養子に迎えたのにも秀勝と命名した。

この於次秀勝は正三位、参議、権中納言に進み、本能寺の変後、丹波亀山城主になったが、天正十三年十二月十日、十八歳で病死した。それから一年後の天正十四年、八幡城主羽柴秀次の弟で十八歳の小吉を養子に迎えたが、秀吉はこれにも秀勝と命名した。

最初の実子秀勝が死んでから十二年、すでに五十二歳にもなって、とうてい実子にはめぐまれないと、あきらめていた秀吉にとっては、まさに驚天動地の朗報であった。

「侍医の曲直瀬《まなせ》道三（二代目）さまにご診察ねがいましたところ、確かに懐妊と申されました」

茶々は秀吉の目をじっと見つめて、誇らしげに答えた。

「でかしたぞ、茶々。大手柄じゃ。わしがそなたを聚楽第に迎えたのは、そなたが亡き母御に似て、たぐい稀な美しい女ごであったからじゃが、そなたが信長公の姪御にあたるというのも大きな理由じゃった。そなたを迎えたことで、信長公の天下を引き継ぐものは、この秀吉であることを天下に示したかったのじゃ。茶々、男の子を産んでくれい、男の子を。さすれば、織田と豊臣の血を継いだ子が、天下を継ぐことになる。めでたい、めでたい。これほどめでたいことがあろうか」

「まだ、男の子と決まってはおりませぬ」

「いや、男の子にちがいない。そなたは、まちがいなく男の子を産んでくれる。これで豊臣家は万代不易じゃ。わしは、涙がこぼれるほどうれしいぞ。褒美は何が欲しい？　なんでも申せ。望みのままじゃ」

　と言いながら、本当に涙をこぼして喜ぶ秀吉を見て、茶々もさすがに胸が熱くなった。自分を迎えることが、織田政権の継承になるという意味のことばも、彼女の、かねてからの自尊心をくすぐった。

「何をお願いしてもお怒りにはなりませぬか」

「念を押すまでもないわ」

「なれば、お城を一つ下さりませ」

「なに、城が欲しいと申すか」

「はい。この聚楽第にいては、日ごとにお腹《なか》のせり出す姿を、みんなの目にさらすのが恥ずかしゅうござります。お城にこもって、静かに上さまのお子を産みとうござります」

「ああよいとも、よいとも。そなたが、予の実子をみごもったのは、百城を落としたのに、はるかに優る大手柄じゃ。さあ、どこの城にしようぞ。ああそうじゃ、淀城がよい。三好三人衆の岩成主税助《ちからのすけ》を細川忠興が攻めほろぼして以来、空《あき》城《じろ》になっておる。あれに手を入れさせるゆえ使うがよい。聚楽第と大坂城の途中にあるゆえ、予が立ち寄るにも好都合じゃ」

「かたじけのうござります」

「なんの、お市の方さまの娘御が、わしの子を産んでくれるのじゃ。お城一つぐらい、なんでもないことじゃ。どれ、みんなに披露して、よろこばせてやらねば。そなたも、からだをいとえよ」

よいしょっ、と声をかけて立ち上がった秀吉は、もう五十二歳である。初老にして子宝に恵まれるよろこびが、小さい躰にあふれているように見えた。

茶々は秀吉が去ったあとも、

「お市の方さまの娘御が、わしの子を産んでくれる……」

といった秀吉の言葉が胸にわだかまっていた。

（わたしは、織田家の女《むすめ》として、秀吉の子を産むのではない。浅井家の女として、わたしの子を産むのじゃ。浅井の血をうけた男の子を産んで、秀吉の天下を奪わせるのじゃ。母が自刃の直前にわたしにいいきかせたように、秀吉への復讐をわたしがするのじゃ）

（わたしの女の生命《いのち》が開けるのじゃ。浅井の血と織田の血をうけたものを、天下の主に据えるわたしの営みが、はじまるのじゃ。女なるがゆえに晴らせなかった母の恨みを、女なるがゆえにわたしが晴らしてみせるのじゃ）

茶々は正室の北ノ政所や、並いる側室たちの、誰もがみごもったことがないのに、自分の躰の中だけに起こった奇跡を、神にも仏にも感謝したい気持ちになった。

年が明けて、天正十七年正月早々から、秀吉の弟の大和大納言秀長を後見に、細川越中守忠興を補佐として淀城の修築工事が始まった。陽春三月になると、天気の好い日を選んで、茶々は身重の躰を輿にゆられて、聚楽第から、まだ外まわりの工事も終わらない淀城に移った。

秀吉は、彼女に向かっては、あいかわらず茶々と呼んでいたが、他の者に向かっては、「淀のもの」という呼び方をした。このため、家臣や侍女たちも、いつのまにか「淀殿《よどどの》」というようになった。「淀君」と呼ばれたのは、彼女の死後の、徳川時代にはいってからである。淀君という場合の君とは、遊君の君とか、傾城《けいせい》の君の君であって遊女を意味していた。辻君や立君は街娼のことだった。

したがって、「淀君」という呼び方には、多分に軽蔑の意がふくまれている。秀頼母子を破滅に追いこんだ神君家康公のやり方を正当化するために、御用史家がおこなった舞文曲筆の影響である。のちには淫蕩で小賢《ざか》しく主人の仕事に口を出し、主人の部下をあごで使い、ついには家をほろぼした悪女の代名詞として「淀君」の名が使われるようになり、現代もつづいている。

その淀殿が淀城で男子を出産したのは、青葉に初夏の陽光が照り映えている五月二十七日の朝のことであった。

若君誕生の報告に、大坂城から淀の川舟を急ぎに急がせて駆けつけてきた秀吉は、部屋へはいってくるなり、嬰児《やや こ》を抱き上げて、

「おう、これがわしの嫡子か。よう似ておる。わしに生き写しじゃ。秀勝が死んでから十三年、ふたたびわが子をこの腕に抱けるとは……」

そこまで言ってから感きわまって絶句し、よくこれだけ出てくるものだ、とおどろくほどの涙を流し、尖った頬骨をべとべとにぬらしながら、淀殿をかえりみて、

「よう男の子を産んでくれた。ありがたい、ありがたい。大手柄じゃ。この喜び、どういえばよいか……」

それだけ言って、また絶句した。

五十三歳にして嫡子を得た喜びが、躰いっぱいにあふれていた。

「この子を捨《すて》と呼ぶことにしよう。捨て児は、よく育つというからのう。秀勝の二の舞いを演じては、たまらぬゆえ」

とも言った。

大坂城へ帰った秀吉は、まもなく「捨」を八幡太郎と改めた。強い武将に育つようにとの願いからである。

しかし、いくらなんでも、八幡太郎はおかしいと考えたのであろう。ほどなく

鶴松と改めた。二十年ほど前に、南殿が産んだ石松丸（のち秀勝と改名）とよく似た名前である。

関白太政大臣に男子誕生とあって、その月の三十日には禁裏から淀城へ産衣《うぶぎ》のほか祝儀の品々が届けられた。京都の堂上公家、諸国の大小名も、われもわれもと先を争って、慶詞をのべに淀城を訪れ、祝いの品々が産屋に山積した。

三成が淀城を訪れたのは、祝い客が潮が干《ひ》くように、やっと途絶えたころであった。

「治部少どのは、ほかのみんなと同じように、わらわが大閤殿下のために男の児を産んだと、歓んでおくれかえ」

淀殿から、いきなり意味ありげな言葉を浴びせられた。

ほかの大小名は、居間の玄関先で、祝いの品々を置いただけで帰るのに、三成だけは、あらかじめ、彼が来たら、そうせいと言われていたためか、いきなり奥の間の、淀殿の産室の、すぐ隣の間に通された。

異例のことであった。

しかも、人払いしてあるらしく、周囲に人っ気もなく、しーんとしていた。

そこで、意想外の言葉を耳にしたのである。

三成は、どう答えてよいかわからず、顔を上げて、産後のこととて、少しやつれて見えるが、それだけに楚々《そそ》として、よけいに美しさいやまさる、透きとおるように白い淀殿の顔を見すえた。

彼女も、三成から視線をはずさず、

「わらわは、女ごとして、できることなら、そなたの子を産みたかったのじゃ。実宰院で、そなたに初めて逢うたときから、そう思うておった」

「おん方さま」

三成の切れ長の眼が燃えた。

（あなたを妻にできぬわびしさに、妻のお綾を抱くときは、いつも瞼にあなたの姿を）

と口に出かけた言葉をのみこんで、淀殿のつぶらな眼を、じーっと見返した。

「……なれど、世の中はままならぬ。あろうことか、わが父、わが母、わが兄までも殺した人の側女《そばめ》にされてしもうた。それなら、せめて男の子を産んで、織田と浅井の血をひいたその子に、天下を継がせて欲しいと、母の遺品のこの懐鏡に祈っておったのじゃ」

「おん方さま……」

三成は、ふたたび吐息のような声を洩らした。

「そなたに、わらわの産んだ男の子を守ってほしい。わらわの産んだ子に天下をとらせてほしい。それがわらわの、生き甲斐じゃ」

「よくわかりました。この三成、誓って織田と浅井の血をうけついだ和子《わこ》さまに、天下をとらせてお見せいたします。和子さまのお袋さまを、お守りいたします」

「わかっておくれかえ、わらわの心を。うれしい、三成どの」

「おん方さま」

どちらも、抱き合いたい心を、じっとおさえて、目と目を見合った。

淀殿の目から、涙がこぼれ落ちた。

三成の目からも、涙があふれ落ちた。

居館の外にそびえたつ松の大木にとまっていた蟬が激しく鳴き始めた。

淀の川船で、大坂城へ向かって帰る船中でも、三成の興奮はまだ醒めなかった。

淀殿が自分の子を産みたい――とまで自分のことを思っていてくれたこと。

淀殿の産んだ鶴松君に、秀吉公亡きのちの天下を取らせてほしいと頼まれたこと。

いずれも、三成、三十歳のこんにちまで、一度も味わったことのない衝撃であった。

彼は、自分の左手の指先を、右手の指先で、そっと撫でてみた。

五年前、実宰院の庭先で、当時まだ茶々姫であった淀殿の指先の触れたところであった。

お互いに、肉体の接触したのは、これが最初の最後であったが、そのときを境に、三成は、すっかり心を奪われていた。

三成にとって、淀殿は心の女神であった。

お綾を妻にしたのも、どこやら淀殿に似通っていたためで、お綾を抱くときでも、胸の中では淀殿の面影を追いつづけていた。

（そんな自分の気持ちを、あの方はみんな知っていて、自分の胸中の秘密を打ち

明け、自分の悲願を打ち明け、その実現に協力を求めてくださったのだ）

（よーし。わしは全知能を打ちこんであの方の立場を守り、鶴松君を天下様にして、あの方の悲願を叶えさせて上げることに全力を尽くすぞ。あの方の伯父織田信長公は、足利義昭公を奉戴して京に上り、将軍の位につけながら、自分が天下様になりたくて、義昭公を捨てたが、わしは鶴松君をあくまでも天下様として推し戴き、わしは鶴松君の名によって、天下を動かす身になってみせる。それが、あの方を喜ばせることにもなるのじゃ）

　自分の前を、ゆっくりと過ぎてゆく青い葭を見つめながら、三成の胸は大きくふくらんだ。

（きょうから、わしは生まれ変わったのじゃ）

　三成は、川船の進んでゆく前途の空に目をすえた。そこには、大坂城の天守閣が、そびえていて、船が進むにつれて、その姿を大きくしていた。

二

鶴松が生まれてから、四カ月に満たない九月十三日、秀吉はわざわざ淀城まで迎えにきて、鶴松を大坂城へ連れて行った。

美しい輦《てぐるま》に乗せられた鶴松の行列は、警固の装いも、ものものしい武士たちに取り囲まれながら淀川をくだり、大坂城に入城した。

翌日、近在の大名たちを集めて披露された。豊臣家の跡取りが決まったことを天下の人々に知らせるための儀式であった。

このとき、後陽成天皇は祝賀のしるしに太刀を下賜、堂上公家や大名たちもそれぞれ祝儀の品々を贈った。

天正十七年が暮れ、十八年の新春を迎えると、京都の公家衆がわざわざ大坂へ下向して、数えの二歳を迎えた鶴松に年頭の祝儀のあいさつをした。関白秀吉の覚えをめでたくするためには、何かにつけて若君のごきげんをうかがうに限るとの計算からである。

二十三日、秀吉は鶴松を連れて上京し、聚楽第で暮らしている母の大政所と妻の北ノ政所に初対面させた。

「まあ、よく似ていなさること」

鶴松をわが手の中に抱いて、顔をのぞきこんだとき、北ノ政所が最初に発した言葉はこれであった。

(まさしく、これは夫の子だ)

という実感が胸に迫ってきて、何故か涙がふくよかな頰を走った。

そばへにじり寄ってきた大政所も、鶴松の顔をのぞきこんで、

「ほんに、父御《ててご》のややのときそっくりじゃ。正真正銘の豊臣家の跡取り息子じゃ」

感きわまったような声を出した。

「そんなに似ておりますかのう」

秀吉も妻と母が、手放しに喜んでくれるのがうれしくて、一緒に顔をのぞきこんだ。

「淀殿はお手柄じゃ。こんな良い和子を産んでくれて」

北ノ政所は、夫の側室ながら、主筋の娘として敬意を表さねばならなかった。

淀殿に対する日ごろの不快感をころりと忘れて、心から淀殿に感謝したい気持ちになっていた。

「そうじゃ、鶴松にそなたのことを、まんかかと呼ばせよう。淀のものは、お袋《ふくろ》さまがよい」

「ほんに、それが、よろしゅうござりますなも」

北ノ政所は尾張訛《なまり》で素直に賛同して、鶴松に頬ずりした。

「果報者め、二人も母親をもちおって」

秀吉も調子にのって、鶴松の尻のあたりを軽く叩いた。

「ほんにそのとおりじゃも」

大政所も、息子夫婦の喜びの中に溶けこんでいた。

淀殿も、鶴松が豊臣家の嫡子として披露され、秀吉の天下を継ぐものとして保証されていることに満足し、子供を手離した無聊を慰めていた。それに淀城で召し抱えた二人の乳母が、ずっとつききりなので安心していた。

秀吉が小田原の北条氏を征伐するために、直属の軍勢三万二千をひきいて京都から出陣したのは、それから半月後の三月一日のことである。

もちろん、この日を迎えるために、二年前に後陽成天皇の聚楽第に参列した家

康に、

「富士山を一見したい」

と申し入れて北条征伐の意思のあることを予告してあるし、この年（天正十八年）の正月には上杉景勝に小田原攻めのことを告げたのを手始めに、諸国の大名に参陣を要請、また家康には東海道先鋒軍になることを、毛利輝元には水軍の出動を命じるなど、万全の手を打ってあった。

秀吉にとっては、天下統一の最後の締めくくりの戦であった。

寄せ手の総軍は二十一万に達し、三成も千五百騎をひきいて従軍した。

小田原城内の兵は五万七千、一カ年分の兵糧をたくわえている。秀吉は長陣の計策をたて、十五万の兵で小田原城を囲むとともに、その他は支城の攻略にあてた。

長期包囲戦なので、諸将にも国元から女房を呼び寄せるように命じ、北ノ政所にも淀殿を小田原へよこさせてほしいと連絡した。あくまでも正妻の北ノ政所をたてているわけだ。

淀殿は五月一日淀城を発ち、十三日、小田原城を見下ろす高山（石垣山）に構築された秀吉の陣所に着いた。

秀吉は翌日、次のような意味の手紙を書いて、北ノ政所あてに発送した。

「若君、大政所殿、五お姫、金吾、そもじ様、みな息災とのこと、満足している。いよいよ御養生専一に。どのみち、今年中には、ひまになるだろうから、安心してほしい。年の内にそちらに参って、お目にかかり積る物語を申しあげようと思っている。当てにしてほしい。いよいよ若君を一人寝させるように」

これでみると、若君（鶴松）は北ノ政所にあずけ、淀殿だけを小田原に引き取ったことがわかる。なおこの中で五お姫というのは前田利家の娘豪姫のことで、このころ秀吉の養女になっていた。また金吾とは北ノ政所の甥木下家定の子で秀吉の養子になっている、羽柴金吾中納言秀俊（のちの小早川秀秋）のことである。

一方、三成、大谷吉継、長束正家らは、新たに加わった関東の諸将をひきいて上野の館林城を攻囲していた。

館林城は北条氏規の属城で城代南条因幡守が五千の兵で守っていた。

城がなかなか落ちないので、主将格の三成は、城の周囲の沼地に多くの材木を投げこみ、九間幅の道二筋を城壁までつけた。ところが、いざ総攻撃という前夜になって、材木が沼地の底深く沈んだので、せっかくの名案も役に立たなかった。

ちょうどそのころ、北条方の降将北条氏勝がやってきて、城兵を説得してくれたので、館林城は六月三日開城した。

つづいて三成らは、利根川を渡って城代成田泰季が二千七百の兵で守る忍城《おし》を攻囲した。

忍城は館林城と同じように、周囲を沼地でかこまれていた。三成は二万三千余の兵を五つに分けて、五つの道を通って進撃させたが、犠牲者ばかり多くて、功少なかった。

そこで、秀吉の高松城の水攻めにならって、城の南方に全長十四キロ、高さ一・八〜三・六メートルの半円形の堤防をきずき、利根川、荒川の水をひき入れることにした。六月十六日、これが完工し、忍城も水中に没するかと思われたが、十八日夜からの豪雨で水かさが増し、せっかく築いた堤防が数カ所で決壊したため、元の沼地になってしまった。

しかし降将の北条氏長が秀吉の命令で説得にやってきたので、忍城も七月十六

日に開城した。館林城といい忍城といい、三成の軍事的手腕は、

「口ほどにもない」

と評価されることになった。

秀吉のほうは、七月六日に小田原城を開城させ、北条氏政、氏照兄弟は切腹、氏政の子氏直は家康の娘婿ということで助命した。

十三日、秀吉は北条征伐の論功行賞として、家康に北条一族が領していた関東八州を与えて、ここに封じこめようとした。

家康は、素知らぬ顔で、秀吉のいうとおり駿、遠、三、信、甲の五カ国を捨てて江戸にはいり、ここを関八州の中心地に定めた。やがて、のちにこれが江戸幕府開設の根拠地となり、豊臣家を滅亡させる作戦基地となろうとは、このときの秀吉の気づかないところであった。

奥州の伊達政宗も秀吉の軍門に降った。この下工作には、三成も蒲生氏郷、大谷吉継らとともに活躍した。

こういうことは、三成の得意とするところであった。

秀吉は九月一日、京都の聚楽第に凱旋した。

こうして、天正十八年は、豊臣家に幸福の日射しが当たったままで明るく暮れた。

しかし天正十九年を迎えると、にわかに豊臣家は、暗い影に包まれることになった。

三

三成が小田原征伐の論功行賞の意味もあって、近江佐和山城主に封ぜられたのは、天正十八年七月のことである。

佐和山城は西に琵琶湖をひかえ、中山道と北陸道の分岐点に当たる要害の地で、六角氏の北進の拠点となり、浅井氏時代は磯野員昌が守将をしていたが、信長に逐《お》われて丹羽長秀が城主となり、秀吉時代には、堀秀政、堀尾吉晴があいついで城主になっていた。

堀尾吉晴が浜松城主に転封したあとを継いで三成は、代官として治めていた土地と、湖北三郡を合わせて十九万四千石を与えられて城主となり、秀吉の蔵入地七万石も預かることになった。このほかに父の隠岐守正継に三万石、兄の木工頭正澄に一万五千石が与えられ、石田一族の所領と代官地を合わせると二十九万五千石にのぼった。これは戦国時代からの佐和山城主としては最も多い知行であった。

三成を最も感激させたのは、その封地が自分の故郷湖北であるということだった。

観音寺の茶坊主から近習に召し出されてから十六年、三十一歳の若さで故郷の地の領主にしてもらったわけである。

「故郷に錦を飾る」ということばがあるが、これ以上の故郷に誇る出世はなかった。これ以上の故郷に飾る錦はなかった。

「関白殿下のご恩を忘れたら罰が当たるぞ」

父の正継も兄の正澄も、涙を流して喜んでくれた。

父や兄にいわれなくとも、三成自身、

「この御恩には、身命を賭して報ゆる覚悟でござる」

と、固く心に誓った。

そのことは、淀殿と約束した、鶴松公が天下さまになるよう努力することと、何ら矛盾《むじゅん》することはなかった。

これから十年後に、家康を敵に回して天下を二分して戦った関ヶ原役は、三成の報恩のためだった、ことを強調する史家は少ない。

ことに徳川時代においては、神君家康公を相手に戦った三成は、奸佞《かんねい》邪智の野心家として曲学阿世の御用学者から評価された。

その中において、家康の孫の水戸光圀が、

「石田治部少輔三成は、にくからざるものなり。人おのおのその主のためにするという義にて、心をたて事を行なう者、敵なりとも、にくむべからず。君臣ともに心得べき事なり」

と弁護したことが「桃言遺事」に記録されていることは、絶大な皮肉といえよう。

三成は佐和山の旧城を大修理して、あらためて城を築いた。島左近が、これを助けたことはいうまでもない。

東西五十七間、南北二十一間の山頂には天守閣と本丸、その西に金蔵、煙硝蔵、西の丸、塩蔵、その東にモチの木谷をへだてて法華丸、山麓の東側の中山道沿いを大手として、腰曲輪と太鼓丸、低地に侍屋敷、西側の湖辺には島左近はじめ上級家士の屋敷をおき、入江には軍船を浮かべ対岸と百間橋でつないだ。犬上郡大滝村（多賀町）にいまに残る「かんこ踊り」には、当時の佐和山の繁栄を偲ぶ歌がうたわれている。

おーれは都の者なれど近江佐和山見物しよ
大手のかかりを眺むれば、金の御もんに八重の堀、先ずは見事なかかりかよ
うらの御門先出て北を眺むれば、すそはみづうみ見事見事

とにかく、無駄な装飾は、ひとつもないが、堅牢無比な城であった。

関ヶ原戦の直後、佐和山城は落城し、後任の城主として高崎から転封してきた井伊直政は、佐和山城の遺構を撤去して、ことごとく金亀山に移して彦根城を構築した。頂上から六十メートルも土を掘り下げて運んだというから、次期占領軍の当主として、前城主のイメージを領民から払拭することを狙ったものと思われる。

三成の生誕地の石田村に、小さな八幡社があり、ここに土中から掘り出した墓

石の破片を集めて、祀られている。これは、徳川時代のはじめに、石田家の先祖の墓を破壊して、土中に埋めさせたものだ。そして、そこへ近寄ると頭痛や腹痛が起こると宣伝した。また、三成の旧領内の村々は、正月の初めには、庄屋から〝石田の残党これなく〟という誓書を提出させられた。

しかし、墓石は砕き得ても、三成が領内の百姓に与えた十三カ条の掟書《おきてがき》や、実際よりひとまわり小さい石田枡《ます》は、彼の仁政を物語るよすがとして、村々で秘蔵され、徳川政治批判の根拠になっていたというから皮肉である。

三成の佐和山領内における民政は、主として父の正継がやっていたので、どれだけ三成の意思が反映しているのかわからないが、前記十三カ条の掟書を読むと、年貢の取り立て方、人夫徴発のときの出し方などが、くわしく指示されている。とくに給人と作人との間の不法不正をなくしようとしたことや、二公一民の田租を厳守したこと、さらに直訴の道を開いていることなど、三成の善政ぶりを偲ぶに十分である。

四

一月二十三日、秀吉の異父弟秀長が五十一歳で病死した。

秀吉がまだ織田家の足軽頭をしていたときから三十年間、影の形に添うごとく兄をたすけて戦ってきた秀長であった。

ついに大和、紀伊、和泉の三カ国を領する大和郡山城主、従三位権大納言に昇進、豊臣政権の副首相格で、秀吉の右腕となって信頼されてきた。

秀吉が小田原へ出陣したとき、それまで一度たりとも秀吉の軍営に参加しないことはなかった秀長が、病臥のため動けなかった。

九月一日京都に凱旋した秀吉は、同月十九日、わざわざ郡山へ出かけて四つ年下の弟の病床を見舞った。

「秀長、わしより先に死ぬでないぞ。早うよくなれ。鶴松はまだ二つじゃ。そちによくなってもらわねば、豊臣の家はどうなるか」

秀吉のことばに、秀長のくぼんだ目から涙がたぎり落ちた。兄が、これほどまでに自分を頼りにしてくれていたかと思うと、兄の〝影の人〟として過ごしてきた自分の生涯に、なんの悔いるところもない気がした。

差し出す兄の手に、痩せ細った手をからませた秀長は、ふりしぼるような声で、

「すまぬ、兄者!!」

と言った。

「われは初めてわしを兄と呼んだよな」

秀吉は、にぎりしめた異父弟の、骨と皮ばかりになった手に大粒の涙をこぼした。

秀長は秀吉の部下として働いた三十年間、他人の前はもとより、秀吉と一対一でいるときでも、一度も兄と呼んだことがなく、殿《との》とか上様で通した実直な人物であった。その秀長は秀吉を兄と呼んでから四カ月後に死んだのである。

秀長の妹、つまり秀吉の異父妹の朝日姫が四十四歳で家康と政略結婚をさせられ、天正十八年一月十四日、四十九歳で病死しているから、秀吉は一年間に、数少ない弟妹を失ったことになる。残されたのは、姉の智《とも》だけとなった。

鶴松が淀城で原因不明の熱病にかかったのは、秀長が死んでから十日ばかりたった、閏正月三日ごろからである。数え年で三つになったばかりで、秀吉のことを「とと」と回りかねる舌で呼びかける可愛い盛りのころである。

秀吉は、おどろきあわて、畿内の神社、仏閣に命じて病気平癒の祈禱をさせるなどし、仕事が手につかず、始終いらいらばかりしていた。

彼の茶頭、千利休（宗易）が京都から堺へ追放されたのは、翌月の十三日のことである。

利休は本名を納屋与四郎といい、七歳で茶の湯を北向道陳に学び、さらに道陳の師の武野紹鷗に入門した。そのころの堺は、南蛮貿易で獲得した巨利を背景に町人の勢力が増大し「武士なにするものぞ」という気概をもっていた。町人文化も発達し、能楽、小唄、茶の湯、狂歌など、芸能や趣味に没頭するものが多く、ことに茶道が盛んであった。

宗易は元亀元年（一五七〇）信長が堺の制圧にやってきたとき、茶の湯で勤仕して以来信長に仕え、正親町天皇の勅を奉じて茶道具七品を献上して利休居士の名をもらった。

信長の死後は秀吉に仕えて寵遇をうけ、茶頭として権勢をふるい、
「宗易ならでは関白さまへ申し上げる人なし」
と大友宗麟を感嘆させ、大納言秀長に、
「内々の儀は宗易に、公儀のことは、この宰相におまかせあれ」
と言わせるほどであった。

つまり、秀吉の異父弟秀長と肩を並べて、豊臣政権をかげで動かすほどの権勢を誇っていた、というわけである。

天正十六年十月、秀吉が催した有名な京都北野の大茶会では、利休が総監督を務めた。

その利休が京都から追放され、聚楽第の隣の葭屋町の屋敷を出て、生まれ故郷の堺へ下って行ったのであるから、世間があっとおどろいたのも無理からぬことだった。

追放の理由としては、堺の豪商万屋宗安に嫁ぎ、夫に死なれて実家に帰っている娘お吟を、秀吉から側妾に出せといわれたのを拒絶したこと、茶器の鑑定や売

買に不正を働いたこと、などがあげられているが、真相はそれほど単純なものではなかった。

要するに、せんじつめれば、

(利休が秀吉を成り上がり者として軽蔑の眼で見ていたこと)

(茶頭の立場をこえて政治に関与したこと)

の二点に、しぼられるようだ。

利休は信長の在世時代は、秀吉のことを、

「筑前どの」

と呼び、まるで同僚のように交際していた。

それが、信長の死後、秀吉がうまく立ち回って天下をつかみとり、関白太政大臣となって位《くらい》人臣を極めても、利休の腹の底には〝わしは堺の納屋衆だ。なんの武士ごときが〟という誇りがあり、秀吉を内心では成り上がり者として軽蔑し、にわか成金的行動に反感をもっていた。

その好例が朝顔の一件だ。

利休が自分の茶室、不審庵の周囲に大輪の朝顔の花をいっぱい咲かせていた。

それをきいた秀吉が一度見せてほしいといった。どうぞというので、秀吉が行って見ると、朝顔を全部刈り取ってしまい、一輪の花だけを茶室の床の間に活けてあり、秀吉を啞然とさせた。

「お前のように、黄金の茶室をつくって得意になっているような成り上がり者に、わしの風雅がわかってたまるか」

利休は、こう言いたかったのだ。

それが敏感な秀吉に通じないはずがない。

他の一点は、当時の茶の湯が、現代のゴルフの役割を果たしていたことである。

こんにち、政治家や事業家がゴルフのコースを回りながら要談するように、当時は茶室という名の密室で、茶を点じながら政略や戦略が語られていた。秀吉も茶室をそのように利用した。

その際、利休がその茶室に侍《はべ》って万端の世話をしていた。したがって、秀吉の政略、戦略の機密は、すべて耳に入れていたわけだ。

秀吉も最初は利休を茶室に侍らせていることを諸大名への誇りにしていたのだ

が、利休があらゆる機密に通じていて、何かと政治に口をさしはさみ、諸大名もそれを知っていて、利休を通じて秀吉に何かと政治的な要請をするようになると、利休が自分に対して不遜な態度をとるようになっているだけに、

「なんとかせねばならぬ」

と邪魔者に思えてきた。おのれに屈伏しないものの存在を許さないのが、天下人たるの面子《めんつ》であった。

そんな秀吉の心理をすばやく読んで、

「利休居士は、雪駄をはき杖をついたおのれの姿を刻んだ木像を、山門の上に置かせております。その下を、天子さまや関白殿下がお通りなるのを知りながら。たとえ山門の建立に多額の寄進をしたとはいえ、僭越の沙汰と存じますが」

と進言したのは、ほかならぬ三成だった。

彼は秀長と利休が手を結んで、豊臣政権をかげで動かしていることは、鶴松を将来天下様に推戴し、自分が思うように、その下にあって天下を動かすため（それが淀殿の悲願であった）に、大きな邪魔ものになると考えていた。

ことに、尾張派（武断派）の諸大名が秀長のもとに結集し、それが北ノ政所と

もつながっている状態に、

「なんとかせねばならぬ」

と、日ごろから頭をひねっていた。

そこへ、秀長が病死して利休の力が弱まり、秀吉が利休を煙ったい存在と思っている状態となった。

（いまこそ）

と考えているとき、大徳寺に三玄院を建立して以来、懇意にしている円鑑国師から、利休が山門に自分の木像を安置したという話を聞かされたのである。利休が秀吉の朝鮮出兵に「これは亡き秀長さまの意見でもござる」と反対して秀吉の怒りをかったという噂も伝わった。

（これだ）

と膝を叩いた三成は、さっそく秀吉にご注進におよんだ、というわけである。

「おのれ利休め、僭越至極、成敗せい」

案の定、秀吉は火のようになって怒った。

そこへ、利休に、北ノ政所を通じて赦免を乞うようにしたらどうかとすすめた

ところ、

「婦女子どもの力は借りとうない」

と利休が豪語した、という話も聞こえてきた。秀吉の腹は決まった。

このころ、鶴松が原因不明の熱病になっていることへの憂慮と焦慮も、秀吉の怒りの火に油をそそいだのは事実である。

利休が堺へ下ってから十二日後の二月二十五日、問題の大徳寺の山門の利休の木像が引きずり下ろされて、聚楽第の大門のそばの戻橋畔で、磔刑《はりつけ》にされた。

木像の磔刑とは前代未聞だと京童たちがさわいでいるうちに、利休自身に切腹の命令がくだった。

呼び出しをうけた利休は、二十六日、堺の自宅から京都へ出て葭屋町の屋敷にはいった。屋敷の周囲は上杉景勝の軍勢三千によって、ものものしく警固された。

二十八日の京都は、珍しい大雷雨に見舞われ、直径五分ほどの大雹《ひょう》が降った。

その雷雨の最中に、利休は不審庵で最後の茶の湯をたのしんだのち、三人の検使の前で、

人生七十、ひっさぐるわが具足の一つ太刀今この時ぞ天になげうつ

という辞世の偈《げ》を高らかに唱え、七十歳のしわ腹をかき切った。町人でもこのくらいのことは武士に劣らずにできるのだ、といわんばかりの、壮烈な切腹ぶりだった。

検使の一人、蒔田淡路守が介錯した。

関白秀次

一

利休の死を待っていたように、三月にはいると鶴松の病気が快方に向かい、十日過ぎには全快した。秀吉は、やっと愁眉をひらいた。

ところが、この年八月二日、また発病した。

鶴松の病気が何であったかは、伝わっていない。過保護に育てられた子どもによくある、ひきつけでなかったかと思われる。

秀吉は大いにおどろき、ふたたび畿内の社寺に祈禱を命じた。奈良の興福寺の八講座では同音論を修し、高野山でも病気全快を祈る大護摩をたき、近江木之本の浄信寺にも淀殿の願いで祈禱の命令が出された。

洛中の名医という名医は、ことごとく淀城へ呼び出されて治療のかぎりをつくしたが、その甲斐もなく、八月五日、三歳を一期として、ついにあの世の人となった。

枕辺につきっきりで、夜も日も寝ずに看病していた淀殿の悲嘆は、いうまでもない。

三成とても、前途に希望を失ったような暗い気持ちになって、弔辞を述べるために淀城を訪れた。

例によって人払いした部屋で、淀殿は、三成の顔を見ると、弔辞をいおうとする彼の口をふさぐように、

「わらわは、もう一度、男の子を産んでみせます。いや必ず生まれるにちがいない。わらわには母の魂がついております。母の怨念がついております」

と言い切って、母の遺品のふところ鏡に赤く上気した頬を押し当ててみせた。

三成は、その執念と熱気に圧倒され、

「さようでござりますとも。必ず、また、和子がお生まれになりましょう」

と答えざるを得なかった。

秀吉は京都の東福寺にこもって、鶴松の平癒を祈りつづけていたが、その死を

知ると半狂乱となり、翌六日には、みずから髻《もとどり》を切って喪に服した。毛利輝元や徳川家康などの諸大名も東福寺にお悔みにやってきて、つぎつぎにおつき合いに髻を切ったため、境内に髻の塚ができたという。

秀吉は七日には清水寺に参詣して亡児鶴松の冥福を祈った。九日には摂津の有馬温泉に出かけたが、憂悶はますます深まるばかりであった。

彼は鶴松を亡くした悲しみを忘れるためのように、九州の島津征伐以来の腹案であった海外遠征に、積極的にのり出した。

これより四年前に、イギリスはスペインの無敵艦隊を撃破して以来、喜望峰を回ってインド、セイロン、スマトラから南洋群島、中国、日本にまで植民地政策の手をのばし始めていた。オランダもまたこれに劣らじと、インド、南洋方面に手をのばしていた。

秀吉がこれに刺激されたためか、どうかは明らかでないが、明国（中国）四百余州を征服して、北京を日本の首都にしようという、とんでもない大野望を起こしたのである。

そのためには、朝鮮を軍兵の通路とせねばならないというので、朝鮮に朝貢をうながした。しかし、明国の勢力に叩頭し、明国に朝貢している朝鮮が、色よい返事をしてくるはずがない。

そこで、まず朝鮮出兵に踏み切ったのである。

それと同時に、五十五歳の老齢では、もはや嗣子を得ることは不可能だとあきらめ、この年（天正十九年）十二月、甥の秀次を嗣子と定めて豊臣姓を名のらせ、左大臣にのぼらせ、二十七日に関白職と聚楽第をゆずり、自分は大閤（前関白）を称すと宣言した。

秀次は、秀吉の姉、ともを母として生まれた。ともは、そのころ尾張国知多半島の根もとの大鷹村の百姓弥助の妻であった。

秀次の幼名は、治兵衛といった。

ところが、織田信長に草履取りとして仕えていた、ともの弟の藤吉郎がとんでもない出世をして、治兵衛の六歳のときに近江長浜の城主となり、羽柴筑前守秀吉と名のった。治兵衛は十四歳のとき秀吉の養子となり羽柴秀次となった。

秀吉に従って伊勢の滝川一益攻め、賤ヶ嶽合戦、長久手合戦などに加わり、紀州の根来寺攻めに戦功をたて、四国の長宗我部攻めに副将として出陣し、十八歳の天正十三年七月、従四位上権中納言となり、八月には近江蒲生、神崎、野洲の三郡と大和国の一部で四十三万石を与えられ、八幡山に城を築いて城主となった。

水口城主中村一氏、佐和山城主堀尾吉晴、長浜城主山内一豊、それに一柳直末が家老として補佐することになった。

秀次の在城は五年だが、その間、本能寺の変後に焼失した安土城下の町民を移して町づくりをした。中世的な特権商人の組織だった「庭」や「市」のワクをはずして、八幡町を自由商業市場とし、だれが来ても商売ができるようにして、後日この地から近江商人の出る基礎をきずいた。また横すじ四通り、縦すじ十二通りの碁盤目模様の町並みや、長さ六キロにおよぶ、琵琶湖とつなぐ八幡堀をつくった。防備重点主義から、商業振興第一主義の城下町に切り替えた。

四人の家老の補佐があったにしろ、なかなかの善政ぶりだったわけで、近江八幡市民は、四百年後の今日も、秀次を市の開祖として敬慕している。

二十三歳の天正十八年二月、秀次は近江の諸将をひきいて小田原征伐に出陣、山中城を落とす戦功をあげた。そして同年七月、尾張一国ならびに伊勢五郡で百万石を領する清洲城主に転出した。

秀吉が甥の秀次に、いかに期待していたかを示すものであった。

そして、ついに、秀次に関白職までゆずりわたしてしまったのである。

それから七日後の天正二十年（このとし十二月八日文禄と改元）一月五日、秀吉は朝廷に奏請して朝鮮征討の勅命をうけ、諸大名に朝鮮出兵の軍令を下し、加藤清正に肥前名護屋に築城を命じた。

やがて築城が終わると、秀吉はそこを大本営と定め、三月二十六日、三万の兵をひきいて京都を出発した。

出陣の行列は威武を誇示するため、豪華絢爛《けんらん》をきわめた。

「おもいおもいの出立、金銀をちりばめ、一日見くたびれ申し候。百官、公卿、いずれも三韓、大唐の幕下に帰するは不日にあるべしと感嘆した」

と当時の記録は伝えている。

この行列の中に、婦人用の輿が七挺加わっていた。淀殿とそれに従う幸蔵主尼や侍女たちの乗っていたものである。

小田原役と同じように、こんども陣中に淀殿を同伴したわけで、いかに秀吉が彼女を寵愛していたかがわかる（同時にそれは彼女の悲願である、再度男子分娩の可能性にもつながっていた）。

関白秀次は、向明神の社前で行列を見送ったが、秀吉は金瓢《きんぴょう》の馬標《うまじるし》を手ずから彼に渡した。留守を頼むぞという意味である。

こうして秀次は名実ともに聚楽第のあるじであり、政務を総攬する関白となった。

彼の家老に木村常陸介という人物がいた。

三成と同じ近江出身だが、三成とは気が合わず、むしろ三成をライバルとして見ていた。秀吉に嫌われ、出世競争では、三成はおろか長束正家にもおくれをとっていた。

たまたま秀次が関白になると、自分の故郷が秀次の八幡城主時代の領地の蒲生郡であることをいいたてて、秀吉に強引にたのみこみ、関白付の家老にしてもらうことに成功した。

秀吉が大閤になって、隠居の形をとってからは、秀次の関白時代がやってきたのだ。

まず秀次の機嫌をとって、三成が秀吉の寵臣となったように、自分も秀次の寵臣になり、秀次を思うままに動かして関白の権威を高め、関白の力によって天下を動かすようになれば、おのれの地位も自然に高まることになると考えた。

（よーし、三成ごときに負けてなるものか）

木村常陸介は、どじょうひげをしごいて、大いにハッスルした。

とりあえず、秀次が叔父の秀吉に似て好色である（男は誰でもそうだが）のを利用して、側妾を盛んにすすめた。

秀吉が秀次に関白職をゆずるときの訓戒状は四カ条あり、

①武辺方油断なく武具、兵粮をたしなみ、秀吉が治めていたときのように、いざ出陣の場合は、兵粮を出し、長陣の心がけあるように。

②法度方《はっと》かたく申しつけ、そむく者あれば、えこひいきなく糺明し、兄弟や血を分けた者でも成敗を申しつけよ。

③内裏方（朝廷）とねんごろにし、ご奉公すべく候こと。

といったようなもので、その最後の条に、

「茶の湯、鷹野、女狂いは、秀吉の真似をしてはならぬ」

悩みを、側妾を多くおくことによって解消してほしいという願いから出たことばだ。

と言っている。子宝の少ないことに悩んだ秀吉が、せめて秀次によって、その

「その代わり側妾は、五人なりとも十人なりとも苦しからず」

と戒め、

常陸介は、それをたてにとって、

「大閤殿下も側妾は多いほどよい、と申されておるではございませんか」

と、たきつけた。

秀次が、その気になると、隠居の大閤より現役の関白のおぼえめでたくしておくほうが、と計算した先物買いの大名、小名たちが、進んで娘や姪を側妾に差し出し、秀次の閨中の女性は、たちまち二十名をこえた。

常陸介はさらに、関白ともなれば、公家や堂上方の人気を集めることが大切と考え、秀次が詩歌や学問好きな雅人《みやびと》であることを売りこむことに努めた。

秀次は顔に薄化粧をして、眉を描き、歯を黒く染め、聚楽第で毎日のように、公家たちを招いて、読書の会や和漢の連歌の会を催した。

足利学校や金沢文庫の蔵書を京都へ運ばせたり、源氏物語の研究会のようなものを開かせたり、五山の僧徒に学問奨励の沙汰書を下したりした。

いずれも、武人ばかりでなく、文人にも理解の深い関白であることを示したいジェスチュアーであったが、それはそれなりに、ある程度の成功をおさめた。

秀次は、関白職が身についたような気持ちになり、自信が生まれると、大坂城にいる秀吉のブレーンたちのやり方に不満をもつようになった。

秀吉が関白になったときつくられた五奉行は、秀次が関白になっても、依然として大閤秀吉の直属になっていた。勅裁を仰ぐような重要書類も、まず五奉行のあいだで合議決裁したうえで、直接朝廷に提出され、勅裁されたものに関白はただ副署するだけ、という形態が依然としてつづけられていた。

「これでは、関白は木偶坊《でくのぼう》に過ぎぬではござりませぬか」

と常陸介は白い歯をむいた。気の弱い秀次は、

「まだ、しばらくは、これでよいではないか」

と、なだめたが、内心の不満は、かくしきれなかった。

しかし大坂城における大閤の政治と、京都の聚楽第における関白の政治という

ふうに、豊臣政権が二重構造になっていることが、ことあるたびに不合理を生じ、不協和音を発していたことは事実であった。

それが秀吉と秀次の感情の溝を深めることになったのも事実である。

これと同じようなことが、徳川政権が発足した当初にも見られた。

すなわち、家康は征夷大将軍の職にあること二年四カ月で、慶長十年四月秀忠にその職をゆずって、征夷大将軍は徳川家の世襲とすることを明らかにし、自分は江戸から駿府に退いて大御所と称し、それから家康の死ぬまでの十一年間、将軍と大御所の二頭政治がつづいた。

しかし、この場合、秀忠は父の家康に対しては、きわめて忠実で、どんな些細なことでも家康の意向をうかがってから処理した。二頭政治が秀吉と秀次の関係のような破綻を生じなかったのも、秀忠の律義な性格と態度が、大きな原因になっていたといえる。

秀吉が朝鮮出兵の初期の戦果に気をよくして、

「わが軍は、すでに首都京城をおとしいれたので、大閤（秀吉のこと）みずからも朝鮮へ渡海する計画をたてた。来春は関白（秀次）も渡海せよ。進んで明国を平げたうえ、後陽成天皇を明の首都北京に迎え、お前（秀次）を明国の関白にし、周辺の百カ国をつかわそう。京と聚楽第の留守居役については追って沙汰する」

という、途方《とほう》もない夢みたいなことを書いた手紙を、名護屋の本陣から送ってよこしたとき、秀次がそれを大政所や北ノ政所に見せると、二人は口をそろえて、

「朝鮮征伐などという無謀ないくさを、一日も早うやめるよう、そなたからもいうておくれ」

両掌を合わせるような、しぐさをした。

大政所にとっては、秀次は肉身の孫、北ノ政所にとっては義理の甥であり養子である。

聚楽第で秀次と同居している二人は、秀次を頼りにし、秀次とのあいだはきわめて親密であった。

秀次も、かねてから秀吉の朝鮮出兵には反対であった。朝廷や公家たちの意見も同様であった。これまでは、自分などが反対しても、きかぬ秀吉であることが

わかっていたので、黙っていただけである。

大政所も北ノ政所もまた朝鮮出兵に反対であることを知って、秀次はひどく強気になった。

それから間もなく、黒田官兵衛から、

「早く渡海なさりませ。大閤殿下には、関白は近く渡海すると部下にも仰せられた手前もあり、渡海なさらぬと、お二人の仲が悪《あ》しゅうなりますぞ」

と忠告してくれたが、耳をかさないばかりか、後陽成天皇に奏請して、朝鮮から撤兵すべしと命ずる勅書を出してもらった。

「おのれ秀次め、思い上がりおって」

秀吉は、大政所や北ノ政所の恩寵に甘えたやり方に、奥歯を嚙み鳴らして怒った。しかも、関白にならせてやったのをよいことに、関白の権威をもって朝廷を動かし、大閤を押さえにかかろう、とするやり方に、憤怒を燃やした。

しかし、徳川家康はじめ諸将も、その無謀を諫めたので、さすがの秀吉も渡海を思い止まり、北ノ政所あてに明年三月まで延期すると書き送った。

もともと、朝鮮出兵のことを秀吉が言い出したとき、諸侯がこぞって反対する

中で、

「おやりなされませ」

と賛意を表したのは、家康であった。

そのくせ、自分の軍隊を渡海させることはせず、名護屋の本陣にとどまって、じーっと様子を見ていた。これは、秀吉の失敗を見越し、朝鮮出兵について、諸大名の悪評が高まるのを、期待していたためで、どこまでも家康らしい老獪さといえる。

また、秀次が朝鮮出兵に反対であることを知ると、同意見の大小名たちが、先物買いの意味もあって、秀次のもとに結集し、一種の反戦グループが生まれそうになった。人間、十人も集まれば、派閥が生まれるのは、動物的な習性ともいえる。

しかし、秀次の場合は、これが命取りになった。

二

朝鮮出兵のことを案じて病床に臥していた大政所の症状が、思わしくないという秀次からの報告が、名護屋の本営にいる秀吉のもとに届いたのは、天正二十年七月十一日である。

秀吉は、翌日、船で名護屋から大坂へ向かった。夏の瀬戸内海は、無風状態や逆風の日が多く、船脚が思うように進まず、同月二十二日、大政所は七十八歳で聚楽第で死んだ。

船が難波《なにわ》に着いて、母の死を知った秀吉は、大声を放って号泣し、一時、悶絶したというが、途方もない外征を企てたばっかりに、ついに最愛の母親の死に目にも会えなかったわけである。

同月二十九日、大坂城にはいった秀吉は、大政所の供養のために高野山に青巌寺（皮肉にも三年後、秀次はこの寺で切腹させられた）を創建することを命じ、八月六日京都に帰って大徳寺で葬儀を営み、翌七日、それまで塩漬けにして保存してあった遺体を、蓮台野で火葬に付した。

九月二十三日、大坂城にはいると、養子の小吉秀勝が朝鮮の唐島（巨済島）で戦傷死したとの報告が届いた。二十四歳であった。秀勝は秀次の実弟だから、秀吉はまた一人肉親を失ったわけである。

秀勝の妻は淀殿の末妹於とくで、彼女は秀吉の養女の資格で、尾張大野城主佐治与九郎一成に嫁いでいたのだが、まもなくわが相聟《あいむこ》にふさわしくないという理由で取り戻され、秀勝のもとに嫁がされていたのである。

十月一日、秀吉は大坂城を発って、ふたたび船で名護屋に帰り、朝鮮戦争のことに専念した。

年が明けて文禄二年を迎えると、小早川隆景らが明国の李如松軍を京畿道の碧《へき》蹄館《ていかん》に破り、明国の使者が咸鏡道の安辺にやってきて、加藤清正に講和を申し入れた。

名護屋城内は、新しい事態を迎えて、あわただしい空気に包まれた。

そのころ、城内の本丸御殿で、秀吉の胸の中に抱かれていた淀殿が、懐妊したことを耳もとにささやきかけた。

「それは、まことか」

秀吉はおどろいて、寝床の上に起き上がった。

「なんで、こんなことに、嘘など申せましょう」

「これは天下の一大事じゃ。それにまちがいあるまいな」

「わたくしの躰が知っております」

「でかしたぞ。そなたは豊臣家の宝じゃ。ありがたい。ありがたく思うぞ。天下をわがものにして、思うて叶わぬことはないわしじゃが、このことばかりは、どうにもならぬとあきらめておったに、かたじけない、かたじけなく思うぞ。こんどは鶴松より強い男の子を生んでくれい。大政所がご在世ならば、どんなに喜ばれることか――」

　秀吉は感激のあまり、淀殿の手をとって、おしいただくようにした。小さな目に、涙がいっぱいたまっていた。

「殿下に、それほど喜んで頂けて、わたくしも、うれしゅうございます」

「そうとわかったら、そなたを、ここの陣中へなど、置いてはおけぬ。すぐに大坂城へ戻って、名医が手近におるところへ住まわせねばならぬ。そうじゃ、そなたがみごもったことは、わしとそなただけの内緒にして、病気養生ということで、大坂へ戻るがよい。病気ということなれば、みんなも気を使こうてくれるゆえ、腹の子にさわることもあるまい。大坂城へ戻って、落ちついたら、まず北ノ政所に打ち明けるがよい。わしは、それまで知らなんだことにする。北ノ政所の報《し》らせで、初めて知ったことにする。それが、万事に好都合じゃろう」

独り合点して、昂奮したときに、いつもするように、細い右膝をしきりに貧乏ゆすりした。

それから二日後、淀殿を乗せた輿は名護屋城を発って、数十名の武士と侍女に守られて大坂城へ向かった。

病気静養のため、というのが表向きの理由とされたことは、いうまでもない。淀殿が大坂城に着いたのは二月下旬のことで、二の丸御殿にはいり、これ以後「二の丸殿」と呼ばれることになるが、北ノ政所は依然として聚楽第に住んでいた。

京都から大坂城へやってきた北ノ政所に、淀殿は相手から指摘されるより先に、妊娠のことを打ち明けたのは、五月にはいったばかりの、青葉の茂るころであった。

「ひと目見たときから、そうでないかと思うておりました。お手柄、お手柄。それで、もう大閤殿下にお報らせしたのかえ」

北ノ政所は、細い目をよけい細くして、淀殿の腹のあたりを撫で回すようにしてきいた。

「いいえ、まずは北ノ政所さまに申し上げ、北ノ政所さまから大閤殿下にお報らせ頂きたいと存じまして……」

「なんの、そないな斟酌《しんしゃく》などいりやせぬに」

尾張なまりを口に出して、丸っこい手で、空を打つような仕ぐさをしてみせたが、正室の自分を立ててくれたことで、まんざらでもない顔をしていた。

淀殿は、秀吉が気を使っていたのは、このことだったか、と納得した。

「それで出産はいつだえ」

「八月の初めかと存じます」

「大事な躰ゆえ、せいぜい、いとうてくだされ。曲直瀬道三殿を見舞いに下らすゆえ」

「かたじけのうござります」

「きょうは、京都へ帰るゆえ、さっそく手配をいたしましょう。それよりも、大閤殿下へ早うお報らせせにゃならぬ。どないに喜ばれることやら……」

まるで自分のことのように、いそいそと立ち上がり、あたふたと部屋を出ていった。

北ノ政所は聚楽第に帰ると、さっそく淀殿懐妊の朗報を秀吉のもとに書き送った。

それに対し秀吉は、五月二十二日付で返書をしたため、明国の講和使節の謝周梓と徐一貫が名護屋城へやってきたこと、七、八月ごろには必ずそなたにお目にかかるから安心してほしい——と述べたあと、

「また二の丸殿が身持ちになったと承った。めでたいことだ。わしは子などほしくないからそのつもりでいてくれ。大閤の子は鶴松だったが、よそへ行ってしまった。こんどのは二の丸殿だけの子にしてよかろうと思っている」

と書いてよこした。

自分の子を産んだことのない正妻に気がねしつつ、死んだ鶴松への追慕をこめて、爆発しそうな喜びを押さえて、まるで他人ごとのようにいいつつも、喜びをかくしきれない秀吉の真情のあふれた手紙だ。

それから二カ月余たって、八月三日付で、同じく北ノ政所あてによこした秀吉

自筆の消息に、九月十日ごろ名護屋を発ち、二十五、六日ごろにそちらへ参るから、安心してほしいと述べたあと、淀殿の懐妊のことに触れ、

「二の丸殿もよろこんでいるだろう、めでたい」

と結んでいる。

その手紙が出された八月三日、淀殿は二の丸御殿で男児を出産した。

（母上、やりました）

ふところ鏡を胸に抱いて、お市の方の魂に呼びかけながらも、あまりにも望みどおりになったことに、自分の躰ながら、奇跡のように思える淀殿だった。

そのころ三成は、名護屋の本営にいた。

彼は秀吉の京都出陣に先立って、名護屋へ下り、浅野長政、増田長盛、長束正家とともに奉行として名護屋本営の建設に取り組み、七層の天守閣のほか百六十六の兵営もつくり、周囲二里四方におよぶ一大城下町を短日月のあいだに完成した。

いよいよ朝鮮への出陣ということになると、三成は船奉行の筆頭にすえられ、大谷吉継ら十二名の奉行に指示して二十万四千をこえる兵員や食糧、弾薬などの

輸送を取りしきった。凡人では、とうていつとまらない大仕事である。

後陽成天皇の勅使がきて、秀吉自身の渡海が中止されると、秀吉に代わって増田長盛、大谷吉継とともに奉行となって朝鮮に渡り、文禄元年七月十六日に京城に入り、諸将を集めて今後の方針を協議した。

三成は現地を自分の眼で見て、この朝鮮征討が、いかに無謀な戦であり、現地の住民に迷惑をかけているかを知った。

とりあえず年内の進撃は平壌の線で打ち切り、守備を固めて、秀吉の親征を待つことに決めた。

ところが前記のように、翌、文禄二年正月、李如松のひきいる明国軍が南下して京城付近まで迫り、これを迎えて日本軍五万三千は碧蹄館にこもって、これに立ち向かい潰走させた。

この結果、講和の機運が起こった。

三成らは、講和の担当者小西行長、宗義調《よししげ》らとともに、謝周梓、徐一貫の講和使節を連行して五月十五日名護屋に帰り秀吉に謁見させた。

こうして、明帝の女を迎えて日本の后妃とする、朝鮮八道のうち四道を日本に割譲する、朝鮮の王子と大臣を人質として日本へ送る。など七カ条の妥結に達し、六月二十八日講和条約の調印がおこなわれた（この七カ条は明国には通達されず小西らが途中でもみ消した）。

秀吉もみずから署名し、三成、増田長盛、大谷吉継、小西行長の四奉行が連署した。

名護屋城は、歓声に沸きかえった。

淀殿に男子誕生を告げる北ノ政所の使者が、早馬を乗り継いで秀吉のもとに到着したのは、八月十三日のことである。

三成が書きものをしている部屋にやってきて、そのことを知らせたのは大谷吉継だった。

「それは、まことか」

三成は驚きのあまり、持っている筆を落としそうになった。

「めでたいことじゃが、大閤殿下が秀次公に関白をゆずられてから、一年半しかたたぬ。実子ができぬので、養子をしたら、せらい児が生まれて、ごたごたともめるのは世間によくある例じゃ。わが豊臣家も、そういうことにならねばよいが……」

吉継が、興奮気味で、あれこれとしゃべるのだが、三成の耳には、はいらなかった。

彼は、天下に奇跡が起こったと思った。

淀殿に会ったとき、また男の子を生んでみせると言ったが、まさかそのとおりになるとは思いもしなかった。

（天は、この三成に大命を下された。大閤殿下の世継《よつぎ》を助けて、天下を治めよという——。まさに、そのときがきたのだ——）

庭の向こうにひろがる玄界灘を、じーっと見すえている三成に、

「治部少輔どの、どうなされた、急に黙りこんで……」

吉継が、横から声をかけた。

三

淀殿が産んだ二番目の男の子は、秀吉のかねてからの命令で、「拾《ひろい》」と名づけ

られた。

捨児《すてご》は育つ――という当時の風習に従い、最初の子鶴松に「捨」と名づけたが早世したので、こんどは「拾」と名づけることにし、秀吉の近臣松浦讃岐守重政が、いったん庭に捨てたのを拾ったという形式をとったのである。

淀殿は新しく生まれた赤ん坊が、目を開けて、そこらを見回すほどに生長するにつれて、その顔が亡父長政に似ているように思えて仕方がなかった。

死んだ鶴松は、だれが見ても、目元や口元が秀吉に生き写しといってよかったが、こんどの赤ん坊は、秀吉に似ているところは、どこにもないといってよかった。

彼女が小谷城で敗北した父の長政と別れて、母のお市の方とともに城を出たときは、まだ七歳であったが、その顔を、はっきり覚えていた。こんどの赤ん坊は目元も口元も父の長政を髣髴とさせるものがあった。

（父上の生まれかわりではなかろうか）

と思うと、うす気味が悪いほどであった。

北ノ政所が、わざわざ聚楽第から大坂城まで見舞いにきたのは、赤ん坊が生まれてから半月後のことであった。

淀殿は、もう床上げしていて、赤ん坊の寝床のかたわらに坐って北ノ政所を迎えた。

「淀殿、またまたのお手柄、おめでとうござります。殿下も、ことのほかお喜びのご様子……」

明るい笑いを浮かべたふくよかな顔で、赤ん坊の顔をのぞきこんだとき、彼女の表情に一瞬、微妙な変化の起こったことを淀殿は見逃さなかった。

鶴松のときと同じように、抱き上げはしてくれたが、なんとなくぎこちないところがあり、

「こんどの和子は、母親似のようじゃ」

ひとりでに口をついて出た言葉が、その心境を如実に物語っていた。

淀殿は不安に似たものを感じたが、こればかりは、どうしようもなかった。父親似の赤ん坊もあるが母親似の赤ん坊もあることを、子供を産んだことのない、このお方がわかってくださるだろうか、と心配になったが、こちらから弁解することでもなかった。

こちらの不安と心配が、北ノ政所にも通じたのか、何か問いたげな目になったが、利口な彼女は、すぐにいつもの目になって、

「大閤殿下には、名護屋城を二十五日に出発してご凱陣とのことゆえ、まもなく父子対面ということになるでしょう。そのときの殿下のお顔が、目に見えるようじゃ」

わざとらしく言って、そそくさとして部屋から出ていった。その肩のあたりに、素《そ》っけない気持ちがにじみ出ているように、淀殿には受けとられた。

(でも、わたくしには、なんの疚《やま》しいこともないのだ)

開きなおった気持ちで、淀殿は北ノ政所を見送った。側室である淀殿の胸に、正室である北ノ政所に対する敵愾《てきがい》心に似たものが芽生えたのは、このときであった。

二十五日に名護屋城を発つといっていた秀吉が、男児誕生を知った翌日の十五日に発って、大坂城へ戻ってきたのが二十五日で、予定より半月も早かった。

帰着するや、道中の陣羽織姿のままで、なんの前触れもなく、二の丸御殿の淀殿の部屋へつかつかとはいってきて、

「拾はどこだ、拾はどこにおる」

あわただしげに言った。

「こちらに寝《やす》んでおられます」

淀殿が隣室へ導くと、秀吉は、すぐにわが手に抱き上げて、

「おう、鶴松が生まれ変わって、また、わしに姿を見せてくれたわ。かたじけない、かたじけない。秀吉は果報者じゃ。神は、わしに世嗣を授けて下された」

そういって、赤ん坊を両手で差し上げ、ぐるぐると部屋の中を回った。頬を涙でべとべとにぬらしながら……。

数名の侍臣もいたし、それに倍する侍女たちも、その場にかしこまっていた。

そんなものは、目にはいらぬように、赤ん坊を差し上げたまま、秀吉は狂気のように、部屋の中を三回ほどまわった。

その姿を、涙でうるむ目で追っていた淀殿は、ふと、侍臣の中に、そんな自分をじっと見つめている目を意識して、視線を転じた。

秀吉に同行して、名護屋城から帰ったばかりの三成であった。

三成は、淀殿と目が会うと、

（よろしゅうございましたな。いかなることがありましても、私はあなたの味方です）

と、いいたげな目をして、他の者に気付かれぬように、そっとうなずいて見せた。

淀殿は、身内がゆれるような感動をおぼえた。

秀吉は、やがて、せわしげな息を吐きつつ、淀殿の手に赤ん坊を手渡しながら、

「こんどの和子《わこ》は母親似のようじゃ。豊臣の天下を嗣ぐにふさわしい美丈夫となるじゃろう。玉のような男子とは、この子のことじゃ。利発そうな顔をしておるわ。知恵もよく回るであろう。知恵のよく回るところは、父親似じゃ」

母親似と言ったところは北ノ政所と同じであったが、その後につづくことばは、父親としての慈愛と温かさにあふれていた。

そして、

「わしとちごうて、美男になろう」

うれしそうに、高笑いした。

その夜、秀吉は淀殿の部屋に泊まった。

「名護屋の陣中でみごもり、わしの世嗣を産んでくれて、ありがたい。ふたたびこうして、世嗣と川の字に並んで寝られるとは思わなんだぞ」

秀吉は、淀殿の豊かな胸の中に顔を埋めるようにして、なんども〝ありがたい〟をくりかえした。

「明国の使節を迎えるため、伏見に築城を命じた。伏見城が出来上がれば、わしは、そこを隠居所にして、拾に、この大坂城をやろう。わしの天下統一の根城である大坂城をな」

とも言った。

「京都には、関白さまがおられます」

お拾が世嗣だといっても、聚楽第には養子の関白秀次がおるので、どうにもならないではないか、という意味のことを言外に匂わせて、淀殿は言った。

「秀次のことをどうするかは、わしも考えておる。わしも、もう五十七、拾が将来、わしの天下を嗣げるような手段《てだて》は、ちゃんとするゆえ、安心しておれい」

そういって秀吉は、二十七歳の淀殿の女体を、せわしげにまさぐった。

殺生《せっしょう》関白

一

「きょう筑州（前田利長）が来て、清洲の姫とお拾を夫婦にせぬかという、大閤殿下のご内意を伝えていきおったぞ。そなたは、どう思う？」

関白秀次は、一の台のぬれた肌をまさぐりながら、ひとりごとを言うように語りかけた。

一の台局は右大臣菊亭晴季の娘で、淀殿が聚楽第でみんなに披露されたとき、秀吉の側室として、京極局たちと肩を並べて坐っていたことは前に書いた。

彼女は同じ公卿の三条顕実に嫁いで二年、夫婦の間に美耶姫が生まれたのち死に別れ、実家に帰っているところを、なんとかして秀吉の歓心を買おうとする父の晴季に口説かれて側室になった。

天正十三年、秀吉が関白になったころ、病気を理由に宿下がりを願い出て実家に帰り、天正十五年秋、北野の大茶会で当時八幡城主の秀次に見染められ、同十九年冬、秀次が関白になるとともに側室に迎えられ聚楽第に入った。

お拾が生まれた時点で、秀次より十歳年上の三十七歳、十七歳になる美耶姫も同伴していた。しかも秀次の機嫌をとるため娘の美耶姫まで、秀次の肉欲のため提供し、正室気取りで秀次を閨房の中で牛耳り、聚楽第の大奥の束《たば》ねのような地位を占めていた。

秀次の正室は、池田恒興の娘で、このころは清洲に住む秀次の父親の病気看病を理由に清洲へ行ったきりであった。

秀次が清洲の姫といっているのは、この正室と彼とのあいだに生まれた娘のことであった。

「まだ、ご誕生から百日にもならぬお拾さまと、四歳になられる清洲の姫さまと夫婦になさるのでござりますか。それではまた、わたくしと上さまのような、姉女房の夫婦ができまするな、ホホホホ」

「笑いごとではないわ。わしには、叔父御《ご》、いや、大閤殿下の肚《はら》のうちは、とうに読めておるのだ」

「……大閤殿下はの、お拾が生まれてから、この秀次を後嗣と定め関白職をゆずったのを後悔しておられるのだ」

「それで、清洲の姫さまと？」

「そうじゃ。お拾と姫が夫婦になれば、お拾はわしの娘婿ということになる。そのとき、わしが一日でも早う隠居し、関白職を娘婿にゆずれとのナゾをかけておられるのじゃ」

　秀次は、鼻の先で声なく笑った。

「それで、上さまは、ご承知なさるおつもりでござりますか」

　一の台は秀次の手を払いのけるようにして、寝床の上に起き直り、あらわな胸のふくらみを、寝衣の衿をひき寄せてかくしながら、丸く白い膝を見せたまま、横坐りした。

（淀殿が産んだばかりの嬰児《やや こ》に、五摂家しかなれなんだ関白職がゆずられる？　敵意に満ちた眼でわたくしを見すえていた淀殿の子が関白になる!?　そのようなことをさせてなるものか）

と思うと、彼女は、どのようなことがあっても阻止せねばならぬと決意した。公家に生まれた女として、武家の名門を誇る女に負けてなるものか、という闘志に似た気持ちの燃え上がるのを、押さえることができなかった。

秀次は一の台の異常な語勢におどろいて、自分も躰を起こして、彼女の露わな膝とわが膝をつき合わせるようにして坐り、

「大閤殿下の焦っておられる気持ちを、わしは無理からぬことじゃと思うておる。このごろの殿下は急に弱られたでのう。朝鮮に出陣しておる兵士に虎狩りをさせて、虎の肝を送らせて食べたり、有馬や遠く熱海にまで湯治に出かけられるが、いっこう効きめがないらしい。先のことが心配なので、お拾の身分を、はっきり決めておきたいのじゃ。ぜひもない、わしは、殿下がおられなんだら、近江八幡城主にもなれはせぬ。関白職も殿下の命令一つで決まったことじゃから、ゆずれといわれたら、いやとはいえまい」

このとき一の台は、秀次の柔和な目を、美しい張りのある目で、まじろぎもせず見すえ、

「お拾さまが大閤殿下のお子でのうても、関白職をおゆずりになりますか」

「なんと申すか!?」

「大閤殿下は、淀殿のほかに、北ノ政所さまをはじめ側室のどなたかに、お子を産ませたことがございましたか」

「長浜時代に南殿という側室に秀勝という男の子が生まれたと聞いておるが、もう二十年前の話じゃ。そういえば、それから誰にも子を生ませたことがないのう。そなたの申すとおりなれば、淀殿は、ほかの男の胤を宿したことになるのではないか。ならば、お拾は誰の子だというのじゃ」

「淀殿にとって、大閤殿下は父の敵、母の敵ではありませぬか。ほかの男の子を産んで殿下の子といつわり、父母の敵討ちを果たされようとなさっておるとは考えられませせぬか」

「……」

「大閤殿下の仰せのままに、上さまが関白職をお拾さまにおゆずり遊ばせば、関白職は浅井家の血筋の者に嗣がれることになります。関白職とは宮中でも最高の官位ときいております。生まれたての嬰児のうけつぐべき官位ではございませぬ。石田治部少輔は、先祖代々京極家の家臣筋で、浅井家とも因縁浅からぬ家筋とか。淀殿と治部少輔が腹を合わせ、関白職をむりやり浅井家の血筋のものにうばいとろうと謀《はか》っておるのかもわかりませぬ」

「おそろしいことを申す。そなたは誰から、その話を聞いた?」

「家老の木村常陸介どのでございます」

「淀殿と石田がしめし合わせて陰謀をたくらんでおるという、確かな証拠でもあるのか」

「常陸介どのの話では、淀殿が淀城へ移ってから、城下に浄土庵とか申す尼寺を建て、ひそかに亡き父や母の菩提を弔いに参っておったそうでございますが、そのときはお小姓を連れた治部少輔どのが時刻を合わせてお参りしていたそうな。二人がしめし合わせて尼寺で何をしていたことやら……」

「それだけ聞けば、まちがいはあるまい。すぐにでも大閤殿下に申し上げねば、豊臣家にとっての一大事じゃ」

「なれど、大閤殿下には、お拾さまを真実わが子と信じておられる様子でございますから、上さまからめったなことを申されては、上さまのおためにならぬと存じます。ただお拾さまと清洲の姫君を夫婦になさることについてのご返事は、それとなくお断わりなされてはいかがと存じます」

「む……」

秀次はその場に仰向けに寝ころがると、一の台のことばも耳にはいらぬふうに、竜が玉にたわむれている図を極彩色に描いた格《ごう》天井を、じっと見つめたまま、まじろぎもしなかった。

一の台は、自分のことばが、秀次の心を強く動かしたらしいことに満足して、その横顔をうっとりと見つめていた。これで自分を冷たい敵意に満ちた目で見ていた、憎い淀殿の産んだ子が、関白職をうけつぐことは阻止できると思った。ざま見ろといった淀殿に対する勝利感が全身にしみわたるようで、寝衣の衿を押しひろげて、秀次の上に、黙っておおいかぶさっていった。

二

秀次と一の台の願いとはうらはらに、秀吉のお拾に対する愛情は、その成長につれて深まり、盲愛あるいは狂愛の域に達していた。老境に足を踏み入れたことが実感される、自分の躰の衰えと年齢を考えるにつけ、お拾が幾歳になるまで生きられるかという、不安と焦りで、不憫《ふびん》さのいや増す思いであった。

このころ秀吉は、伏見城の築城に熱中していた。本丸も櫓も湯殿もみんな、あすなろ（檜《ひのき》に似て檜に次ぐ良材）を取り寄せて造った贅《ぜい》をきわめた建築であった。彼が、伏見から大坂城の淀殿に出した手紙に、

「お拾は相変わらず丈夫か。乳もよく飲んでいるだろうか。やがて、そちらへ参ろうと存じているが、くれぐれもお拾に乳をよく飲ませて、一人寝させて欲しい。そなたも乳が足りるように、飯をよく食べなさい。少しも物事を気にかけてはならぬ。鷹の捕った鳥を五羽、蜜柑の髯籠《ひげかご》を三つ差し上げよう」

という意味のものが、いまに残っている。

文禄三年三月に始まった伏見城が完工して、淀殿がお拾とともにそこに移ったのは、その年の十二月のことで、同城の西の丸にはいったので西の丸どのと呼ばれた。

彼女は鶴松を産んだ年（天正十七年）の十二月に、父長政の十七回忌、母お市の方の七回忌にちなみ、二人の画像を描かせ、南禅寺の前住職錬甫《かんぽ》宗純禅師に賛

をしてもらい、高野山の持明院に納めた（現存）が、このときはまだ秀吉や世間をはばかって、「有人」とだけ書いて、自分の名を秘した。

しかし、お拾の生まれた翌年の文禄三年五月には、京都の三十三間堂の東に父長政の法名と同じ養源院という名の菩提寺を建て、長政の二十一回忌の法要を堂々と営んだ。そのとき秀吉が同時に、三百石の寄進をしているところをみても、彼が、このごろ、お拾の生母たる淀殿に頭の上がらなかったことがよくわかる。

その一方で、秀次の娘とお拾を夫婦にしたいと申し入れた秀吉は、秀次から早く賛同の回答を得たいため、つとめて秀次に近づこうとしていた。

秀次の顔を見れば、小言《こごと》がましいことばかりいっていた日ごろの彼とちがって、うす気味の悪いほどの変わりようであった。

大坂城へ秀次を招いて、みずから得意の能を舞って見せたり、自分の道服を脱いで、手ずから着せてやったりもした。

吉野山の花見に誘い、北ノ政所も同行させて、二泊三日の行楽を共にしたりもした。

その間、始終、秀次のご機嫌をとるような態度を示した。

お拾と秀次の娘をめあわすことを、口に出したくてたまらず、しきりにナゾをかけるのだが、そのたびに秀次は、わざと、とぼけて気がつかぬふうを装い、他の話を持ち出して、はぐらかしてしまった。

いつもの秀吉とちがって、面と向かって切り出せないのを見て、秀次は、一の台のいったお拾の出生の秘密は、本当のことだと堅く信じるようになった。

そのうちにも、秀吉の健康は、目に見えて衰えていった。

文禄四年（一五九五）四月十七日の多聞院日記には、「大閤さま十五日夜、少々御心悪く、御心得なく小便垂れさせ候よし」という記事が見える。

寝小便をしてもわからぬ、というほどだから相当な弱りようだ。

自分の健康が衰えるほどに、まだ生後一年半のお拾の前途に不安をおぼえた秀吉は、とうとうたまらなくなって、聚楽第から伏見城へ秀次を呼び寄せて、面と向かって切り出した。

秀次の機嫌をとるために、城内にいち早く建てさせた、秀次のための御殿の奥の間で……。

「清洲におるそちの娘とお拾を、めあわせたいと申し入れてあるはずじゃ。それからすでに一年有余になるのに、いまだに返事がないのは、どういうわけがあってか。わしも、近ごろ躰がおとろえたで、お拾の行く末のことに早く決着をつけたいのじゃ」

「それが……」

秀次は、さすがにいいしぶった。

なすべき返答は、お拾の出生の秘密について一の台からきかされたときから、決まっているのであったが、それ以後秀吉といくたびか顔を合わせる機会があっても、さすがに口に出せなかった。しかし、こうして秀吉のほうから面と向かってはっきりと切り出されると、もはや逃げ口上《こうじょう》は許されなかった。

瀬戸際に追い詰められた秀次の目に、彼の一言半句もきき逃すまいと、かたずを飲んでいるような顔の石田三成の姿が映った。

(三成ごときを、恐れてなるものか)

秀次の胸に急に反抗心が燃えあがった。

勇気をふるい起こして、蒼白な顔を上げ、

「おそれながら、治部どのがおそばにおっては、申し上げにくうございます」

「なに!?　治部が……。ははは、治部は腹心のものじゃ。かまわず何でも申すがよい」

「それが困りますので……」

「そうか、治部がおっては申せぬというか。仕方がない。治部、遠慮いたせ」

「はっ」

秀吉のことばに、しぶしぶ立ち上がった三成の表情は複雑であった。

淀殿のために、お拾が天下人になれるように努力することを誓っている彼としては、いま秀吉の養子として関白の座を占めている秀次の存在が最大の関心事であった。

しかも、秀次の家老である木村常陸介が、自分を政敵視して、自分と淀殿のことについて愚にもつかぬことを、一の台を通じて秀次の耳にあれこれ吹きこんでいることを知っているだけに、心おだやかならざるものがあった。

伏見城で秀吉と要談中、秀次が聚楽第からやってきて、話題がお拾のことにおよんだので、おもわず全身を耳にしていたのだが、それを秀次に覚《さと》られて、追い立てられたわけである。

　彼は部屋の外に出ても、襖越しに聞こえてくる秀次と秀吉の問答に聞き耳を立てていた。

　三成が部屋の外へ去ると、秀吉は不快な感情をつとめて顔に出すまいと、それを愛想笑いでかくしながら、

「どうじゃ、そちの娘とお拾を夫婦にすることを承知してくれたか。そちが承知してくれるなら、日本国中を五つに割り、そのうちの四つをそちに与え、のこりの一つをお拾に与えたいと思うておるのじゃが」

と、いった。

　秀次は、思いきったように、

「お拾どのが、真実、殿下の血をうけた和子なら、この秀次、よろこんで娘と夫婦にしていただきまする。もともと非才のそれがしを関白にまでしてくだされたのは、殿下のご高恩によるものでござりますれば、お拾どのに関白職をゆずれと申されるなら、惜しいとは思いませぬ。日本国の五分の四も欲しいとは思いませぬ」

「そちは、お拾がわしの子ではない、とでも申すのか。気でも狂うたか秀次。なにをもってお拾がわしの子ではないと申すのか」

「お拾どのばかりではございませぬ。亡くなった鶴松どのも、殿下のお子ではござりませぬ」

「黙れ秀次。そちは、正気でいうておるのか。たわけたことを申すと、たとえ甥なりとも許さぬぞ。お拾がわしの子でのうて、誰の子だというのじゃ」

秀吉は猿面を蒼白にして、節くれだった両拳をふるわせながら、大きな声を出した。

近ごろ病身の秀吉が、こんなに大きな声を出すのは珍しいことであった。

秀次はもう、破れかぶれのような気持ちになって、

「殿下は淀殿にだまされておられます。淀殿は殿下に攻めほろぼされた浅井長政やお市御寮人《ごりようにん》の娘ではありませぬか。北ノ政所さまのほか数多くのご側室で、殿下のお子を産んだ方がござりましたか。淀殿だけに子どもが産まれたのを、怪しいとお考えにはなりませぬか」

秀次も全身蒼白になっていた。言い出したら、もうとまらなかった。目の前に

いるのが叔父でこそあれ、日本国中で最大の権力を持った、恐ろしい人であることを忘れていた。

「淀殿にとっては、殿下は父の敵《かたき》、母の敵ではありませぬか。淀殿は治部少の胤《たね》を宿《やど》したとの専《もっぱ》らの噂でござりまする。淀殿は相手の男は誰でもよい。織田と浅井の血をうけた自分の産んだ子に、大切な関白職を嗣がせようとしておるのです。そのようなものに、秀次の関白職をゆずることはできませぬ」

「うぬ、許さぬ。手討ちにいたしてくれる、それへなおれ!!」

真っ青になった秀吉が、佩刀《はいとう》をわしづかみにして立ち上がったとき、隣室で立ち聞きしていた三成が走りこんできて、二人の間に割ってはいった。

「殿下、おからだにさわります。関白さまも、きょうのところは、どうかすぐにお引き取りくだされませ」

命令するような口調でいった。秀次は、席を蹴るようにして、立ち去った。

あとは秀吉と三成の二人だけになった。

「たわけめ、あろうことか、お拾がわしの子でのうて、治部の子じゃとはざきおって」

秀吉は、まだおさまらぬ怒りに、小さい躰をふるわせながらわめいた。

三成は、一瞬どきりとなった。

自分と淀殿は、心は通じ合っているが、躰で通じ合っているなどということは毛頭ないことは、天地神明に誓って明言できることである。

しかし、北ノ政所や京極局や一の台局や、その侍女たちが、かげであらぬ噂をたてていることも知っていた。それに、むきになって弁解すると、かえって怪しまれると思って、じーっとこらえていただけである。

それを、秀次から明らさまに秀吉に告げられ、秀吉も、それを口に出したのである。

それに対し、なまなかの弁解をすると、かえって、秀吉に疑われるようなことになる。

そうなれば、自分ばかりでなく、淀殿の立場も不利なことになる。

(こうなれば、いままで、口に出すまいと思っていた秀次と一の台局の関係のことを打ち明けて、話題の鋒先を転じねばならぬ)

そう心に決めた三成は、

ます」
「関白さまが悪いのではございませぬ。おそばについておる方が悪いのでござり
「そばについておるとは誰だ」
「一の台局と家老の木村常陸介でございます。常陸介がよからぬことを一の台局
の耳もとに吹きこみ、一の台局が、それを関白さまに——」
「なに？　菊亭晴季の娘の一の台が、また聚楽第にはいっておると申すか」
「はい。殿下が聚楽第をご進発されて、名護屋へ下られたあくる日から、関白さ
まのおそば近くに仕えております」
「なぜ、もっと早く、それを申さぬ」
「いらざることを耳に入れて、関白さまとのお仲が悪しゅうなってはと存じまし
て。なにしろ一の台局と申すお方は、なかなかのしたたか者にて、美耶姫と申さ
れることとし十七歳の娘まで関白さまの側室に差し出し、ご機嫌を取り結んでおる
やに聞いております」
「たとえ叔父と甥であっても、いまは秀次とわしは親子の仲じゃ。それじゃの
に、親が手をつけた女ごを、ぬけぬけとそばにおいて……。しかもその娘にまで

手をつけるとは……。犬畜生にも劣るやつじゃ、秀次も一の台も……」

そこまでいうと、秀吉は目の前が真っ暗になり、ふらふらと倒れそうになった。

「殿下、おあぶのうござります」

すばやく立ち上がって、抱きとめた三成の顔に、してやったりというような表情が浮かんでいた。秀吉の疑惑の鉾先をうまく逸《そ》らせたからである。

庭前に並ぶ桜の花は、いま満開であった。

三

秀吉に呼びつけられて、伏見城へ出かけたその日の夕方おそく、聚楽第に帰ってきてからの秀次は、まるで別人のようになった。

朝から酒びたりで、飲めば飲むほど青くなり、始終、何かにおびえているような目をしていた。家臣や侍女たちが、何か口を出すと、

「予は関白じゃ、聚楽第の主《あるじ》じゃ。ここに仕えておって、なぜ予の命令がきけぬ

か」

かすれた声でわめいた。手がつけられなかった。

一の台も、ただはらはらして、そばで見ているばかりだった。改めてきかなくとも、秀次が伏見城で、自分が教えたとおりのことをいって、秀吉の怒りをかったことは明らかであった。そう思うと一の台は、秀次に対して申しわけない気持ちがいっぱいで、意見がましいことなどいえなかった。

秀次は、しばらく酒びたりの毎日を送っていたとおもうと、こんどは女狩りを始めた。

女狩りといっても、道を歩いている女をさらってきて、片っぱしから犯すというのではない。

秀吉の後継者と見られていた秀次の歓心を得ようと、いわゆる先物買いで、出羽の最上家をはじめ、各地の豪族や公家たちが、競って自分の娘を側室に差し出したことは前にも書いたが、そのうち、現在、名前と年齢のわかっているのだけでも、一の台を除いて二十五人はいた。それまで、秀次が顔も見たことがないというものが多かった。

彼は、その女たちに一夜ずつ、寝所の伽《とぎ》を申しつけた。しかも、寝所には、必ず一の台母娘も一緒に寝かせ、母娘の目の前で他の女を抱いたり、他の女の見ている前で、母娘に交互に挑むという、けだもののような狂態が、夜ばかりでなく、白昼にも演じられた。

政務は家老の木村常陸介にまかせっきりであった。

大政所は秀吉の無謀な外征を心配しながら世を去り、北ノ政所も大坂城へ移っていたので、聚楽第の中で、気がねする人がだれもいなくなっていたことも、秀次を放埓《ほうらつ》に追いこんだ原因の一つであった。

しかし、なんといっても、秀吉の激怒をかったという絶望と恐怖と、関白職をうばわれて聚楽第から追放される日も近いだろうという不安が、彼を自暴自棄にし、狂態に導いた主因であることは否めなかった。

秀次は、秀吉とちがって、生まれながらのお坊っちゃん育ちであった。

しかも、秀次がそうなるのを待ちかまえていて、彼の狂態に尾ひれをつけて、秀吉の耳に入れるものがあるのだから、悲劇の訪れは避けようがなかった。

さらに、豊臣家の内紛の傷口を、さらに大きくしようと企む、徳川家康の手が裏面に動いているのだから救いようがなかった。

聚楽第の情報の出所は、一の台の侍女楓と秀次の側室於万の方であった。

この二人は、家康の腹心本多正信につながっており、この二人から淀殿の侍女幸蔵主尼に情報が伝わり、幸蔵主尼から三成に伝えられ、三成の口から秀吉と淀殿にささやかれた。幸蔵主尼を背後から動かしているのも、本多正信であることは、秀次や一の台、秀吉はもとより、三成も淀殿も気のつかぬことであった。

正親町上皇が崩御し、諒闇の期間であるのに、山城国の大原や醍醐に狩猟に出かけた。

殺生禁断の聖地である比叡山にも狩猟に出かけ、僧侶の禁制もきかず、僧房にはいって鳥獣を屠殺した。

さては、鉄砲で城の櫓《やぐら》から通行人を射殺したとか、妊婦の腹を割いたとか、食事中に砂がはいっているのに腹を立て、料理人の口の中へ砂を押しこんで殺してしまったとか、虚実さまざまの噂が秀吉の耳に聞こえてきた。

しかし、秀吉は、

「そうか」

とうなずくだけで、なんの意見もつけ加えなかった。

肉親に縁のうすい彼は、ただ一人残った甥の秀次を殺すことに、なおためらいがあった。

妹の朝日姫も弟の秀長も、すでに自分より先立って病死し、姉の智から生まれた三人の甥のうち、秀勝、秀保は死に、残っているのは秀次だけであった。秀次が死ねば姉の智は、どんなに嘆くことか。自分にとっても、肉親は、智一人だけになると考えると、ためらわざるを得なかったのである。

右大臣菊亭晴季は、秀次の前途を不安がる娘の一の台を安心させるため、秀次に白銀三千枚を朝廷へ献上し、朝廷から秀吉との間のいざこざを調停してもらってはどうかと持ちかけた。秀次は、わらをもつかむ気持ちで、一も二もなく賛成し、それを実行した。

しかし結果は逆で、朝廷のあっせんの手がのびるより先に、秀次が反逆をくわだてるため、まず朝廷に献金して抱きこみ工作をやっている、というふうに秀吉の耳に伝わった。

このころ、三成は毛利輝元から一通の書状を受け取った。それは輝元が関白秀次へ忠誠を誓うという誓書を出したことに対し、秀次が送った感謝状であった。

事実、朝鮮出兵に反対の諸大名が、同じ考えをもつ秀次のもとに自然の形で結集されていた。輝元は、その代表的存在であった。伊達政宗や細川忠興もその中に加わっていた。

　秀次と秀吉の不和の噂が伝わると、輝元は、秀次の謀叛に加担しているように思われては困るからと、進んで秀次の感謝状を三成に提出した、というわけである。

　三成が、これを秀吉に取り次ぎ、

「せっかく統一された天下が、分裂するようなことがあっては、一大事でござります」

　と報告したことは、当然であった。

　秀次が聚楽第を表敬訪問した、ポルトガルの宣教師の質問に答えて、

「若君（お拾）は太閤の子であっても、豊臣家を嗣ぐ子ではない。豊臣家の世嗣は、この秀次である」

　と明言したことも伝わってきた。

お拾を天下様に、と考えている三成や淀殿にとっては、神経を逆撫でされるような発言であった。それは、お拾を盲愛する秀吉にとっても同様であった。

首切り奉行

一

文禄四年（一五九五）七月二日、秀吉は奉行の三成と増田長盛を上使として、聚楽第へ送った。上使を護衛する数百名の武装兵が、聚楽第の表門の前で警戒して、いざの場合に備えた。

これに対し、邸内でも木村常陸介の命令で、鉄砲の火縄に点火した家臣が、待機していた。

三成と長盛は、大小を預け、無腰のままで秀次に対面した。

常陸介が、秀吉をそそのかす奸物め、と憎悪の目で見すえるのを尻目に、三成は平然たる態度で秀吉からの詰問状を読み上げた。

一、若君お拾様を大閤殿下の実子でない、と宣教師に語ったのは事実か。

一、毛利輝元から忠誓書を取った真意は何か。
一、遊猟に鉄砲隊を伴ったのは軍事教練が目的か。
一、政務を等閑に付して日昼酒宴を催しているのは事実か。
の四カ条であった。

秀次は右筆駒井重勝を呼び、弁明を口述して筆記させ、上使に渡した。

上使の三成と長盛が聚楽第から辞去する以前に常陸介が秀次の耳もとに口を寄せ、

「上使を斬って即刻尾張へ立ち退きましょう。大閤殿下のお胸の中は、あのご弁明では晴れるものではございませぬ。必ず上様を」

と、ささやきかけたが、秀次は笑って、首を横に振っただけであった。

秀吉は三成らが持ち帰った秀次の弁明書を読む前に、

「聚楽第内は、火縄に火を点じた鉄砲をもった武士が充満し、殺気立っておりました」

という三成の報告をきいただけで、火のようになって怒った。

「予はなんじの暴行と逆意を抱けるを熟知す。ゆえに、なんじは急ぎ侍者数輩を従えて弁明するか、あるいはなんじの父（三好一路浄閑）の居城たる清洲へ退去すべし。もしこの両条に違背すれば、予はたちまちなんじの命を断ち、なんじの宮室を灰燼《かいじん》にせん」

七月八日、秀吉の使者としてやってきた前田玄以、徳永式部卿法印寿安らが、右の最後通牒を手渡し同道を求めた。

先に三成、長盛の両上使に渡した弁明書で、叔父秀吉が氷解してくれたものと、事態を甘くみていた秀次は、おどろきあわてた。

そこへ、北ノ政所の使者と偽って、幸蔵主尼が聚楽第を訪れ、

「伏見へ行かれ、大閤殿下にお会いなれば、叔父甥のお仲ゆえ、すぐに許されましょう」

事もなげにいった。秀次は、すぐその気になった。木村常陸介が、

「聚楽第を離れてはなりませぬ。みすみす三成らの術中におちいるだけでございます。ここにおられて弁明の使者を出し、きかれぬときは兵を挙げるのみです。関白さま挙兵ときかば、馳せ参じる兵は五十万を下りますまい」

思いつめた顔ですすめたが、

た。

「叔父上と骨肉の争いは、しとうない」

と、とりあわず、秀吉のいうとおり、側近のもの数名を従えて馬上の人となった。

秀次が聚楽第を出たことを、後になって常陸介からきいた一の台は、

「それでは、あまりにも無用心。すぐ護衛の兵を出して下され」

顔色を失っていった。

常陸介も、もっともだと思い、邸内を守る二百余の軍兵をみずからひいて、秀次の後を追った。墨染のあたりまで行くと、おびただしい旗指物《はたさしもの》が夏の風になびき、数千の軍勢が前途をさえぎっていた。

「ちっ、三成にはかられたか」

馬上で身もだえしたが、万事手おくれだった。

反逆のことなど考えもしない秀次は、まだ、あやまれば許される、ぐらいの気持ちで、ひとかけらの警戒心も持たず、伏見にはいった。城下の町はおびただしい軍勢で、ものものしく固められている。

「これは!?」

やっと、それと気づいたが、もう遅い。

町の入口で、甲冑をきて五、六十騎を従えた名も知らぬ武士が、

「お待ちいたしております。いざこれへ」

案内されたのは城内ではなく、外濠のそばにある木下大膳亮吉隆の屋敷であった。屋敷にはいると、表門がゆっくりしまった。

「やっぱり、そうであった」

秀次の顔が、蒼白になった。

表書院の間で、幼なじみの大膳亮が茶を点ててくれたのち、二刻（四時間）近く、そのまま放置された（その間に、聚楽第や、最上家、伊達家への処置が行われたのである）。やがて三成と増田長盛がやってきて、秀吉の沙汰書を読み上げた。

相届かざる仔細これあり、
一、豊家追放の事。
一、従二位、左大臣、関白の官位、官職剝奪の事。
一、聚楽第召放の事。
一、尾張兼伊勢五郡百万石公収の事。

一、紀州高野山入りの事。

秀次は大声で叫びたい衝動を、じっとこらえて、肩をふるわせつつ神妙に頭を下げていた。それが、せめてもの叔父秀吉や三成への無言の抵抗であった。

幸蔵主尼が北ノ政所のことばを伝えるといってやってきたのは、自分を聚楽第から引き出すためのつくりごとであることもわかったが、後の祭りであった。

二

それから七日目の七月十五日。

頭を丸めて、祖母であり秀吉の母である大政所の位牌のまつられた高野山の青巌寺で、ひたすら謹慎している秀次のもとへ、福島正則、池田伊予守が使者となって、それぞれ一千の兵をひきいて登ってきて、秀吉からの切腹の命令を伝えた。

青巌寺の一室で、京都から見舞いにきていた東福寺の僧隆西堂と、将棋をさしていた秀次は、切腹の使者ときくと、将棋盤をそっと床の間に置き、

「この勝負は、桂馬で詰まってわしの勝ちじゃ。駒をくずすまいぞ」

といって立ち上がり、清洲城にいる両親と一の台にあてた遺書をしたため、行水《ぎょうずい》をして躰を清めてから切腹の場に臨んだ。

不破《ふわ》万作、山本主殿《とのも》、山田三十郎の三人の小姓が、さきがけて殉死のために腹を切り、秀次は一尺二寸の獅子の正宗を、隆西堂と声をかけ合って同時に腹に突き立てた。家臣の雀部《ささべ》淡路守が介錯をすませて後を追った。

秀次は戦国武将らしい、堂々たる最期だった。

秀次の息のかかった側室や子女たち三十余人が、聚楽第で捕らえられたのは、秀次が伏見城へ出かけていった夜のことであった。

彼女たちは、徳永寿昌の京都屋敷に押しこめられ、二日おいて七月十一日、金吾中納言小早川秀秋の丹波亀山城へ移され、二十日間の軟禁生活ののち、秀吉から全員処刑の命令が下った。

もし秀次の女児が成長して男児を生み、その子がどのような仇をするか、また彼女たちの腹に秀次の胤が宿っていては将来お拾の禍根になる――というのが、このときの秀吉の本心であった。お拾可愛さに、秀吉の心は盲目になっていた。

三成は、その命令どおりに動いただけである。しかし、内心では、その命令を実行することによって、ゆくゆくはお拾が天下人になることが可能だし、その下にあって、天下を思いのままに動かせるおのれの野望も達成できるし、淀殿の悲願も叶えることが出来ると計算したことも事実だった。

処刑を宣告された彼女たちは、亀山城からまた京都の徳永屋敷に運ばれ、八月二日、後ろ手に縛られた白装束の躰を、五人ずつ荷車に乗せて市中を引き回され、やがて三条河原に着いた。

炎天下の河原には方二十間の濠が掘られ、高いところから見ると黒枠《わく》のようだった。

黒枠の中心に土まんじゅうの塚がつくられ、塚の上に腐りきって、顔かたちも定かにわからぬような生首がのせてある。その生首が秀次のものだった。

彼女たちは、土まんじゅうの塚の前に引きすえられて、腐った生首を拝ませられた。

それがすむと、濠の内側に一列に並んで坐らせられた。打ち首にされた死体を、そのまま濠に蹴落とせるような仕掛けになっていた。

「人より先にと太刀取りの前にわれから急ぐお方もあり、少しでも人より後にとあとずさりするお方もあった。五十歳ぐらいのひげ男が、美しい姫君を犬ころのようにつまみ上げて二太刀刺して濠の中へ投げこんだ。それを見た母がひげ男に抱きつくのを、あっさり首をはねた。八人、九人、十人と首をはねては、塵芥《ちりあくた》のように濠の中に積み重ねるので、たまりかねた一人の女房が、関白家の縁につながるなきがらを、積み重ねるとはなにごとか、奉行はなんのためにいるのじゃ。このような無法を、なにゆえ制止せぬぞ、と大声で叫ぶのを、ものをもいわず、その首をはねた。三条大橋の上や河原の土堤から見物していた人たちは、哀れなるかな、悲しいかな、このようにむごいものとわかっていたら、見物にはこなかったものをと、後悔の声を口々にあげた。（現代文、筆者）」

小瀬甫庵《おぜほあん》（秀次の八幡城主時代の家臣）の記述をそのまま借りても、婦女子の大量虐殺の地獄図絵が、目の前に浮かぶようだ。

秀次の首をのせた土まんじゅうの横の床几に腰をおろして、地獄図絵の指揮をしているのは、処刑奉行の三成であった。

於万の方は、首を打たれる前に、三成のほうをにらんで、

「大閤殿下は関白さまに反逆のぬれ衣をきせ、それがさも、まことであるかのように天下に示すため、このようなむごいことをなさるのじゃ。お拾さまのじゃまになるとて、関白さまの縁類を根絶やしなさるのじゃ」

と絶叫した。

一の台局は、さすがに取り乱したふうはなく、

心にもあらぬうらみはぬれ衣の
　つまゆえかかる身となりにけり

という辞世を、透きとおるような声で二度唱え、十七歳の美耶姫とともにおとなしく首を打たれた。

群衆の中には、

「このようなむごいことをして、平気な奉行は鬼か蛇《じゃ》か」

「人間の皮をかぶった畜生よ」

「武士なら情けを知れ、関白様のお罰が当たるぞ」

三成に聞こえよがしに、罵詈雑言《ばりぞうごん》を浴びせるものがあった。

しかし三成は、それらは一切耳にはいらぬげに、一点を見つめたまま石のよう

に動かなかった。彼としては、秀吉の部下の能吏として、その命令を忠実に実行しているつもりであった。秀吉が天下人として置目《おきめ》を定めた限り、それに叛いたものは、たとえ肉親たりとも処罰するきびしさは、当然だと考えていた。まして、それがお拾や淀殿の将来の安泰につながるのなら、なおさらのことだった。

だが結果からみて、この処刑が北ノ政所を中心とする尾張派の武将たちの、淀殿を中心とする近江派の文吏たちに対する反感をつのらせ、三成たちを悲運におとしいれたことは事実である。

また世間では、三成が処刑奉行をつとめたことによって、秀次の罪状をでっちあげて、秀吉に報告した元凶は、彼であるという目でしかみないことになった。

白日の下に地獄図絵が展開された日の夜半、京の町のある辻に、落書《らくしょ》が出た。

「天下は天下の天下なり。関白家の罪は、関白家の例をひきおこなわるべきのこと、もっとも理《ことわり》の正当なるべきに、平人の妻子のように、今日の狼藉ははなはだもって自由なり。行末めでたかるべき政道にあらず。

世の中は不昧《ふまい》因果の小車や

よしあし共にめぐり果てぬる」

菊亭晴季は狂気のようになって、娘の一の台と孫の助命を嘆願したが、秀吉は耳をかさなかったばかりか、右大臣の官位をうばって越前へ流罪にした。死罪にしなかったのが、せめてもの心やりであった。

家康の腹心本多正信のもとから放たれて、密偵の役割をつとめていた於万の方も楓も、正信から救いの手が差しのべられるはずもなく、三条河原でみんなと共に殺された。

豪奢をきわめた聚楽第は、あとかたもなく、とりこわされた。

関白職は秀次の死後、五年間、空位のままにおかれた。

秀吉の死ぬのを待ちかねていたように、晴季が右大臣に返り咲いたあくる年の慶長五年十二月（関ヶ原戦の三カ月後）、一条兼孝が関白に就任、それから明治維新まで五摂家の間でうけつがれた。

藤原基経が元慶四年（八八〇）に関白に就任してから、二条斉敬の慶応三年（一八六七）に関白職が廃止されるまでの約千年間に、関白職が武家の手に移っていたのは、秀吉と秀次を合わせた十年間のことにすぎなかった。

三

秀吉が「大閤検地」と呼ばれる、全国的な規模の耕地の再測量を始めたのは、本能寺の変の直後の天正十年（一五八二）の秋からで、征服した大名の領地をつぎつぎ検地し、天正十八年（一五九〇）までに全国の検地をすませた。その間に、方法も進歩し整備したので、文禄三年（一五九四）に、改めて新しい規準を設けて、全国一斉に統一した検地をおこなった。

これは曲尺方六尺三寸を一間とし一間四方を一歩とし、五間に六十間を一反というふうに基準を定めたもので、同時に租税は二公一民と定めた。このほか中世的な行政区域名である荘、郷、保、里を廃し、国、郡、村に一定した。

この結果、中世的な荘園制度は打破され、社会経済の上に革命がもたらされ、近世的な知行制度が確立され、これが徳川時代にも、そのまま引き継がれた。

これを大閤検地と呼び、経済史家は、この大閤検地を「近世」の開幕だとしている。

この大閤検地を主管したのは三成のほか、増田長盛、大谷吉継、浅野長政、長束正家の計五名であった。このうち浅野をのぞく四名が関ヶ原戦で西軍に属しているのは、注目すべきことだ。

また三成は、この検地の間に、九州島津氏と常陸の佐竹氏とも親密さを加え、関ヶ原戦に両氏が三成に同調する結果を招いた。

なお、この検地の結果、秀吉の直轄地が増大し、それを引き継いだ徳川幕府がこれを天領とし、幕府財政の有力な基盤としたのも、皮肉な結果といえる。

会津で九十二万石を領し、鶴ヶ城の城主だった蒲生氏郷が四十歳の若さで伏見で死んだのは、大閤検地が終わった翌年、秀次が切腹させられた年、文禄四年の二月七日のことである。氏郷が信長の娘婿であり、鯰の前立の兜を頂いて常に第一線で戦う勇者であり、キリシタンの信徒であり、利休の七哲に数えられる茶人であり、里村紹巴の高弟の歌人であったことは、よく知られている。

ある日、氏郷は近習と次のような問答をした。

「大閤の死後、殿は関白職（秀次）の門前に馬をつながれますか」

「あの愚か者に従う者などあるものか」

「では、天下人には、どなたが……」

「それは加賀の又左衛門（利家）よ」

「又左衛門殿がだめなら、どなたが」

「又左衛門がだめなら、この氏郷よ」

「徳川公は、いかがで……」

「あれは天下を得るような器《うつわ》ではない。家来に知行を過分に与える器量がない。又左衛門は家臣に分に過ぎた加増をする男だ。天下人には、この男よりほかにない」

右のように、気宇壮大な人物で、伊勢松阪十二万石の城主から会津若松九十二万石の城主になっても、ちっとも喜ばず、逆に畿内から遠く離れた奥州に置かれては、天下をうかがう機会がなくなったと嘆いたほどである。

したがって、氏郷が死んだとき、彼の野望を知っていた秀吉と三成が計って毒殺したのだ、という噂が流れた。しかし、それが根も葉もない噂であることは、当時の名医曲直瀬道三のカルテともいうべき「医学天正記」には、いまでいう直腸ガンか肝硬変でなかったたか、と思わせる記述があることでも明らかだ。そんな噂が出るくらい、氏郷の存在が大きく、その死が多くの人々にショックを与えたことになるだろう。

また、毒殺どころか、氏郷のことを、

「あのようなお方を、奥州鎮定の大任につければ、天下は磐石のごとく安泰でございましょう」

と秀吉に推せんしたのは三成だった。

氏郷も右手で伊達政宗を押さえ、左手で徳川家康を牽制するという自分の役割を十二分に心得ていて、

「この氏郷が会津におる限り、家康が兵を挙げても、その尻にくらいついて、箱根を越えさせはいたしませぬ」

と、親友、前田利家に語ったことが、「利家夜話」に記録されている。

このような氏郷を失うことは、三成にとっては、大きな痛手であるから、毒殺するなど、とうてい考えられぬことだ。

それにしても三成は、とんだぬれ衣を着たわけだが、徳川時代に著述された史書には、ことごとく三成の毒殺説を述べているのは、曲学阿世の徒がいつの世に

もいるものだ、ということを証明している。

氏郷の病死後、十三歳の嗣子秀行が会津九十二万石を継いだが、それから二年後の慶長三年（一五九八）正月、下野国宇都宮十八万石に減封による国替えを命ぜられた。

そして、その後任として上杉景勝が百二十万石の会津領主として着任、直江兼続は上杉領支配の総監として三十万石の米沢城主を兼ねることになった。

この転封のとき、三成は浅野長政とともに会津に下り、蒲生氏の諸城を接収して上杉氏に引き渡し、兼続と謀って掟書をつくり、領民の鎮撫につとめた。

四

ここで物語を秀次切腹直後の時点に戻す。

秀次を成敗してからの、秀吉のお拾に対する愛情は、いよいよ深まり、溺愛あるいは盲愛の域に達した。

まず、秀次亡きあと、あらためて秀吉に対する忠誠を誓う誓書を、全国の諸大

名に命じて提出させたが、その文面は、
一、お拾様に対して、いささかの表裏別心なく、お為《ため》になるよう、守り奉る。
一、すべて大閤様の御法度《ごはっと》の置目《おきめ》通り、相違なく守り奉る。
一、お拾様のことを疎略に思ったり、大閤様の置目にそむく者があったならば、たとえ、縁者、親類、知音《ちいん》であったとしても、偏頗《へんぱ》なく罪科を糺明した上で、成敗申しつけられたい。
という意味になっており、豊臣家第二世となるお拾の将来のことばかり案じている秀吉の胸の中が見えるような文章だ。

二年前、二人目の夫の秀勝が朝鮮の巨済島で戦傷死したため、未亡人になっていた淀殿の末妹のお督《ごう》が、家康の嫡子秀忠に嫁いだのは、秀次の側妾たちが処刑された翌月（九月）の十七日のことである。

「お拾の叔母の婿には、打ってつけの男と思うが、どうじゃ」

秀吉に相談をかけられたとき、淀殿は、その秀忠が、秀次事件が起こったとき、いち早く聚楽第の屋敷から立ち退いて、渦中に巻きこまれるのを避けた話を、三成からきいたことを思い出した。

「親父どの（家康）から、あらかじめ、かくあるときは、かくすべしと言い含められておったにちがいありませぬ。油断のならぬのは、江戸殿（家康）じゃ。お拾さまの天下を狙うとすれば、江戸殿かもしれませぬ」

そのとき三成は、そのような予言めいたことを洩らしたものである。

もし、三成のいうように、家康が秀吉の次の天下を狙い、その目的を達するとすれば、秀忠にお督が嫁いで男の子を産めば、その子が天下を継ぐことになるではないか。

それでも、織田、浅井の血をうけた子が天下を継ぐことには、変わりはないではないか。

万一、お拾が天下を継ぐことが、できなくても――。

そんな考えがひらめいたとき、

「わたくしは、よい話だと存じます」

と淀殿は答えてしまっていた。

「そうか、そなたもよいと思うか。では、そなたから、お督を口説いてくれぬか」

秀吉は安心したような顔で言った。

淀殿がそのことをお督に話すと、お督は、自分はもう二十三歳だのに、相手はまだ十七歳だという年齢の差にこだわっていたが、

「お拾さまの将来のためにも、しっかりした叔父御をもちたいのです」

というと、お督は皮肉な微笑を浮かべて、

「姉上のためにもなることなら、どこへでも参ります」

捨て鉢的な言い方で承知した。

こうして、お督と秀忠との結婚が実現したわけだが、もちろん淀殿は、おのれの脳中にひらめいた、お督の産んだ子が天下を継ぐかもしれないというような考えは、お督に言っていない（結局には、お督は三代将軍家光を産むことになるのだが……）。

お督が秀忠に嫁いだころから、秀吉は咳気《がい》を患い、伏見城内で床に臥せるようになった。心身ともに衰弱し、頭の底を、死の影がちらちらと走った。

同じころ（文禄四年十一月二十日）家康は淋病を患い、医師の一鷗軒が治療にあたり、織田常真（信雄）や前田利家らが見舞いにきた、という記録（『言経卿

記』）がある。

秀吉と家康とに六年の年齢の差があるとはいえ、元気の差は大したもので、家康は、これからのちになお義直、頼宣、頼房の三人の男子を側室に産ませており、これらがそれぞれ、尾張、紀州、水戸の御三家の祖となった。

ところで、病臥した秀吉は、大坂城にいるお拾を、急いで伏見城へ呼び寄せた。淀殿が一緒にきたことはいうまでもない。

数えの三歳のお拾は、秀吉の臥せっている奥御殿の廊下を、何やらわめきながら、東から西、西から東へと走り、大きな笑い声をあげた。

「まあ、お父上がお臥《ふ》せりになっておるのに……」

秀吉の枕元で、つききりで看病している淀殿が、制止するため立ち上がろうとすると、

「よい、よい。好きにさせておけ。わしには、お拾が元気で走りまわっておるのを見るのが、何よりの薬なのじゃ」

枕から頭を持ち上げるようにして、可愛くてたまらないような目で、お拾の姿を追った。

「せめて、お拾が元服式をあげるまで、生きておりたいのう」

「なにを、お気の弱いことを仰せられます。お拾さまのために、八十、九十までもお達者でいて下さりませ。わたくしも、心細うてなりませぬ」

「わしも、そうしたい。だが、人間には定命というものがあるでのう。これぱっかりは、わしの力でも、どうにもならぬわ」

「いいえ、病《やまい》は気からと申します。お拾さまのために長命するのだ、とご自分を励まされたなら、これくらいのご病気に、勝てぬことはございませぬ」

「まことに、そうであった。お拾が大きな励みとなって、病気もすぐに癒えるじゃろう」

自分に言いきかせるようにいって、また咳《せき》こんだ。

淀殿は、急に十歳も年をとったように見える秀吉の、頬のこけた、いかにも老人らしい横顔に目を当てていると、この人は、もう余命はいくばくもないのではないか、という予感が胸に迫ってきた。

秀吉が死んだら、どういうことになるか。

お拾を産んだことで、秀吉の側室としては大奥筆頭の地位を得た自分のことはともかくとして、お拾はどうなるだろう。

秀次が死んだからには、後継者はお拾に決まっているが、まだ三歳の幼児を遺臣たちがどれだけもりたててくれるだろうかと考えると、不安がどす黒く胸を包んだ。

しかし、父や母の魂にこたえるために、どんなことがあっても、お拾に秀吉の天下を嗣がさねばならぬ、と改めて思ったとき、三成の白い端正な顔が瞼に浮かんだ。

こんどの秀次事件でも、終始、反秀次の態度をとり、その誅伐に積極的に働いてくれた三成、自分にとって最大の味方である三成――。

そう思ったとき、ついその気持ちが口に出てしまったが、三成の名だけをあげるのが、なんとなくためらわれて、

「ご家来衆がみんな、治部どのはじめ、長束、増田、前田どののようなお方ばかりですと、お拾さまもわたくしも、いつまでも安心なのでございますが」

他の三人の名前をふくめていうと、秀吉も大きくうなずいて、

「そなたの申すとおり、治部は誠意のある男だ。そなたが頼りにしておると、わ

しからも申しておこう」

三成に関して、淀殿と同意見であることを言明してくれた。

淀殿が秀吉の枕頭につきっきりで看病しているためか、北ノ政所は大坂城にこもったきりで、秀吉の病床を見舞いにくるようなことはなかったが、その代わり朝廷へ祈禱を依頼した。朝廷では、それにこたえて清涼殿で護摩を焚《た》かせて不動法を修し、内侍所《ないしどころ》で御神楽を奏し、平癒を祈ってくれた。

それが効験があったのか、秀吉の病気は、ほとんど平癒したので、十二月十八日、伏見城から大坂城へ移ったが、二十二日、再発して病床に臥せる身となった。

年が明けて文禄五年（この年十月、慶長と改元）を迎えたが、秀吉はなお病床にあり、一月二十二日、二月一日の諸大名の参賀を三月一日に延期する旨が発表された。

その翌日、三成、長束正家、増田長盛、前田玄以の奉行四人が連署血判して、改めてお拾に忠誠を誓うとの神文を秀吉に提出した。

淀殿がそのほうたちを頼りにしている、と秀吉が病床近く伺候した三成に語ったことが、誓書提出の動機となった。

　五奉行のうち、浅野長政がこれに加わっていないのは、その理由が判明するであろう。前田玄以も北ノ政所の妹のややであるといえば、その理由が判明するであろう。前田玄以も尾張出身で、本能寺の変のとき、織田信忠に従って二条御所にこもっていたが、その長男三法師の後事を託されて脱出し、のち秀吉に仕えたという前歴をもっている。関ヶ原役では西軍に属したが、のちに家康に通じているところをみると、このとき誓書を提出したのは、三成に誘われて、心ならずも連署に加わったのである。

　したがって、誠心誠意、お拾への忠誠を誓ったのは、三成、正家、長盛の三人の近江出身者ばかりであった。

　近江出身の淀殿のもとに、近江出身の家臣が結集せんとしていることが表明された最初の出来事であった。

　秀吉の病気は二月にはいって快方へ向かった。すると、さっそく筆をとったとみえ、伏見城にいるお拾のもとに手紙が届いた。

「お目にかかりたくてならないので、やがて参って口を吸ってあげよう。この父の留守に、人に口を吸わせているのだろうと思うと、やりきれない」

という意味の、あいかわらずの盲愛ぶりを発揮した手紙であった。

健康をとりもどした秀吉は、四月七日、大坂城から伏見城にうつり、五月九日、お拾を連れて禁中に参内して天機を奉伺、銀千枚、棉《めん》一万把《ぱ》などを献上した。お拾に官位を授けてもらいたいというゼスチュアだ。このとき大納言から内大臣に昇格してもらった徳川家康も、お礼言上を兼ねて、秀吉、お拾に随従して参内した。秀吉は禁中で能を興行してお拾にも見せた。

一方、秀吉は、明の使節と朝鮮の王子の来日を要求し、六月十五日、明の冊封《さくほう》正使楊方亭が朝鮮の釜山を出発、副使沈惟敬は正使より早く日本に到着した。

この和平交渉は小西行長が主体となって進められており、使節の来日の段階で行長は朝鮮から帰国したが、そのとき行長は秀吉に、加藤清正が和平交渉を妨害していると報告した。清正は好戦派で、朝鮮において新領土がもらえると本気で考えているような人物であった。秀吉は清正を帰国させて謹慎を命じた。

閏七月十三日夜、京畿地方に大地震があり、伏見城の大天守、諸門、櫓が崩壊し、番衆多数が圧死した。秀吉は庭前に仮屋をつくって避難した。

このとき、謹慎中の清正は、力者三百人に鉄梃《てつてこ》をもたせて真っ先に駆けつけ、秀吉の御意に叶い、行長を堺の町人と罵ったことや、豊臣姓を自称したことについての弁明も通り勘気も解けた。

清正は自分を讒訴《ざんそ》したのは、三成と行長だと信じ、これを機会に遺恨を抱くことになる。

行長は堺の薬種商隆佐の子で、堺奉行だった三成とは親密であった。南蛮貿易で栄えた堺出身だけに、朝鮮や明国と戦争するより、貿易を盛んにしたほうがよいという考えをもっていた。三成も同意見だった。

したがって、清正のような主戦派には批判的になるのは当然で、秀吉に対しても、その気持ちが現われる。清正は、それを、おのれを讒訴したと解釈したのである。

九月一日、秀吉は大坂城で明の正副使に会い、金印、冠服などを受け取ったが、翌二日、正副使を接待する宴席で、相国寺の承兌《しょうたい》に明国王の勅書を読ませたところ、秀吉の要求にこたえた文章は一行もなく、

「爾《なんじ》を封じて日本国王となす」

とあった。怒った秀吉は、ただちに明使を追いかえし、再出兵を決意した。十一月十五日、彼がキリシタン教徒二十六人を捕らえ長崎で磔刑を命じたのも、明国に対する怒りのとばっちりと考えられなくもない。

十二月十七日、お拾は秀頼と改名した。秀吉の後継者であることを、名前をもって示したわけである。

慶長二年（一五九七）二月、加藤清正、小西行長を先鋒、宇喜多秀家、毛利秀元を大将とする十四万七千の日本軍は、再度、朝鮮半島に上陸した。まず慶尚道を占領し、八月にはいると全羅道の攻略に全力をそそぎ、十六日に要衝南原を占領した。

戦利品として、敵の首を送ってくるかわりに、耳や鼻を削いで塩漬けや酢漬けにして送ってくるようになったのは、このころである。その中には兵士ばかりでなく、一般民衆の老幼男女のものも混じっており、犠牲になった人の数は十万を下らなかったという。京都、豊国神社前に現存する耳塚は、そのときの耳や鼻を埋めたもので、日本軍が朝鮮の民衆に、いかに残酷な行為をしたかを物語る、恥ずべき記念碑といえる。朝鮮の寺院もどれだけ焼いたことか。

昭和の敗戦後、平和ムードに酔った日本人観光客が、のんびりした顔で韓国を訪れてきかされることは、三百八十年前、秀吉軍があの寺を焼き、この寺も焼いたという話である。

慶長の役といわれる、この朝鮮の再征に、三成は従軍せず、伏見にいて秀吉を助け、福原直高、竹中重利、熊谷直盛ら七人を目付として従軍させ、毎日の戦況を日記に書かせ、朝鮮から報告させた。これが朝鮮に渡っている諸将の恨みをかうことになった。

秀吉は、日本軍の暴行と、その日本軍を送り出している国内の民衆の苦労と涙を知らぬげに、京都の三本木の阿古世《あこよ》池の周囲に新邸を築きはじめた。四丁四方の広大な邸で、工事には関東の大小名が動員された。普請《ふしん》好きの彼は、先に秀頼を大坂城に住まわせるために、自分の隠居所としての伏見城を築き、秀次が住んでいたということで、聚楽第をこわしながら、別なところへ町家多数の立ち退きを命じて、また新邸を建てたわけだ。

その費用は、民衆の年貢や労役でまかなわれているのだった。

その京都の新邸が出来上がり、九月二十六日、秀頼は淀殿とともに伏見城から移った。

二十七日には、秀頼は秀吉とともに参内のうえ元服し、従五位下左近衛少将に叙任され、二十九日には左近衛中将に進められた。

わずか、五歳の幼児が、である。

秀吉の死

一

北ノ政所は、淀殿が秀頼を産んだころから、夫の秀吉のすることが、わからなくなっていた。

尾張清洲城内の下級武士用の狭い長屋で、荒莚《あらむしろ》の上に薄縁《うすべり》を敷いて、前田犬千代（利家）夫妻や丹羽長秀など数人の客を招いて、ささやかな婚儀をおこなったとき、彼女は十四歳、秀吉は二十五歳であった。

それから三十余年、彼女は常に夫の心を理解し、夫を助けてきたつもりであった。

夫が側室をもったことに嫉妬し、信長に訴えてたしなめてもらったこともあったが、やがて自分は石女《うまずめ》ゆえとあきらめ、夫がしっかりした後嗣を得ようとしていることを理解し、協力してきたつもりであった。

信長の四男於次《おつぎ》丸、家康の子秀康、自分の甥の秀俊（秀秋）、秀吉の甥の小吉秀勝、秀次たちを養子にすることや、八条宮智仁親王を名目だけの養子にするときも、一度だっていやな顔をしたことはなく、喜んで相談にのってきたつもりである。

夫はなんでも自分に打ち明けてくれ、家臣たちの人事についても相談をかけてくれた。それに対して意見をいうと、わしもそう思うと共鳴してくれた。

夫のやっている事業は、妻である自分との協力によって進められている、という自負心が、いつもあった。

ところが、淀殿が秀頼を産んでからは、秀吉の心は、だんだん遠く離れて、そのぶんだけ、秀頼と淀殿に集中してしまい、自分の理解の外で行動するようになった。

淀殿が鶴松を産んだときは、そうではなかった。豊臣家の後嗣の生まれたことを共に喜び祝った。夫は自分をおかか、淀殿をおふくろと呼んで、自分を鶴松の継母だという立場をとってくれた。淀殿を小田原の陣中へ呼び寄せるときも、自分の承認を得るような手続きを踏んでくれた。

しかし、秀頼が生まれてからは、お前とは関係のない子だ、といわんばかりの態度で自分を無視しつづけている。

たまには、自分の存在に気を使うこともあるが、ほんの申しわけに過ぎない。

何故、こういうことになったのであろう――と北ノ政所は考えてみた。

そして、すべての原因は、鶴松が父親似であったのに、秀頼は母親似であることにある、と思い当たった。

鶴松には、これこそ夫、秀吉の子だという親近感があったけれど、秀頼には、どうしても、そういう感情が起きてこないのだ。

夫は敏感にこちらの気持ちを読みとって、よそよそしい態度に出るようになった。

鶴松のときは、姑の大政所がまだ生きていて、孫可愛やで、底なしの、かわいがりようをするので、自分もそれにつられたということもあった。

大政所さまがまだ生きておられたら、秀頼を見て、鶴松のときと同じようなかわいがりようをするだろうか――とも思ってみる。

とにかく、夫が冷たい態度に出るので、それに対する反感から、こちらも秀頼や淀殿に冷たくするので、夫との心の開きは、ますます大きくなるばかりであった。

鶴松のときは、三の丸殿や加賀局などの他の側室たちが機嫌をとりにやってきて、

「北ノ政所さま、淀殿のおなかから生まれたややは、本当に上さまのお子だろうか、と噂しておるものがござります」

その噂をしているのが、自分たちであることを棚に上げて、忠義顔でいうのに、

「めっそうもない。わたしは鶴松のおかかさまです。上さまのお子でもないのに、なんでわたしがおかかさまになれますか。それに上さまは、長浜時代にも、側室に子どもを産ませたことが、ござります」

相手が鼻白むほどの高い調子で、きめつけて否定したものである。

しかしお拾（秀頼）の場合は、側室たちに同じようなことをいわれても、頭から否定せず、

「上さまは、誰にもいままで、お子を産ませなかったでのう」

と、彼女たちに同調するような言い方をした。北ノ政所の微妙な変化を敏感に察知した側室たちは、得たりとばかりに、

「秀頼さまは、大閤殿下の実《じつ》の子ではないと、北ノ政所さまも口に出された」

という妄説をひそかに撒《ま》きちらした。

そのことが、秀吉の耳にはいって、北ノ政所との夫婦仲は、いよいよ冷たくなった。

秀吉の秀頼に対する愛し方は、常軌を逸しているように北ノ政所には思えた。それは、秀頼を秀吉の実子と認めようとしない、妻へのあてつけだと北ノ政所は解釈した。

秀吉が秀頼を盲愛すればするほど、自分の子でないことを、ごまかすためにやっているように北ノ政所は邪推した。

自分の甥に当たる養子の秀俊（のちの秀秋）を小早川隆景の養子に出すときも、夫は事前に何も相談せずに、

「秀俊を小早川へやることに決めたぞ」

と、一方的な言い方をしただけだった。

あまり出来のよくない十二歳の秀俊であったが、こちらの血を引いた養子であり、三歳のときから自分の手塩にかけて育ててきたのだから、事前に一言くらい相談をかけてくれても、よいではないかと思ったが、

「そのように、お決めになったのなら、そうなされたらよろしゅうござりましょう」

と冷たく答えただけであった。

これまでなら、事前に相談のなかったことで、家臣たちの前もはばからず口論し、夫に平謝りに謝らせたうえ、あとで笑い合うところだが、こんどは口論をしかける熱意もなかった。

どうせ秀頼可愛さに、秀頼の将来のためにならぬと考えて、豊臣家から秀俊を出そうとしているのだとおもうと、それに反対することは、淀殿への嫉妬からのようにとられては、片腹痛いという気もあった。

秀次が誅伐されそうになったとき、秀次の母であり、秀吉の姉である智が、はるばる尾張、清洲からかけつけてきて、

「お前さまから弟（秀吉）に命乞いしてたも。お前さまから強くいうてくれたら、なんでもきく弟ゆえ。秀勝、秀保が死んだあと、わたくしに残されたのは、秀次一人じゃということを察して下され」

と泣いて訴えたが、智の訴えを夫に取り次ぐことはしなかった。

京極局や三条殿から、三成と淀殿が手をにぎって秀次をおとしいれようと、あれこれ画策しているときいたときから、自分のほうから夫に声をかけるようなことをすまいと心に定めている北ノ政所だった。

彼女は、夫の主筋の出であることをひけらかし、高慢な顔をしている淀殿に、最初から反感をもっていた。

その淀殿と同じ湖北の出身ということで、何かと淀殿に同情し手を貸している三成をも憎い男だと考えていた。

（淀殿と三成にいいようにされ、せっかく自分の手で築いた豊臣家を、みずからの手でほろぼすようなことはやめておきなさい）

と秀吉に忠告したい気持ちが胸元までこみあげているのだが、面と向かうと、それを口に出すのがためらわれた。

（わたしは、夫と、だんだん他人になってゆくのだ）

と思うと、胸の中を風が吹きぬけてゆくようなさみしさを覚えた。

百歩をゆずって、秀頼が本当に秀吉の子であるとしても、秀頼が秀吉の五十七歳という高齢のときに生まれたことが、かえって豊臣家を悲運におとしいれる原因になる、不吉なことだったという気がしてならなかった。

せめて、長浜時代に南殿《みなみどの》の腹から生まれた秀勝が、早逝せずにいたら、もう二十七歳になり、三人か四人の孫をつくっていて、跡目相続のことで悩むこともなかったに——と思うのだが、死んだ児の年を数えても、せんのないことだった。

（もともと、わたしが秀吉どのの子を、よう産まなかったのが悪いのだ）

と、大坂城の二の丸にあって、ひとり悩む北ノ政所であった。

二

秀吉は十五万の将兵を再度朝鮮へ送ったが、みずから朝鮮へ押し渡って明国へ攻めこむ意気込みは、もうなくなっていた。

こんどは、肥前の名護屋城まで出かけて行く気もなく、ただ朝鮮の無礼をこらしめ、全羅、慶尚の二道を占領すればよい、という消極的な気持ちであった。

そして、秀頼の顔をいつでも見られるよう、京都、伏見、大坂の間を往来して、あいかわらず好きな土木工事を興し、民力を消費していた。

秀吉は慶長二年（一五九七）三月三日に、醍醐寺三宝院門跡の義演に招かれて、徳川家康らと共に同寺の桜見物をしたときに、

（来年は、ここで大がかりな花見をやろう）

と思い立った。

ちょうど五重塔の修理の最中だったので、とりあえず千五百石を寄進し、寝殿の建立、仁王門二宇の修理、金堂の再建を命じた。

たかが花見に備えてのことだのに、例によって仰山《ぎようさん》で大げさな支度であった。

秀次を切腹させたのちに廃墟にした聚楽第から巨石を運び出して配置させ滝二筋も落とさせるなど、万端に気を使い、伏見城から三度も検分に訪れ、翌年三月十五日が花見と定められた。

当日は、それまでつづいた長雨が、うそのように晴れあがり、絶好の花見日和となった。

伏見から醍醐までの間を、小姓や馬回り衆が警固にあたり、三宝院を中心とする五十町（五・五キロ）四方の山々には、一番から八番までの茶屋がしつらえられ、豪華な花見の宴がくりひろげられた。

秀吉は、この日は体調もよく、終始上機嫌で、一族をはじめ、大小名たちを相手に歓をつくした。十五万の将兵が朝鮮半島へ送られ、血みどろの苦戦を強《し》いられているというのに、いい気なものである。

秀吉の一族というのは、秀頼と妻妾たちのことで、醍醐寺へくりこんだ輿には一番北ノ政所、二番西の丸殿（淀殿）、三番京極局、四番三の丸殿の順番で、最後の輿に秀吉が、六歳の秀頼を膝の間に抱きかかえるようにして乗りこんでいた。

北ノ政所は自分の輿が先頭であることは当然ながら、淀殿が秀頼の生母であるということで、先輩である京極局や三の丸殿をさしおいて、自分の後に従うのが当たりまえだという顔をして、二番目の輿に平然として乗っているのが、おぞましくて胸がむかむかしていた。何か一言、皮肉をいってやりたい気持ちがこみあげてきたが、自分が嫉妬しているように思われそうなので、顔にも出さずに押し黙っていた。

目的地に着いて、秀吉は輿から降りると、秀頼の手を曳いて、桜並木の坂道を、ニコニコと何か話しかけながら、ゆっくり登ってゆく。

ふたりの後ろ姿を見て、北ノ政所は、

（あれが孫の手を曳いているのであれば、豊臣家は万代不易でめでたいのじゃが、あれが跡取り息子では……）

と考えたり、

（わたしが早く息子を産んでおけば、孫がちょうどあの子の年ごろなのに……）

と、どうしても秀吉の子を産むことができなかった自分を、いまさらのように悔んでみたりして、心おだやかでなかった。

山坂道を三十間ほど登ったところにある四番茶屋は、五奉行の一人増田右衛門尉長盛が亭主をつとめているところで、金銀をちりばめた仮御殿がしつらえてあり、みんながその大広間で休息することになった。

秀吉は、いかにもくたびれた様子で、秀頼を両膝のあいだに挟んだまま、ぐったりとなって両手を後ろへついた。

「こちらへおいで」

秀吉のすぐ隣に坐った北ノ政所は、むりにつくった笑顔で両手を差し出した。

秀頼は、その顔をちらりと見たが、その左隣に坐った淀殿の顔を見つけると、北ノ政所を無視して、真っすぐに走って、淀殿の胸に小さな躰を投げかけた。

淀殿は、うれしげに、それを抱きしめて頬ずりした。

北ノ政所のたるんだ顔に、明らかに不快な表情が浮かんだ。

秀吉は、それを見て、二人のあいだをとりなすように、

「秀頼は、まんかかよりも、お袋さまのふところのほうが、よいとみえるな」

と言って、不自然な高笑いをした。

淀殿も気を使って、

「かかさまがお呼びでございますよ。さあ、お行きなされ」

わざと突き放すようにすると、北ノ政所は、

「よい、よい。好きなようにさせておあげなされ」

頭から叱りつけるような、高飛車な言い方をした。それが、あまりにも、激しい調子だったので、広間にいるみんなが、いっせいに押し黙って顔を見合わせあった。

しらけた空気が一座を占領した。

秀頼をめぐって、北ノ政所と淀殿の間に対立感情があることを、みんなが確認したような表情であった。

派手好き、ぜいたく好きであった秀吉にとって、最後の盛宴となった、ここ醍醐の花見の席で、嫡子を産めぬ正室と、嫡子を産んだ側室との、日ごろの対立感情が、はしなくも露呈したわけである。

みんなが不自然に押し黙っているとき、淀殿の左隣にいた京極局が、その静けさを破るような、かん高い声で、

「西の丸様は、わたしの上座にお坐りでございますが、何かのおまちがいではございませぬか」

亭主役の増田長盛の顔を見すえて、みんなに聞こえよがしに言った。

淀殿が秀頼を産んで以来、権勢日ごとに高まるを見て、淀殿が浅井の娘であれ

ば、自分の実家の京極家の家来筋の娘ではないか。しかも秀吉の側室としては、自分のほうが先輩であるのに——という対立意識に彼女は燃えていた。その感情をむき出しにして、北ノ政所を援護射撃する意味もふくめて発言したのである。

「てまえの一存でお席を定めたのではございませぬ。これは……」

長盛が禿げ上がった額の汗を拭きつつ、しきりに弁解しようとするのを、

「これ松の丸（京極局の別名）、きょうは無礼講ぞ。席次など、どうでもよいではないか。茶屋の亭主を、そういじめるでない」

そうでなくても、くたびれて元気のなくなった秀吉が、やりきれないといった顔でたしなめた。

このとき、淀殿に言われた秀頼は、素直に北ノ政所のふところの中に抱かれにきた。

「これは、これは中将さま。弓矢のけいこや太刀打ちに励んで、早よう、りっぱなおん大将におなり遊ばせ」

北ノ政所も仕方なく笑顔になって、六歳の左近衛中将の肩のあたりを撫でつつお世辞のつもりで言った。

京極局に席次のことを非難されて、たぎりたつ胸を押さえ兼ねていた淀殿は、北ノ政所のその言葉にからんで言った。

「大閤殿下は、かけがえのないお子ゆえ、雨風にも当てずに育てよと、仰せられております」

「かけがえのないお方なればこそ、おん大将にふさわしくお育てするのが、お前さま方《がた》のお役目でござりましょう」

「恐れながら……」

このとき、そば近くに控えていた三成が口をはさんだ。

「中将さまが、弓矢や太刀打ちのけいこをなさらずとも、いざという時には、それがしどもがお守りいたします。豊臣家には、中将さまをおいて、跡目はござりませぬ。北ノ政所さまが中将さまに代わる跡目をお産みくださらぬ限りは。いや、これは冗談でござりますが……」

「どうせ、わたくしは、役にも立たぬ石女《うまずめ》でござりますよ」

北ノ政所も、負けずに言い返した。

「これ、これ、止めておけ。めでたい花見の宴に、なまぐさい話は禁物ぞ」

秀吉が苦虫《にがむし》を嚙みつぶしたような顔で、割ってはいった。

北政所も淀殿も三成も、鶴の一声に黙ってしまったが、いずれも、いったん口から出した言葉を呑みこむわけにはいかず、これ以後、北ノ政所対淀殿の対立はさらに激化した。

また、この席で三成が淀殿の擁護者であり代弁者であることを、公表したような形になってしまったことも事実である。

いまも醍醐寺三宝院に国宝として残っている、「醍醐花見短冊帖」には、花見の当日詠《よ》まれた、秀吉はじめ妻妾、侍女、大名衆の和歌の短冊百三十一枚が貼りこまれている。

　恋々て今日こそみゆき花ざかり
　　眺めにあかじ幾歳の春　　秀吉
　はなもまた君のためにと咲きいでて
　　世にならびなき春にあふらし　　淀殿

とあって、いずれも秀吉の長命を願い、秀吉の全盛を祝った歌ばかりである。

ことに淀殿のそれは、権力あるところに花があり、栄えがあり、愛さえ生じることを確信した彼女の心境がにじみ出ている。

しかしそれは、五カ月後に訪れる悲劇を予知できない人間の、はかない願いであり喜びに過ぎなかった。

とにかく醍醐の花見は、観客を大動員した点では、大成功であった。

気をよくした秀吉は、三宝院の義演に、

「今秋は紅葉狩りをいたそう。来春の花見には、ぜひとも主上の行幸を仰ぐことにする」

と約束したが、どちらも果たせぬことになった。

三

秀吉は、三月二十四日、秀頼を連れて参内し、銀子《ぎんす》百枚を献上し、秀頼に従二位権中納言の叙任をしてもらい喜び勇んで退出したが、宮内への参内もこれが最後となった。

四月二日、秀吉は北ノ政所の甥である小早川秀秋の朝鮮在陣中の行動が不届きであるという理由で筑前名島三十五万七千石の城主の地位をはずして越前北ノ庄十五万石に転封を命じた。

秀秋は北ノ政所の兄木下家定《いえさだ》の子で、三歳のとき秀吉の養子となり、北ノ政所の手で育てられたが、あまり出来のよい子ではなく、嗣子秀頼が生まれたということもあって、小早川隆景の養子に出されたことは前に書いた。

その秀秋は、義父隆景が病気を理由に隠居したのを機会に、筑前名島の領主になっていたわけである。

伏見城へ呼び出されて秀吉から転封を言い渡された、このとき十六歳の秀秋は、青くなって、

「内府どの、いかがいたせばよろしゅうございましょうか」

家康に相談した。

秀秋が北ノ政所から肉親の甥として盲愛されていることを知っている家康は、

「なーに、案ずることはござらぬよ。おおかた治部少（三成）あたりが根も葉もないことを大閤の耳に吹きこんだのでござろう。越前への赴任など、さほど急がれずともよい。時が解決してくれるでござろう」

と言った。

そこで、言われるままに、大坂城に止まっているうちに秀吉が死に、越前への転封はうやむやになってしまった。秀秋が家康に大いに感謝し、三成をざん言によって自分をおとしいれようとしたと恨んだのも無理はない。

関ヶ原合戦がたけなわのとき、西軍から東軍へ寝返り、西軍敗戦の原因をつくったのは、この秀秋である。

五月五日、端午の節句を迎え、秀頼の成長を祝って伏見城へ登城してきた大小名を謁見した秀吉は、その夜から劇《はげ》しい下痢に見舞われた。侍医曲直瀬《まなせ》養安院が診察したが、ただならぬ容態とみて、京都から諸名医を招いて診察に立ち合わせるよう申し出た。

有馬温泉へ湯治に行くという日程も取り消しとなった。同月下旬になると食事も日ごとに減り、六月上旬には肉も落ち、衰弱はいよいよ加わった。

六月十六日、高野山金剛峯寺の金堂を伏見へ移す工事の普請場を見に行ったが、十五日間も固形物を咽喉へ通していないため疲労は甚しく、病状はさらに悪化した。

この日は嘉祥の祝日ということで、疫をはらうため、神前に菓子を供えてお祈りをする行事がおこなわれた。

それが終わると、秀吉は畳を三枚重ねた上に布団を敷かせて横たわり、座敷の真ん中に大きな器を置いて菓子を盛り、それを集まってきた三成をはじめ浅野弾正、長束大蔵大輔、大谷刑部少、富田左近将監、小出播磨守、片桐市正、前田徳善院らに分配させた。

このとき、秀頼は長袴をはいて、秀吉の枕頭にかしこまっていたが、秀吉は愛児の顔を仰ぎ見ながら、

「わしは、この子の十五歳のとき天下をゆずろうと思うておった。秀頼を天下の主《あるじ》として、きょうの祝儀をおこなう日を夢見ておったが、わしの命はもう窮《きわ》まった。かえすがえすも残念じゃ」

といって落涙した。

家臣たちも、もらい泣きし、涙を拭きつつ部屋から出てきたので、それを見た侍女たちが大閤殿下薨去と早合点して大さわぎをしたほどであった。

その日の夜、島左近勝猛が石田邸の奥書院で、主人三成とただ二人で対座し

て、密談にふけっていた。

「本日、城内で諸侯お集まりのところで、大閤殿下には、秀頼君《ぎみ》を見上げて、お嘆《なげ》き遊ばされ、落涙された由にござりますな」

五十を過ぎて生え際のうすくなった額、そこから耳の上にかけ大きく横に流れている深い刀のあと、鼻から下の半分は、灰色のひげの伸びるにまかせている荒武者の左近は、くぼんだ眼の底から、射るような光を放ちながら、三成の眼を見すえて言った。

「おいたわしいことであった。われらもおもわず落涙をしたな」

「なにが故のご落涙と思われましたか」

「もはや、ご寿命も尽きるとお覚悟なされ、ご幼少の秀頼君の前途を案じられてのことであろう」

「秀頼君の前途をなにが故に案じられたのでござりましょう」

「それは申すまでもなく、ご他界ののち、内府（家康）に天下をいいように操られはしまいかと……」

「それをご存じながら、手をつかねて見ておられるおつもりでござりますか」

「わしの本心を改めてきくまでもなく、そなたもよく存じておろう。内府は信長公に臣下の礼をとって仕えておるときから、次の天下はわがものにと狙っておった。そのためには、わが子信康を切腹させよと命じられても、隠忍自重して信長の命に従った。本能寺の変のとき、わずかの従兵を連れて堺見物などしておらざったら真っ先に明智征伐の軍を起こしておるだろう。現《げん》に内府は、堺から岡崎城に逃げ戻るや、直ちに兵をひきいて西上したが、鳴海まできたとき、山崎合戦で上様（秀吉）のために明智が敗死したと聞くや、じだんだを踏んで口惜しがった。それから十六年、臣下の礼をとりながら、上様のご逝去の日を待っておるのだ。信長公の天下を継ぐのは自分だという執念は、いささかも消えておらぬ。わしは、上様に天下の総奉行の要職に引き上げて頂き、佐和山城主として湖北三郡十九万五千石の領主にしてくださり、故郷に錦を飾らせていただいたご高恩に報いるには、内府の執念を打ちくだき、秀頼公が安んじて天下を継がれる途をひらくよりほかにないと、信じておる」

「それほど万事呑みこんでおられるのなら、なにゆえ内府討伐の軍《いくさ》を起こすぞと、この左近にお命じになりませぬか」

「上様は、まだご在世じゃぞ」
「なればこそ、さすがの内府も油断しておりましょう。いまが好機でござります
ぞ。殿のご命令一下、たちどころに歩騎合わせて一万は集まりましょう。これを
分ちて、蒲生郷舎、舞兵庫がおのおの二千をひきいて、これにつづき、殿は三
千の兵を指揮して、内府の諸邸に火を放ち、豊後橋より向島の内府邸に火箭《ひや》を射
ちこみ、いっせいに攻め立てれば、必ずや勝利を得ることができましょう。万
一、内府が数百の兵をひきいて脱出すれば、宇治、山科、木幡に伏せたる兵をも
ってこれを捕らえれば、内府の白髪首を手にすることは、嚢《のう》中の物をつかむごと
く容易でござりましょう。内府の首を大閤殿下の枕頭に献ずれば、さぞかし安心
なさることでございましょう。殿にとっても、これ以上の報恩はないと存じます
が……」
「わしとてそれを考えぬことはない。なれど、ものには時機というものがある。
天下を納得させるに足る名分も必要じゃ。いま、そのような非常手段に訴えれ
ば、いたずらに混乱を招き、上様のご病気にも障りとなろう」
「名分は、後より、いかようにも立てることができるではござりませぬか」

「内府の叛意明らかとなれば、北の上杉、佐竹と南のわれらで挟撃すれば、よいではないか」

「それでは遅すぎまする。時機は得難く失いやすしと申します。謀が洩れては不利となります。いまや評議に時を費《ついや》すときではございませぬ、即時決行あるのみです」

「まあ、そう逸《はや》るな……」

と言ったまま、三成は黙ってしまった。

「殿が、かほどに、怯《ひる》むお方とは思いませなんだ。残念でございます」

そう言い放つと左近も黙りこんで、半白のひげを撫でるのみであった。

軒端を吹く風も絶えて、蒸し暑く、黙りこんだ二人の耳に、蚊柱のうなりが聞こえてくるばかりであった。

左近の胸の中を口に出させれば、

(主君の、あまりにも杓子定規な律義な性格が、家康を討つ好機を逸した)

という気まずい、ひとときであった。

四

七月一日、御所の内侍所において北ノ政所の奏請で秀吉の病気平癒祈願の神楽が奏せられたが、その翌日、秀吉は気絶し二時間ほど人事不省になって、大さわぎした。

八日には、淀殿も負けぬ気で、秀頼の奏請ということで内侍所で神楽を奏してもらった。

十三日、いよいよ死期近しとさとった秀吉は、三成をはじめとして前田玄以、長束正家、浅野長政、増田長盛を改めて五奉行に定め、前田利家（六二）、徳川家康（五七）、宇喜多秀家（二六）、上杉景勝（四四）、毛利輝元（四六）を改めて五大老に列し、奉行と大老の合議によって政務を執行することを確認させた。

そのうえ、中村一氏、生駒親正、堀尾吉晴を中老に指名し、五大老と五奉行の意見が合わないときは、これを調停するものと定めた。

それらは、あくまでも秀頼が成人して十五歳となり、天下の主になるまでの暫定機関のつもりだ。

十五日には、前田利家の伏見邸に諸大名をあつめさせて、秀頼に対して忠誠を誓う起請文を提出させた。

十八日には遺品《かたみ》として銀千枚を朝廷に献上し、諸門跡、公家、大名に金銀、太刀等を与えた。どこまでも秀頼をよろしくたのむという意味である。

それだけでは安心できず、八月五日には五大老と五奉行の間に、互いに秀頼を守るとの起請文を交換させた。

三成は、こんなことをしても、家康が内心その気がないのだから、なにほどの価値もないと思った。秀吉公も、そのくらいのことは知っているはずである。知っていながら、秀頼の将来を死の床にあって考えていると、そうせずにはおられないのであろう、と察するといたわしかった。

山崎合戦や賤ヶ嶽戦のころの、颯爽として、寸分の隙もない指揮をしていたころの秀吉の姿を思い出すと、別人のようにやせ衰えている秀吉の姿を、涙なくして正視できなかった。

八月六日には、五奉行の間に親戚の縁を結ばせた。そして五大老と五奉行にそれぞれ遺言し、秀頼の「取り立て」を依頼した。ことに利家には大坂城にあって秀頼の補佐にあたり、家康には孫娘を秀頼のもとに嫁がせ、孫婿として秀頼を後見し、伏見城にあって政務を総覧するよう依頼した。

八月五日付で秀吉が病床にあって、ふるえる指に筆をとってしたためた、五大老あての遺言状は、

「返々《かえすがえす》秀よりの事、たのみ申し候。五人のしゅう、たのみ申し候。いさい五人の者に申しわたし候。なごりおしく候」

と、短くたどたどしいものだが、幼い秀頼を残して世を去ってゆかねばならぬ、秀吉の死んでも死にきれぬような執念が、行間ににじみ出ているようだ。

九日には家康と利家を枕頭に招き、自分が死んだら、しばらく喪を秘し、浅野長政か石田三成のどちらか一人を朝鮮へやり、在陣の将兵が異境の鬼にならぬよう残らず引き揚げさせるように命じ、秀頼の成育については利家にまかせ、秀頼幼年のうちは、天下の政道は家康にまかせると重ねて遺言した。

利家と家康は相談して、確かに遺言の趣旨を実行します、という誓文をしたためて秀吉に見せたところ、涙を流して喜んだ。

この話を聞いた三成は、

「大納言（利家）はともかく、内府めは、見えすいた狂言を演じおって。偽善者め」

声に出して、つぶやいた。

十日を過ぎると、秀吉は、二、三日、病気を忘れたような小康状態がつづいた。

『日本西教史』によると、この間に秀吉は、家臣を大坂城へやって外郭を補強するように命じたため、郭内に住んでいた一万七千戸が強制立ち退きさせられたという。

秀頼の住む大坂城を、より堅固なものにしておきたいという秀吉の悲願から出たことで、立ち退かされた町民こそ大迷惑であった。

淀殿は秀吉が病床に臥せってから、京都の新邸へも行かず、伏見城の二の丸から離れたことがなかった。

つぎつぎと、侍医や家臣たちが詰めかけるので、秀頼と共に秀吉の枕頭に坐っているのは、一日に一刻（二時間）ぐらいのものであった。

秀吉が小康状態を取り戻したとき、秀頼母子と三人で、一刻ばかり過ごしたことがあった。

「そなたが、お拾《ひろい》（秀頼）の生みの母じゃ。お拾のことを、しんそこ思うてくれるのは、そなたをおいてほかにない。行く末のめんどうを、くれぐれも頼むぞ」

「お気弱なことを申されますな。お元気を出されて、お拾のためにも長生きしてくださりませ」

「それは気休めというものじゃ。お拾のためにもっと生きておってやりたいが、もう精根つき果てたわ。内府と大納言にお拾のことは、くれぐれも頼んでおいた。内府はあのとおりの律義者ゆえ、道にはずれたことをするはずがない。それにお督と秀忠のあいだに生まれた孫娘とお拾をめあわす約束もできておる。お拾は内府にとっては孫婿になるのじゃ。めったなことはすまいでのう」

「……」

淀殿は、わかりました、というふうに、うなずいてみせたが、内府こそ曲者《くせもの》だと胸の中では否定していた。

（わたしの前に出ると、いんぎんすぎるくらい頭を低くするところが曲者じゃ）

淀殿は、そう割り切っていた。

「大納言は、信長公にわしが足軽で仕えておったときからの仲間だし、加賀局の父だしのう。お拾のことは親身になってめんどうをみてくれるであろう」

「ほんに、大納言さまは実直なお方で……」

淀殿は、あいづちを打ったが、賤ヶ嶽合戦のとき、自分には義父である柴田勝家を裏切って、真っ先に戦線を離脱して柴田軍敗走の端緒をつくったのち、秀吉の味方になって栄達をとげたことを考えると、秀吉がいうように、全面的に信用してよいかどうか、わからないと思った。

「それに、治部（三成）がこれまでにも、そなたの味方になっておったことは、よう知っておる。そなたの身辺のことは、治部に頼め」

「あのお方ならば……」

淀殿は、はじめて肯定的な返事をした。

三成が自分に対して、格別の厚意をもっていてくれることはよくわかっていた。それは実宰院で初めて三成と会ったときから本能的に感じとったことだった。自分や秀頼の本当の味方になってくれるのは、三成だけでないかという気持ちさえしていた。しかし、その三成がどれだけ家康に対抗する力をもっているだろうかと考えると不安であった。

結局、秀頼や自分を守るのは、自分だけでないかという気がしていた。

それを、明らさまには、秀吉にいうことができないので、

「わたくしが生きてある限りは、きっと中納言さま（秀頼）を、天下人《びと》にしておめにかけます」

きっぱりと言った。

浅井の血を継ぐ者に、秀吉の天下を取らせる――というのは、秀吉の側室になったときからの悲願であった。その悲願が、瀕死の秀吉と話しているうちに、つい口を衝《つ》いて出たのである。

「そうじゃ。生みの母親の力が、いちばん強い。くれぐれも秀頼のことを頼む。北ノ政所も豊臣家の不為《ふため》になるようなことを考えるはずがない。秀頼のために力を貸してくれるであろう」

「あのお方は、中納言さまは、殿下のお子でないと思うておられるのでござりま

す」

「そ、そんなばかなことが、あるものか」

「鶴松君のときとは、ちがいます。鶴松君は殿下によう似ておったが、中納言さまは母親似で、わたくしばかりに似ておると申されて……」

「父親似であろうと、母親似であろうと、わしの子であることには、ちがいないではないか」

秀吉は腹立たしげに言ったが、北ノ政所の秀頼に対する日ごろからの態度を考えると、思い当たらぬこともない、という顔であった。

余人をまじえず、秀吉と淀殿だけの会話は、そのとき侍医の曲直瀬養安院がはいってきたので、打ち切られたが、淀殿は話題が思いがけず深刻になり、日ごろ胸につかえてきたことを吐き出してしまったようで、満足した気持ちになっていた。

だからといって、秀吉がこの世からいなくなることによって、遺児となる秀頼を抱えて、彼女の肩にずっしりと重圧がかかることは、まぬかれない現実であった。

（秀頼さえ生まれておらなかったら、ほかの側室のように気楽にしておれるのに）

そんな気持ちも、ちらっと胸の中をかすめたが、

（なんという気の弱い。お前は、秀吉の天下を浅井の血を継いだ者に奪い取るために、父母や兄を殺した秀吉の側室になったのではないか）

と、自分で自分を叱りつけた。

淀殿が秀吉の枕頭で北ノ政所と顔を合わせたのは、秀吉の臨終の迫ったときであった。

秀吉は八月十六日、またも五大老を枕頭に招き、秀頼のことをくれぐれも依頼したが、十七日からは昏睡状態におちいった。

秀吉は昏々と眠りつづけて、熱に浮かされて、ときどきうわ言《ごと》に秀頼の名を呼ぶだけで、枕頭に誰が集まっているかも知らぬようであった。

秀頼は、ふしぎなものを見るように、秀吉の顔を見つめたまま坐っていたし、淀殿は横に坐っている秀頼の肩を抱き、下唇を噛みしめて、同じように秀吉の顔を見つめていた。

北ノ政所は赤く目を泣き腫《は》らし、ときどき袂の先で目頭を押さえていた。

淀殿と視線が合いそうになると、わざとらしく目をそらした。醍醐の花見のとき以来、淀殿に対する敵意を深めたことは事実であった。淀殿には、それがよくわかっていたが、いまさら、どうすることもできないではないかと、開き直った気持ちになっていた。

彼女は秀吉の寵愛をうけているということよりも、秀頼の母だという誇りがあったし、それよりも故右大臣織田信長の妹の子だという誇りが、何よりも強かった。

（北ノ政所なんぞその素姓の卑しい女とは、生まれがちがう）

という高い心をもっていたし、家康にも利家にも、

（わたしの家来筋の者であるのに）

という気持ちが去らなかった。

十八日午前二時。

眠りつづけていた秀吉は、二度ほど肩で大きな息をしたかと思うと、こと切れた。

六十二歳の波瀾の生涯であった。

曲直瀬養安院が脈をみて、

「恐れながら、ご臨終でございます」

というと、北ノ政所が悲鳴のような声をあげて、枕元に泣き伏した。

淀殿は、一滴の涙もこぼれないのが、自分ながらふしぎであった。北ノ政所の泣き声をきいていると、さすがに四十年近くも連れ添った夫婦だな、と感心したが、自分が北ノ政所に調子を合わせて泣く義理はないと思った。

それよりも、秀吉という後ろ楯がなくなった限り、いままでのようにのんびりとしてはおれない。せいいっぱい強くなって、この子を守り育ててやらねばならないと、あらためて心に誓い、秀頼の肩を、やさしく撫でさすっていた。

露と落ち露と消えぬるわが身かな
　浪華のことは夢のまた夢

というのが秀吉の辞世とされているが、これは十一年前に聚楽第が完成したとき詠んだもので、深く篋底《きょうてい》に秘めていたのを、死の床で幸蔵主尼に命じて取り出させ辞世としたもので、本当の辞世は、

露と散り雫《しずく》と消ゆる世の中に
　何と残れる心なるらむ
だという。

前田利家の死去

一

秀吉が、自分が死んだ後、しばらく喪を秘せと遺言したのは、朝鮮に在陣の将兵に知れて動揺をきたし、朝鮮や大明国の反攻を誘ってはならないという配慮からだった。

そうして三成には、自分が死んだら、

「真っ先に内府と大納言に報《し》らせよ」

と命令してあった。

秀吉の遺体は、五奉行の一人前田玄以や高野山の興山上人によって十八日夜京都の阿弥陀ヶ峰に密葬された。

十九日朝四ツ時（午前十時）、家康が息子の秀忠と共に登城するため、豊後橋を渡って大手門の近くに来たとき、門をはいって左側にある三成の屋敷から、八十島道与斎と名乗る人物が走り出てきて、両刀を前に置いて害意のないことを示したのち、家康の駕籠に近寄り、昨日の未明に秀吉が死んだことを告げた。

「それは、おいたわしいことでござる。後刻、ゆっくり弔問に参るでござろう」

家康は、殊勝げに頭を下げたが、五十七歳にして、少しも老いを見せぬ脂ぎった顔には、

（やれやれ、長い間待たされたぞ）

といった表情が、見え見えであった。

同じころ、三成の別の使者が雁金町《かりがねちょう》の前田利家の屋敷へ走り、同じことを報告していた。

内府と大納言には報らせよ——という秀吉の遺命を三成は実行したわけである。

家康、秀忠父子は、すぐに向島の邸へ引き返したが、秀忠は同日正午過ぎ江戸へ向かって出発した。三年前、関白秀次が官位を奪われて高野山へ放逐されたときくや、秀忠は家康を残して、その日に聚楽第の邸を出て江戸へ帰っている。い

ずれも、徳川の勢力を二分して有事に備えようという、家康の深謀遠慮から出たことである。信長が本能寺で光秀に討たれたとき、長男の信忠も近くの妙覚寺にいたため、明智軍に討たれたことをよく覚えていて、父子同日に遭難という悲劇をくりかえすまい、と考えたわけである。

家康は秀忠を江戸へ向かって発たせた夜、わずかの供を連れて伏見城松の丸に住む北ノ政所の部屋へひそかに伺候した。

秀吉の死を聞いたといって、お悔みの言葉を述べたあと、

「故大閤殿下より受けたご高恩のかずかず、夢にも忘れはいたしませぬ。この家康、不肖なれども、豊臣家の万代不易のため微力をつくす覚悟でござります」

殊勝らしい言い方をしたが、豊臣家のためといって、秀頼のためといわなかったところに意味深長なものがあった。

北ノ政所は、うれしさを白無垢で包んだ躰いっぱいにあらわし、丸っこい膝をのり出し、

「五大老の筆頭である徳川どのから、力強いおことばをうけたまわり、安心いたしました。天下のこと、万事、徳川どののご裁量のままに」

ずばり、と言ってのけた。

(おや？　それでもよろしいのですか)

と言いたい表情が、一瞬、家康のでっぷりした顔に浮かんだが、すぐにさりげない顔になって、

「まず、朝鮮に在陣の将兵どもを至急に引き揚げさせねばなりませぬし、大閤殿下のご遺言を果たすためには、諸問題が山積しております。後にのこされたものが、一致協力してやらねばなりませぬが、ともすれば歩調を乱す者がおりますので、なかなか厄介でござります」

「それは治部どのと、その一党のことでござりましょう。少し大閤殿下の寵愛に甘え過ぎたようなところが……」

「さようなことも、ござりますまいが」

「わたしは尾張ものゆえ、江州訛《なまり》のものと話すより、尾張訛のものと話すほうが話しやすいでのう」

「拙者は三河生まれでござりまするが」

「三河も尾張も同じようなものじゃ。この上とも力になってたも」

「ご信任にこたえるよう、およぶかぎりの尽力をいたします」

最後に北ノ政所の細い目をじっと見すえて、そう言うと、家康は、あくまでも謙譲の態度を変えない、ていねいなあいさつを残して去っていった。

（北ノ政所は、尾張派を支持することを、はっきりと口に出されたわい）

家康は、胸の中で、そうつぶやいた。

加藤清正、福島正則、加藤嘉明ら尾張出身の武断派と石田三成、長束正家ら近江出身の文吏派が、秀吉政権下で二派に分かれて対立していることは万人の認めるところであった。前者が北ノ政所を中心とし、後者が淀殿を中心としていることも衆目の一致するところであった。

家康は北ノ政所に接近することによって、武断派に与《くみ》することを明らかにし、三成らの文吏派を押さえこんでゆこうと決心したのである。

その丸っこい、家康の後ろ姿を見送りつつ、北ノ政所は、

（これからの天下は、あの男のままになることであろう）

と胸の中で、つぶやいた。

家康が秀吉の天下の次の担《にな》い手であろうことを認めている点で、北ノ政所も淀

殿も同じであったが、淀殿は三成らと力を合わせてこれを阻止することによって、秀頼の安泰をはかろうと考え、北ノ政所は家康のふところにとびこむことによって、豊臣家の永続をはかろうと考えているのだから、大きな相違だといってよかった。


同じころ、同じ伏見城内の西の丸の淀殿の部屋へ、三成が伺候していた。

「もう五年、ご寿命があれば、そのあいだに内府の寿命も知れませぬし、よし命があろうとも、手前、命のかぎり、知恵のかぎり、ご奉公申し上げて、あのお苦しみは、おさせ申しはせぬものを」

白無垢姿の三成が、淀殿の前にかしこまって、秀吉の死んでも死にきれぬ未練たっぷりの最期について、哀悼の意を表すと、

「こうなれば、そなただけが頼り、秀頼のこと、くれぐれもたのみます」

秀吉の臨終にも涙を見せなかった淀殿が、三成の顔を見ると、甘えたような言い方をして、まだ三十二歳の女盛りの、ふくよかな頬に涙を走らせた。

人払いしてあるので、部屋には二人のほかに誰も聞いているものはいなかっ

た。

「はばかりながら、この三成、中納言さま（秀頼）が天下人になられる日まで、お袋さま（淀殿）のためにも、粉骨砕身、ご奉公つかまつる覚悟。それが佐和山十九万五千石の主《あるじ》にお取り立てくだされ、故郷に錦を飾らせてくだされた、太閤殿下のご高恩の万分の一にも報いる途と考えております」

「それを聞いて、大船に乗った気がするが、ただ油断のならぬのは、内府（家康）どのじゃ」

「大納言（利家）さまもおられます。内府さまが、どう考えようと、めったなことはできぬはずでござります」

「わたくしは、殿下と浅井の血をひいた秀頼に天下を嗣《つ》がせたいのじゃ」

「大丈夫でござります。この三成生きてある限りは、内府どのに指一本触れさせはいたしませぬ」

「ありがたい、治部どの。そなたの姉の佐和どのの背に負ぶさったわらわのことを、一生忘れないでほしい」

「この三成とて、実宰院で、お目にかかった日より、一日たりとも、御方《おんかた》さまの

った。

二人は、手をとり合いたい衝動を、じーっとこらえ、目と目で千万言を語り合

「うれしい、三成どの」

ことを忘れたことは、ありませせなんだ」

この時点、三成が家康を倒して、自分が天下に号令する身になろう――という野心が、全然なかった、といえばうそになるであろう。

しかし、それは、あくまでも秀頼を天下さまとして戴き、その下にあって、能吏としての自分の知能をぞんぶんに発揮し、自分の力で天下を動かしてみたい、という野心であった。

彼は自分が秀吉のように、最高の地位（トップ）にあって、人の心をつかみ、人を自由自在に動かすことのできる人間だとは考えていなかった。最高権力者の次に位置し、その政権を陰で動かすのに適していると考えていた。その最高権力者の地位に秀頼をすえ、その秀頼を生き甲斐としている淀殿の明るい笑顔を見ることができれば本望だと考えていた。

しかし、それを実現するためには、豊臣の遺臣たちや、大小名の理解と協力を

得なければならない。ことに、次の天下は当然おれのものだという顔をしている実力者の家康を、どのようにして押さえこんでゆくか。

考えれば考えるほど、気の遠くなるような難事業であった。

二

八月二十五日、家康と利家は五奉行と相談して、徳永寿昌、宮木豊盛を朝鮮に派遣して和を講じ、軍を帰還させることとし、五奉行の連署をもって、徳永、宮木両名に命令書が出された。

しかし、この後、諸将に対する命令書は、五大老の連署によって発せられ、五奉行は除外する方針がとられた。そして家康が、ことごとく、秀吉の政務代行者として権力を振るいはじめた。

九月三日、五大老、五奉行の連署で、秀頼を擁立する誓書が出された。これも、家康の主唱によるものであったが、その文中には、この十人衆は無断で他の大小名と私交や縁組みを禁止することがうたわれていた。

互いに私党を結ぶようなことなく、協力一致して秀頼をもりたててゆこうというわけだ。

九月にはいって、三成は浅野長政とともに船で博多に下った。朝鮮に在陣していた将士が帰還するのを、五奉行として迎えるためだ。

場合によっては、迎えの船三百艘を動員し三成自身、船団を指揮する覚悟であったが、在鮮の日本軍が蔚山《うるさん》で大勝したあと、泗川でも順天でも大勝したので、明軍もにわかに和議に応じ小西行長、加藤清正らも十一月中に博多に帰ってきた。

これを迎えた三成が、

「貴殿方、伏見に上がって秀頼公にお目通りされたうえで、それぞれお国許へお帰りありたい。そして来年の秋にまたお上がりあれ。そのときは、茶の湯などいたして、お互い楽しもうではござらぬか」

と、あいさつしたところ、清正が、

「われらは治部少からお茶をいただけるが、こちらは七年が間、異国にあって艱難辛苦し、兵粮一粒もなく、酒も茶もござらんよって、治部少には稗《ひえ》がゆでも煮てもてなし申そうか」

聞こえよがしに大きな声で言った。

帰還将士一同から、どっと笑い声が上がった。

三成は、女のような赤い唇を嚙みしめてじーっと、自分の心を押さえ、

「拙者の口上は五大老の言葉を伝えたまでのことじゃ。きょうは亡き上様のご遺命を奉じている身じゃ。おのおの方、定めし長途の遠征にお疲れでござろう。しかし、ともかくも天晴れな戦功をおさめて、帰国なされたのは、何よりのことでござる」

「いや、――」

島津義弘が低い声でさえぎり、

「外征の軍勢もいろいろ苦労したが、まず何をおいても内にあって肝胆をくだかれた治部少殿にお礼を申さねばなるまい。主計頭殿も――」

と、なだめるような眼で、清正のほうを振り返り、

「女女《めめ》しい繰り言など申されずに、治部少殿と膝を交えて話されてみてはどうじゃ」

三成は、その言葉に救われたように、

「結構でござる。それがしも主計頭殿には釈明申し上げたいことがある」

と言って出たが、清正は、ひげで埋まった唇をゆがめて、鼻の先で笑い、

「それには、およびますまい」

三成にではなく、義弘のほうへ向かって答えただけであった。

いつの間にか、三成の後ろにきて立っていた小西行長が、そんな清正に噛みつきそうな顔になったが、何も口には出さなかった。

三成、義弘、行長対清正。

この組み合わせは、二年後に起こった関ヶ原役における組み合わせそのままといえる。

それは、ともかく、その晩宿舎にもどり、寝所にはいってからも、三成はなかなか眠れなかった。昼間、博多港で、清正が高声で皮肉を言ったとき、帰還したばかりの将兵が、どっと笑った声が、いまも耳に残っていた。

自分は彼らの動向を、正直に秀吉に報告したつもりだが、彼らは、この三成が、あることないこと、悪しざまに秀吉の耳に吹きこんだと思いこんでいるらし

い。これから、彼らの誤解をといていくことは、なかなか骨の折れることだ。せめて清正が、自分と同じように、臨終までの秀吉の、未練たっぷりの焦燥ぶりを目撃していたら、あのような皮肉をみんなの前で言うこともなかろうに――。

家康の野望を押さえるためには、清正や福島正則のような、子飼いの家臣たちとは手を結びたい――と思うのだが、清正のあのときの態度を考えると、とうてい不可能だという気がしてきた。

それにつけても、秀吉が、もう五年も生きていてくれたら、秀頼も十歳をこえて、自分の意思を口に出してもおかしくはないようになるし、自分も、いまの二倍の五十万石くらいの大名に昇進していて、みんなに、にらみをきかせることもできるだろうに――と考えると、秀吉の死んだことが、あらためて惜しまれてならなかった。

宿舎の外は、すぐ海岸なので、打ち寄せる波の音が耳障りなのも加わって、三成は夜の白むまで寝つかれなかった。

三

三成が伏見城を留守にしている間に、家康は五大老連署の書状をやつぎばやに出し、秀吉から委託された政務代行者としての権限を、精いっぱいにふるった。

その一方で、五奉行との合議制を弱体化することに努めた。

また、島津義久、細川幽斎の邸をあいついで訪問し、しきりに政治的な動きをした。

年末に三成が九州から帰任した。

やがて、五大老筆頭格の家康と、五奉行筆頭格の三成とが、真正面から対立することになった。

まず伏見城にいる秀頼を大坂城に移すことが問題になった。

それは、大納言前田利家から言い出したことで、秀吉の遺言でもあった。

三成も、利家の尻をつついて、

「早く、早く」

と、せきたてさせた。

秀頼が大坂城に移れば、後見役の利家も大坂に駐在することになる。

諸大名は多く大坂に出仕するようになり、伏見に残る家康とは、自然に疎遠になるだろう、というのが三成の計算であった。

家康は、すばやく三成の肚《はら》の中を読んで、

「それは早過ぎる」

と反対し、淀殿にまで手を回して反対させた。

淀殿が反対するのは、秀吉の没後、まなしに大坂城に移っている北ノ政所と顔を合わせるのが、いやだからであった。

これを知った利家は、家康に面と向かって、

「大閤殿下の肉いまだ冷えざるに、早くも遺命を捨てるつもりでござるか」

きびしい口調で言った。

秀吉の生きているときと同じように振る舞おうとする気迫にあふれていた。

『家忠日記』によると、この時点で利家は家康と一戦も辞せざる決意を固め、開戦を準備した。このとき、利家の味方になると予想されていたのは、上杉景勝、

宇喜多秀家、毛利輝元、石田三成、増田長盛、小西行長、佐竹義宣、長宗我部盛親、立花宗茂らの面々であったという。

これに対し、家康もまた開戦の決意をしたが、彼の味方になると予想された面々は、藤堂高虎、黒田長政、池田輝政、福島正則、伊達政宗、堀秀治、京極高知、大谷吉継、有馬頼則、金森長近、蜂須賀家政らであったという。

その顔ぶれを見てみると、大谷吉継を除いて一年半後の関ヶ原戦における西軍と東軍の色分けと同じであることがわかる。

いうならば、関ヶ原戦は、すでにこのときに始まっていたわけである。その後迂余曲折があったため、戦闘が遅れただけで、戦略は開始されたわけである。

とにかく、利家の強硬な態度に、いま事を起こすのは不利と考え、家康は妥協的な態度に切り替えた。

こうして、正月十日、利家と家康が警護して、秀頼を伏見城から大坂城へ移した。淀殿も仕方なくこれに従った。

十一日、家康は宿舎にしていた片桐貞隆の屋敷から大坂城にはいったが、通路に三成が頭巾をかぶったまま火桶で手を焙《あぶ》っていた。

そばにいた浅野長政が、家康の近づいてくるのを見て、

「頭巾をとられたがよい、内府殿じゃ」

と注意したが、三成は知らぬ顔をしていた。

長政は再度注意したが、三成が依然として横を向いたままでいるので、三成の頭巾を取って火の中に投げこんだ。

それでも三成は、家康が通り過ぎるまで知らぬ顔の半兵衛を決めこんでいた。

このように三成は、自分の感情を隠さないところがあった。

登城した家康は、北ノ政所に、

「淀殿は、貴女と顔を合わせるのが、いやだというておられる。京都へお移りなされては……」

とすすめると、彼女は唯々諾々として西の丸を出て、秀吉が生前秀頼のために建てた京都三本木の新邸に移り、剃髪して高台院湖月尼と称した。

家康は十一日夜、片桐貞隆の大坂屋敷に泊まったが、大坂城下に何やら不穏の気が充満した。

ともかく、大坂から脱出しなければならないというので、家康の家来たちは馬

に鞍を置き、槍の鞘を払い、家康の駕籠には身代わりとして村越三右衛門が乗り、家康は一行中の陪臣の騎馬に混じって大坂城下を離れた。

一行は守口で乗船、淀川をさかのぼり、枚方まできたとき、対岸の葭のかげにおびただしい軍勢が伏せっているのが見えた。

「すわこそ、敵の待ち伏せ!?」

船中の一同は針金のように緊張し、家康は危機に直面したときの癖で、いらだたしげに指の爪を嚙み始めた。しかし、間もなく、家臣の井伊直政が二千の軍勢をひきいて、出迎えにきてくれたものとわかり、一同安堵の胸をなでおろした。

結局、家康がいたずらに影におびえて行動したということになったが、家康を取り巻く大坂方の空気が異常に緊張していたことがこのことでもわかるというものである。

淀殿は北ノ政所に代わって西の丸にはいったが、北ノ政所が大坂城を出るまでは、お互いに顔を合わせることもしなかった。

京極局も剃髪して芳寿院と称し、大津城の城主をしている兄の京極高次のもとに移った。これを迎えた高次の正室のおはつの方が淀殿の妹であることは前にも書いた。

ほかの側室たちも、それぞれ身寄りのところへ移り、秀吉と閨房を共にした女性で大坂城に残っているのは、秀頼を擁した淀殿だけとなった。

いや、淀殿が大坂城の事実上の女主《あるじ》となったといってよかった。

四

このころ家康は、諸大名が勝手に婚姻関係を結んではならない、という秀吉の遺命に反し、六男忠輝を伊達政宗の娘と結婚させたり、甥の松平康成の娘を自分の養女の資格で福島正則の息子の正之に嫁がせたり、外孫の小笠原秀政の娘と蜂須賀至鎮と婚約を結ばせたりした。

秀吉の生前に特別深い関係のあった伊達、福島、蜂須賀を狙って遺命違反の仲間に引きこんでいるところに、家康の老獪さが、見え見えであった。

彼は囲碁や将棋でいえば、二十手も三十手も先を読んでから指《さ》すという慎重居士であった。したがって、すぐに発覚されるような違反行為をやるはずがない。

あえてそれをやったのは、それに対し諸将がどのような反応を示すかによって、敵、味方を判別したかったのだ。

三成は前田利家の尻をたたいて、宇喜多、上杉、毛利との結束を固め、四大老の名によって、家康に詰問するところまで事を運び、中老の生駒親正と僧の承《しょう》兌《たい》を使者に立てて厳重申し入れし、返答いかんでは、家康を五大老から除名すると言わせた。

これに対し伊達政宗は、そのような掟《おきて》は知らなかった、と答え、蜂須賀は、過失だった、と素直に詫び、福島は、

「わしは豊家の一門じゃから、内府と親戚になれば、秀頼公の安泰にも役に立つと思うて……」

と、ひらきなおった。

家康は、この縁組みについては媒酌人の今井宗薫からすでに届けたものと思っていた、と、答えたあと、

「このような詰問は、わしを五大老から追い落とそうとするいいがかりに過ぎん。そのように平地に波を立てて十人衆（五大老と五奉行）の結束を乱そうとす

るものこそ、故大閤殿下の遺命に背くものじゃ」

と逆襲した。まるで、やくざ者のような論理である。

その一方で、堀尾吉晴、中村一氏の両中老や、細川忠興、加藤清正、浅野幸長らを動かして調停工作をやらせ、五大老、五奉行が再度誓紙を交換するところまで漕ぎつけた。二月十三日のことである。

そのあとで家康は、

「いろいろ、ご心配をおかけしました」

という意味のあいさつをしたいと、利家を伏見のわが邸に招待した。

大坂を発つとき、利家は長男利長に、

「わしは秀吉公に、諸臣列座のなかで、秀頼のこと、ひとえにお願い申すと、手を取って頼まれた。このことは、今生《こんじょう》、今後《こんご》とも忘れることではない。いまから伏見へ行けば、十中八、九までは斬られるであろう。それを聞けば、大義を押し立て弔い合戦せよ。わしも、家康と対面中に、もしものことがあれば、むざむざと、わし一人殺されるようなことはせぬ。家康を必ず道連れに」

と言って、ふところから正宗の短刀をのぞかせて見せた。

利長は、近ごろ、急に痩せさらばえ、眼の落ちくぼんだ父の顔から、鬼気迫るものを感じて、肌の寒くなるような気がした。

こうして、決死の覚悟で伏見へのりこんでいった利家を、家康は殺さなかった。

家康は、利家の衰弱しきった姿を見て、

「死期近し」

と即座に判断したのである。そのままにしておいても死ぬものを、事を荒立てて殺すような愚かなことを家康がするはずはない。終始、談笑のうちに会談はすすめられ、秀吉の葬儀を京都、方広寺で盛大におこなうことでも意見の一致をみた。

家康と利家の握手によって、秀吉の葬儀は、予定のように二月十八日から、二十九日にかけて、とどこおりなくおこなわれた。

五大老三中老、五奉行もみんな顔をそろえて参列し、豊国大明神という神号と、国泰祐松院殿霊山俊龍という法名をもらって幽界に去った秀吉の菩提を弔った。もちろん淀殿も秀頼に付き添って参列したし、尼僧になって高台院と名のっている北ノ政所も参列した。

秀吉が一代で築いた組織と人との最後の大集合といってよかった。

三成も秀吉の棺の前の金蓋の下に位置して参列した。葬儀のあと、秀吉遺愛の吉光の脇差と黄金五千枚を与えられた。

この葬儀を境に、人間の怨念と欲望をさらけだした、小競合いに突入してゆくのである。これは、なんどもいうように、関ヶ原戦の前哨戦であった。

この葬儀に病軀を押して参列した利家が、大坂へ帰り着くや否やどっと病床に臥し、重態が伝えられた。

三月十一日、家康は、淀川を船で下って利家の病床を見舞うことになった。

「いまこそ、内府を討つべき時機《とき》が参りましたぞ」

島左近が、巨体を武者ぶるいさせていった。

三成も、こんどは異議なく賛成した。

家康を乗せた船が、前田邸から五丁ばかり離れた川岸に着くと、藤堂高虎が女駕籠を用意し、徒士数名を伴って待っていて、

「拙者は不穏な輩の眼をくらませて、こうしてやって参りました。どうやら石田

治部少が夜討ちをかけてくる形勢でござりますから、今夜は前田屋敷を避けて、拙者の屋敷にお泊まり下されい。道々に家臣をひそかに武装させて配置してござりますゆえ、途中はお気安く――」

と家康を女駕籠に乗せ、中之島の藤堂屋敷に案内した。そして屋敷の周囲に篝火《かがりび》を焚き、提灯を連ねて警戒した。そのうち加藤清正、福島正則らも手勢をひきつれてかけつけてきて、屋敷の内外、四、五丁を固めた。

藤堂高虎は近江、犬上郡の旧家の生まれで父の虎高は浅井家に仕えていて、高虎は十五歳のとき、姉川合戦に浅井方の武者として初陣している。きわめて三成によく似た前歴である。浅井の滅亡後、秀吉の弟、秀長に仕え、朝鮮の役の軍功で、秀吉から伊予宇和島と大洲城主を兼ねる八万石の領主にしてもらっている。おのれの保身のため、いち早く家康に随身した一人である。

それにしても、三成の家康襲撃の意図は、いち早く高虎に探知されていたわけだ。

三成は、小西行長邸に同志を集めて襲撃計画を打ち明け、行長はすぐに賛成したが、前田玄以は、秀頼公のお膝元をさわがせるのはよくない、と反対し、増田長盛は、そう事を急がずとも、家康の逆心が明らかになってからでもよいではないか、と慎重論を述べて、決行というところまで、話がまとまらない。

そこへ長束正家がやってきて、

「隠密（忍者）に探らせたところ、藤堂屋敷は、アリの這いこむすき間もないほどに警固しておるとのことでござる」

と報告したので、家康襲撃は中止せざるを得なかった。

こうして家康は、翌十二日前田邸を訪問し、半刻ばかり利家の枕頭に坐って、ねんごろに病状を見舞って辞去した。

その直後、部屋にはいってきた長男の利長に、利家は布団の下から抜身の短刀を出して見せ、

「お前たちが、家康がここへきたのを機会に討ち果たそうとて乱入すれば、わしは、この手で家康を刺し殺すつもりであった。それをお前たちがしなかったのは、家康が大器である証拠であろう。いずれ天下は家康のものになるであろう。わしは、お前たちのことを、家康にたのんでおいた」

と言って大きな息を吐いた。残念でたまらないが、どうしようもない、という

表情であった。

それから一カ月後の閏三月三日、利家は六十二年の生涯を閉じた。秀吉とは二つちがいの盟友であった。

彼は死期を覚ると、夫人のお松の方（芳春院）を枕頭に呼び、

「わしが、もう五年生きておれば、家康に天下を取らせるようなことはせぬものを……」

と言って、眼尻から、しばし涙をしたたらせていたが、

「わが死後、三年のうちに戦が起こるであろう」

と予言し、遺言状十一カ条を十一日がかりで書き取らせた。それによると、長男の利長は八千の兵をひきいて大坂におり、次男の利政は八千の兵をひきいて金沢におれ。秀頼さまに謀叛するものが出れば、利政は直ちに八千の兵をひきいて大坂の利長軍に合流せよ、というものであった。

そして、いよいよ臨終というとき、新藤五国光の脇差を胸におしあて、

「豊臣家の行く末のみが気にかかる」

二声、三声うめくように言って絶命した。

大坂の利家、伏見の家康の二頭政治で、なんとかバランスをとっていた秀吉死後の政界が、利家の死によって音をたててくずれ、新しい局面を迎えることになった。

佐和山隠退

一

利家は、秀吉より二つ年下であったが、秀吉の死後、十カ月もたたぬうちに、その後を追うことになったわけである。

秀吉の生前でも、諸大名は利家か家康かのどちらかと結んでいた。

しかし三成は、どちらとも結ばず、秀吉一辺倒というところで、家康派からも利家派からも白い眼で睨まれていた。

秀吉が利家の領国を北陸から東海道へ移そうとしたとき、三成が、

「それでは、虎に翼をあたえるようなもので、もし機嫌を損じるようなことがあれば、いかに殿下のお力をもってしても、どうにもならないことになります」

と進言して、中止になったことがある。

そのことが利家の耳にはいって、利家の三成を見る眼は、冷たくなっていた。利家の長男、利長は、父に輪をかけた三成ぎらいで、三成の謀計をことごとく家康に通報しているほどであった。

しかし、秀吉の死後は、遺児秀頼を護るという点で、利家と三成の利害は一致し、三成は利家を後ろ楯として家康派に対抗してきた。

彼は家康を正面にまわして四つに組めるほどの貫禄も人望もないことを自覚していた。そのため利家という一方の大勢力を後ろ楯とし、それを巧みに操縦して家康に対抗し、機を見てこれを倒す、というのが、秀吉亡きあとの彼の作戦であった。

その後ろ楯が、音を立ててくずれ去ったのである。その影響は、時を移さず、三成の身の上におよんだ。

秀吉の秘書官長的な立場にあった彼は、

「武功もないのに、主君の袖の下にかくれて、権力をふるいくさる」

と敵視するものが多かった。

しかし、秀吉や利家の在世のあいだは、三成憎しの武将たちも、直接行動に出られなかったが、もはや誰に遠慮も気兼ねもいらなくなったのである。

利家が死んだ閏《うるう》三月三日夜、弔問に前田邸を訪れた三成が、葬儀のことなど、あれこれ相談にのっているところへ、常陸水戸五十四万石の佐竹義宣が姿を見せ、

「治部どの、火急の相談がある」

耳もとにささやきかけて、なにげないふうを装って、部屋の外へ連れ出した。

「何の御用でござろう」

三成が、きくと、義宣は緊張に顔をこわばらせて、実は加藤清正、浅野幸長、福島正則、池田輝政、細川忠興、黒田長政、加藤嘉明の七将が前田邸からの辞去を待ちかまえ、三成を襲撃しようと企てていると伝えたあと、

「拙者も同行いたす。すぐに宇喜多邸に入られよ」

せきこんだ口調で言った。

この七将は、いずれも朝鮮の再征に従軍した人たちで、三成が五奉行のリーダーとして豊臣政権を動かし、前線で苦労している自分たちのことを、悪しざまに秀吉の耳に吹きこんだとして、不満の矢を三成ひとりに集中させていることは前

にも書いた。

これら七将は、帰国するやいなや、三成の妹婿で軍《いくさ》目付の福原直高、垣見一直、熊谷直盛（三成の娘婿）、太田政信の四人が、在鮮中に不正な報告ばかりしていた、として切腹を命じてほしいと三成に迫った。

三成は、自分に対するいやがらせに過ぎないとしてこれを拒否した。

彼らは、憤懣やる方なしというところであったが、利家と家康の対立が一触即発の危機をはらんだ情勢になったので、しばらく事態を静観していた。

やがて両者が握手し和平成った、とみられた直後、一方の雄、利家が死んだのである。

「これで、なんの気兼ねもなく、治部めを成敗できる」

と、いきりたったというわけである。

三成は、わずかの従兵と、義宜のひきいる軍勢にまもられて前田邸を出て中之島の宇喜多邸にはいった。

上杉景勝もやってきて、協議したが、義宜も秀家も景勝も、自分が大坂へ連れてきている軍勢では、七将の軍の来襲を防ぐ自信はないということになった。

「なれば、内府の伏見邸へでも避難するといたそうか。窮鳥ふところに入れば、猟師も何とか申すでな」

三成が、まるで他人ごとのように、平然とした口調で言って出たので、

「内府のふところと申されるか」

三人とも、あきれたように、三成の白い顔を見つめた。

自分を襲撃しようという七将たちの首領格たる家康のふところへとびこむとは、何という大胆不敵、三成という人物は、自分たちが考えていた以上に大ものだわい、という思いが、三人の胸を占領した。

後日、関ヶ原戦のとき、三人そろって三成の陣営に加わった原因の一つが、このときのおどろきにあったともいえる。

三成は、宇喜多邸のある中之島の岸から川船に乗り、淀川に出て、伏見へ向かって、さかのぼった。義宜、秀家、景勝が、それぞれ、数十名の手勢を乗せた船を出して、三成と船の警護に当たった。

三成は、船中から大坂城を仰ぎ見て、そこにいる淀殿のことを思った。彼は、前田邸を出たら、淀殿のもとに伺候し、

「大納言さまのご逝去、惜しみても余りあることでござりますが、不肖三成がついておるかぎり、なにとぞご安心を……」

と慰め、励ますつもりであった。

それが、できなかったのが、心残りだった。

万一を用心して、女駕籠に乗った三成が、伏見、向島の徳川邸にはいったときは、夜になっていた。

井伊直政と榊原康政は、謀臣本多佐渡守正信の部屋に行って、

「おぬしは、治部への処置、何と考える」

まるで膝詰め談判でもするように、勢いこんで訊《たず》ねた。

「七人で治部一人を追っかけるのも見苦しいと、それがしは考えるが、治部が逃げこんできたと、わが家中一統が大さわぎいたすのも、おかしなもんじゃ。七人の中で、真実、当家のために犬馬の労をとろうと申す御仁《ごじん》が幾人おろうか。七人が治部を追い回すのは、治部めが憎かったからじゃ。いま治部を当家で討つと、憎むやつが無《の》うなって、恐らく主計《かずえ》（加藤）も左衛門（福島）も、当家へ前々のようにはいたすまい。一人の敵を討って、三人、五人の敵を作るとなると、それ

がしの算盤では、どうも。それとも、治部一人生かしておくことが、それほどに恐ろしいことかな」

家康より七つ上で、このとし六十五歳の正信は、年齢以上に老けこんだ顔で答えた。

このごろ、正信の考えが家康の考えと同様であることを知っている直政と康政は、それを聞くと、顔を見合わせて黙って引き退った。

正信は、二人が去ったあと、自分の気持ちを確かめるため、家康の寝所へ伺候し、外から声をかけた。

「お上」

「佐渡か、はいれ」

家康は、まだ寝床には臥せずに、何か考えているようであった。

「何ごとじゃ」

「思召《おぼしめ》し、いかがでござりますか」

「治部のことか」

「はい」

「いま、それを考えておった」

「さようなれば安心、別に申すこともござりませぬ」

「殺しもせまい」

「殺しては、おもしろうござりませぬな。それで、大いに安心いたしました。ごゆるりおやすみなされませ」

正信が家康の寝所を去って、自分の部屋へ帰ろうとすると、井伊直政が曲がり角で待っていて、

「御意、なんとござった」

「三河（結城秀康のこと）をつけて、明日にも佐和山へ送ろうと」

「討たずにの？」

「討つのは易いが、討っては、後のことの妨げとなる……」

「さようか、討たれんか」

直政は肩を落として、廊下の闇の中に消えて行った。

二

一方、三成は奥御殿の書院に一人置かれた。立派な膳部や明るい燭台が運ばれ、食事のあとに隣室にぜいたくな夜具が敷かれただけで、その夜は家康はおろか、家臣も顔を出さなかった。

(家康は、わしをどうするつもりであろう)

と考えて、さすがに寝床にはいっても、なかなか寝つかれなかった。

自分が殺されたとわかったら、弔合戦に島左近勝猛が、この邸に攻撃をかけてきて、一挙に事を決する手配も、あらかじめ打ち合わせずみであった。

(死ぬるもよし、生きるもよし、いずれにしても豊臣家に不利ではないはず。わしが死んだら、淀殿は、どんな顔をなさるか)

あれこれ考えた末、なるようになれ、と自分に言い聞かせて、眠りに入った。

翌朝、朝食をたべ終わったころ、徳川家の家臣木内一氏がやってきて、この際、佐和山城へ退き息子の重家に家をゆずって隠居し、しばらく政治から身を引いてはどうか、という家康の意向を伝えた。

「内府公、せっかくのお扱い、それがしなんで異議を申しましょう。伏見退散、佐和山隠居の儀、ありがたくお受け申す」

と答えると、三成のあまりの素直さに、一氏は、拍子抜けしたような顔になって、

「道中は、三河殿がお見送りいたすことになっております」

「重ね重ねのご配慮千万忝けなく、内府公に、よしなにお伝え下されい」

それで木内一氏が去り、代わって結城三河守秀康がはいってきた。

秀康、このとき二十五歳、家康の次男である。幼名を於義丸、十一歳のとき秀吉の養子になって羽柴秀康を名のり、十八歳で関東の名族結城晴朝の家督を継ぎ十万千石を与えられ、伏見に住んでいた。

安っぽい辻君（遊女）に手を出して梅毒をもらって、鼻が欠けて、付け鼻をしているというだらしない男だが、一時秀吉の養子になっただけに豊臣家には厚意をもっていた。三成を佐和山へ見送らせるのに、こういう人物を選ぶところに、家康の細かい配慮があった。

「お久しぶりにての拝顔、恐悦至極に存じまする」

三成が、敷物からすべりおりて、あいさつすると、秀康は、顔の前で掌を振って、

「治部殿、そう固くならずともよい。わしは、亡き大閤殿の子じゃ、悪いようにはいたさぬ。天下は力や策で取るべきではない。徳があれば、自然に傾いてくるもの、内府もその辺のことは心得ておろう。内府の謀が、外に表われぬ前に敵にしては、そこもとの不利というもの。そのうえ、あんまり世間の評判のよくないそこもとじゃでのう。こんどのことも、京童《わらんべ》どもは卑怯とか腰抜けとか、取り沙汰しておるようじゃが、こういうことは、何でもないようじゃが、大きな不利を招くことがある。そこもとのような才物に、ふわふわ声で諫言して申しわけないが……」

自分からいうように、鼻の抜けた声で、ずばりずばり言いたいことをいう秀康であったが、こちらに対する好意が感じられて、悪い気のしない三成は、

「なんじょうもって、三河守さまのご厚志、三成肝に銘じて……」

「内府から、彼奴共《あいつども》を警戒して、大津辺まで見送れとの御意じゃ。葉桜でも見物

しつつ、ゆるゆる話しながら、お送り申そう」

「重ね重ね、かたじけのうござります」

ということで、三成は、結城秀康の家臣たちにまもられ、結局、家康にも本多正信にも一度も顔を合わすことなく、徳川邸を出て、その足で伏見城内にある自分の本邸に立ち寄った。

主人の無事の帰邸に、邸内は喜びに沸きたち、百余名の秀康の家来に、ちまきや渋茶を運んでもてなすやら、大にぎわいとなった。

島左近は、三成と顔を合わせるや、待ちかまえていたように袖を引き、密室に連れこみ、一対一となったところで、

「佐和山の守兵千余人、舞兵庫の指揮で山科に二千人、蒲生備中が鏡山のふもとで三千、それがしが当所に三千人備えております。まず風下の浅野邸に火をかけ、直江山城と東西より挟み討ちにし、北は真田の手にて京を押さえれば、いかに内府とて南へ逃げるよりほかに道はなく、袋のネズミに追いこめば……」

「わしも、それを考えぬことはないが、せっかくわしをかくもうてくれた内府を、いま討てば、命を助けられて欺し討ちにしたと、世間の口が恐ろしい。敵は

ますます敵に、味方の者もわしの肚を疑うて……」

「殿が隠居なされると、内府はますます専横になって暴威をふるい、それに恐れて屈服し、利に走る者も増えてきましょう。やるなれば、いまをおいて、ほかにはないと存ずるが……」

「わかっておるが、しばらく待て」

「まあ、よいようになされ。殿の下知さえあれば、ぞんぶんの働きをしようと思うたに」

島左近は、わびしげに言って横を向いた。

(このように優柔不断なのは、武将としてわしは不適格者であろうか。こんなことで、秀頼公を擁して天下を治めてゆくことなど不可能なのではあるまいか)

(いや、政略的に考えても、いま家康を討つことは不利じゃ。いたずらに敵を多くつくることになる。政略にかけては、左近よりわしのほうが上じゃ。そのわしの考えたことに、誤りのあるはずがない)

二人のあいだに、気まずい沈黙がつづく中に、三成は、まだあれこれと思案していた。

彼は大坂の宇喜多秀家邸で、上杉景勝、佐竹義宣と大坂脱出の方法を協議したあと、景勝が自分を別室へ呼んで、

「わしは、いずれ会津へ戻るが、こんどは容易に上洛しないつもりだ。やがて内府は、わしに上洛を催促し、わしがそれを断わる言葉尻をとらえて、会津攻めにやってくるであろう。わしが内府と四つに組んで、手ごわく戦うておるあいだに、おぬしは大坂に出て同志を集めて兵をあげ、西より攻め上れば、勝利をおさめることは、まちがいない。しばらく佐和山にこもって、英気を養われることじゃ」

といわれた言葉が、あざやかに耳の底に残っていた。

島左近にそれを打ち明ければ、自分の気持ちがわかってくれると思うが、まだその時機でないと考え、口に出さないでいた。

それと知らぬ左近は、三成のこの決断の鈍《のろ》さが命取りになるのではないかと不安になったり、三成のような文吏に、そういう決断を望むのは、無理なことだと同情したり、分厚くたくましい胸中は複雑であった。

結局、予定どおり伏見から佐和山へ引き揚げることになり、三成は結城秀康と

駒を並べて伏見城を出て、東山、稲荷山の山裾を通って山科へ向かった。

田や畑の上に、雲雀《ひばり》が鳴いている陽春であったが、三成も、彼に従っている部下たちの胸も晴れなかった。

逢坂山の名水を飲み、峠から下り坂にかかると舞兵庫が三人の下士とともに出迎え、大津の町の入口には高野越中、大場土佐、大山伯耆らが出迎えた。これらはみな、関白秀次の家臣だった者ばかりである。

打出浜に出たところで小休止し、秀康はここで三成らと別れて伏見へ引き返すことになった。

三成は、無銘ではあるが、正宗の作といわれる名刀を、お礼のしるしに秀康に贈った。これが、のちのちまでも「石田正宗」として珍重された。

秀康の家臣の一人で土屋右馬助というのが、

「拙者は内府の仰せにて、ぜひとも佐和山までお供して見届け申せよと……」

と言って出た。三成が苦笑を浮かべ、

「お城見物でござるか」

と言うと、右馬助の顔色が変わった。

三成の一行が、守山を過ぎるころになると、田畑で働いていた百姓たちが、街道まで走り出てきて、三成の無事な姿を見るのが、いかにもうれしいという顔で迎えた。

これは、佐和山の城下に着くまで同じだった。

右馬助は、三成の仁政の成果を目のあたりに見る気がして胸を打たれた。

佐和山に着くと、三成は馬上のまま、右馬助のために、城内を案内して回った。

大きな角屋敷を曲がると、白い路がだらだらと松林の中につづき、左右に崖のあるところに追手門があり、そこから要所要所に石垣がそびえたち、長屋、馬小屋、武器庫、兵糧庫が整然と並んでいた。

二の丸門の前に立つと、眼下に琵琶湖の入江がひろがり、その中に小さい島があり、手前の城下町との間に「百間橋」がかかっていた。

「ここから眺める夕陽は美しいぞ」

三成は、西の空を指さして言った。

本丸の広い玄関を入って、天井を見上げると、廊下も部屋もことごとく矢竹でつくられており、襖という襖は頑丈な板戸ばりで、何の装飾もなかった。

他の大名たちが、茶器や茶室に数奇を誇り競い合っているとき、三成は主君秀吉から受けたものを、おのれのために使わず、城の防備と部下の待遇だけに使っていることを、城内を回ってみて、右馬助は肌で感じ、知ることができた。

（なるほど、治部は五奉行第一の出頭人だけのことはある。容易ならん人物じゃ。開けっぴろげに、城の中を案内してくれたことでも、その器量がわかるというものだ）

ひどく感心して、さっそく家康のもとに報告した。

こうして三成は、無事に佐和山城に帰ることができたが、生命の危険を感じて家康のふところにとびこんだことによって、世間をさわがせた責任を追及するということで、五奉行の職からはずされ、豊臣政権における執政官の地位を失い、天下の政道に対する発言権も失うという大きな代償を支払うことになった。

三

一方、せっかく自分のところへ逃げこんできた三成を、無事に佐和山へ送ってやったことについて、七将たちは、当然、家康に、

「なにゆえでござる」

と追及した。家康は答えた。

「治部少輔がいかに奸悪なりと申せ、一国一城の主でござる。有力大名とも親交がござる。治部少輔も窮地に追いこまれれば、諸侯に呼びかけて乱をおこすやもしれぬ。そのときは豊臣家は瓦解する。われら故殿下より遺託をうけた面々は、秀頼様のおんためにならぬことは、極力避けねばならぬ。それでもなお治部少輔が謀叛を起こすようなれば、それがしも豊臣家の大老職として、討ちほろぼすでござろう。そのときは、おのおの方もお手を貸し下されﾞ」

将来、起こり得ることにもふくみをもたせ、豊臣家の遺臣をもって任じる、彼らの泣きどころを衝いたことばである。

「さすがは内府どの」

家康に対する名声は、かえって高まった。

こうして家康としては、利家も亡く、三成も追放し、自分の謀略をじゃまする

ものは、何もなくなったわけである。

三成が佐和山城へ隠退してから三日後の三月十三日、家康は、向島の邸から伏見城の西の丸に移り、事実上、天下人のごとく振る舞うようになった。

「伏見城が空き城である」

という、もっともらしい理由をつけて、家康を伏見城に迎え入れることをあっせんしたのは、堀尾吉晴であった。

家康は、よほどうれしかったとみえ、吉晴に「今後粗略にはせぬ」という意味の誓紙を贈ろうとしたが、

「それでは、もったいなし」

と辞退するので、井伊直政の名義の誓紙を渡した。秀吉から三人の中老の一人に取り立てられた堀尾吉晴も、この時点で早くも家康の軍門に馬をつないだわけである。

三成の隠退、家康の伏見城入城という事件は、世間にかなりの反響をよんだらしく、次のような落首が伏見の街に出た。

徳川の烈しい波の現れて

重き石田も名をや流さん
御城に入りて浮世の家康は
心のままに内府極楽

なお、家康が向島から伏見城に入城したとき、その寵臣井伊直政は三成の空き屋敷をもらって、使用することになった。

三成の屋敷は、玄関や広間は、金銀を惜しげもなく使った、桃山調の豪華なものであった。

しかし、一歩奥へはいると、荒廃甚だしく、雨もりがして木履をはかねば歩けぬほどで、障子など女子の反古紙で貼を繕《つくろ》うという粗末なものであった。

これを見た直政の家臣が、

「天下の治部少ともある者が、こんなひどい邸を修繕もせずに住んだものだ」

と笑うと、直政は、それを聞きとがめて、

「治部少は常に表にあって、奥に住むことがないゆえ、屋敷の始末を、かようにしておいたのじゃ。三成は、さすがの男、これを笑う者は、彼におよばぬこと、千里のへだたりがある」

と、たしなめたという。この直政は、関ヶ原戦後、三成の佐和山城をもらって、城主になっている。奇しき因縁といえよう。

四月十二日、家康は伏見城にあって、加藤清正から朝鮮の陣における恩賞の不公平を訴え出ていることについて裁決を下した。

秀吉のもとから陣中に派遣されていた軍目付《いくさめつけ》と、目付の総裁をしていた三成の不正報告と断定し、目付頭の福原長堯の十二万石のうち六万石を削り、目付次席の熊谷直盛に逼塞《ひっそく》を命じた。清正らが福原、熊谷らの処分を三成に迫って拒否されたことは前に書いたとおりで、彼らが家康の裁決に感謝し、三成を討ち洩らした憤懣を癒やしたことは、いうまでもない。

それよりも、家康が筆頭大老として豊臣家の大名、旗本を処罰したことに意義があった。彼の威勢が諸大名を支配する地位にまで上昇したことを天下に示したわけである。

それについで家康は、大老、中老、奉行などの政務職にあるものをふくめて、諸大名に、いっせいに領国に帰ることを許した。

朝鮮に出陣して、長い間領国を留守にしていた諸大名は、家康に感謝しつつ帰国した。

八月にはいると、伏見も大坂も、大名は皆無の状態になった。

それを見すまして、家康は伏見城から大坂城に移った。

九月九日の重陽の節句に、秀頼に賀意を表するということで大坂城に登城して、そのまま西の丸に居坐ったのである。

利家は大坂城に家康は伏見城にというのが秀吉の遺命であったが、利家が亡くなったからには、秀頼のそば近くにいて政務を代行するのが筆頭大老の責務であるというのが、その理由であった。

西の丸には淀殿が居住していた。

そこで淀殿の母方の叔父にあたる織田有楽斎をわずらわして、淀殿を説得し、秀頼の居住する本丸に移ってもらった。

西の丸（二の丸）に移った日、家康は同じ郭内に四層の天守閣を建てるように命じた。その天守閣に坐って天下に号令しようというわけである。

西の丸に落ちつくと、豊臣方の有力大名に圧力をかけ、怒って挑戦してくるように仕向ける工作を開始した。

挑戦してきたら秀頼の名によって討伐にのり出し、戦乱に乗じて幕府を開き、征夷大将軍になって豊臣家を支配下におこうという腹である。

四

家康の豊臣方の大名に対する挑発は、まず加賀百万石の前田家に向けられた。浅野長政、大野治長、土方雄久の三人が、故利家の長男前田利長の命令で家康の暗殺を計画していたという事件が起きた。長政は五奉行の一人で、治長は淀殿に仕える大蔵局の息子で、淀殿の寵臣である。家康は治長を下野に、雄久を常陸へ流罪にした。長政は隠退して領国の甲斐に帰ったが、家康が上杉討伐のため江戸を発ったとき、息子の幸長とともに、なにくわぬ顔で従軍しているところをみると、どうやら家康暗殺云々は仕組まれた狂言らしい。

とにかく右の理由で前田家を討伐すると通告すると、利長は素直に、母（利家の未亡人）の芳春院を人質として江戸へ送ってきた。秀忠の娘を利長の弟利常の妻に迎えるようにと要求したらそれも承知した。家康はふりあげた拳《こぶし》のおろしようがなくなった。

　さればというので、次に目をつけたのが、会津百二十万石の上杉景勝である。秀吉、利家の死後、会津に帰った景勝が上洛の命令に応じぬこと、城の新築や道路の構築を急いでいること、隣国の堀監物から訴えのあったことを理由に、自分の家臣の伊奈図書と、増田長盛の家臣河内長門の二人を問罪使として会津へ派遣した。

　上杉景勝の家老で米沢三十万石の領主である直江山城守兼続は、前田利長が家康に屈伏したという情報をきいたときから、

（次は、当上杉家に鋒先を向けてこよう）

　と考え、

（恩と恥を知らぬ輩《やから》の目を覚まさせ、盟友石田三成の豊臣家への忠節を助けるために）

　と、家康に敵対する決意を固めた。

　そして、家臣の色部主殿と長尾清七郎を、挙兵の打ち合わせのために佐和山城へ派遣した。

三成と島左近が二人を引見した。

「主人口上の儀、書状をもって、お手もとまで差し上げましたゆえ、ご披見下されたと存じますが……」

まず色部が口を切った。

「早急の手はず、満足至極に存じておる」

島左近が、大きな掌で、ひげで埋まった顔をひと撫でしてから、

「総大将と頼むお方は毛利輝元どの。この御仁《ごじん》は安国寺どのより説いて内諾を得ておるが、いわば飾り人形でござる。働きはないが、毛利一門の長とし、秀頼君《ぎみ》を抱きまいらせて、大坂表より江戸へ押し出すには、この仁よりほかにはござらぬ。治部殿では、とやかく治まらんことは、山城殿（兼続のこと）もよくご承知でござろう」

「わしは、憎まれもんじゃからのう」

三成が白い頬を撫でて苦笑した。

「この人数四万千五百人。内府が江戸を進発したら伊勢口まで押し出す手はず。つぎに宇喜多中納言（秀家）の一万八千人、小早川金吾（秀秋）八千人。どちら

も まだ年が若いのであまり頼りにはならぬ。それに土佐の長宗我部盛親二千百人、立花宗茂三千人……」

左近の言う人名と兵数を長尾と色部は、ていねいに帳面に書きとめた。

左近が味方になりそうな諸侯とこの人数をひとわたり並べ終わると、三成が膝をのり出し、

「これにくらべると、内府方は三河以来の家来のみにても、日本の半分と戦えよう。知行高といい、人といい、天下の半ばが手中にあるうえ、この三成を憎む輩の大半が味方申そうゆえ、まず三対一の勝負というところじゃ。三で一を破るのなら、この三成だけでもできる。一で三を破ってこそ直江殿じゃでのう。それを頼りに、この三成も兵を動かすのじゃ。内府の大軍を半月会津に引きつけておいてもろうたら、秀頼公を戴き、千成瓢箪の馬印を立て、ただいま左近の申した十八万人の人数を動かして、大坂城を足溜まりにして戦えば、よも、勝てぬことはあるまいと存じておる」

「必ず申し伝えるでござりましょう」

色部が平伏して答えた。左近が、

「すべては山城殿の采配一つにかかっておるのじゃ。山城殿が、伊達（政宗）を佐竹（義宣）にまかせておいて、内府にくいさがってくれたら千人力じゃ。内府の人数は多くても十万、このうちの三分の一を会津に引きとめてもらえば、勝利は掌の中にある。このことはくれぐれも、山城殿へよしなにのう」

「かしこまりました」

長尾が大きくうなずいてみせた。

色部も長尾も、この佐和山城に着いたときから、堅牢であるが内部は質素きわまる城構えに、さすがは天下の治部少輔の居城だと感心していたし、先刻からの三成と島左近の手の中のすべてをさらけだしての話にすっかり感動して、頬を紅潮させて、主人直江山城守兼続に、一日も早く、仰せの趣を伝えます、と幾度も誓った。

そのころ。

家康の家臣伊奈図書と、増田長盛の家臣河内長門が、問罪使として、二人が帰るのと入れちがいに会津に到着していた。

城内の六十帖の大書院に居並ぶ家臣たちの前で、図書は家康から言われたとおりの口上を、緊張で声を少しふるわせながら述べたてた。

「景勝卿の上洛遅滞、不審少なからず、したがって上方《かみがた》にて雑説起こり、穏やかならず、また、神指ヶ原に新地、新城を取り立てられ、道をつくり、橋を架けられしとのこと、いよいよもって只事《ただごと》ならず、景勝卿にたとえ分別に相違ござろうとも、貴殿のご意見はいかがでござる。油断ならざる儀と存ずるが、いかがでござる」

「不穏の雑説と仰せあるか」

図書と長門の正面に、がっしりと巨軀をすえた直江山城守兼続は大きな声で答えた。

「雑説などと申すものは、京と大坂の間でさえ立つもの、いわんや三百里離れた遠国、そういう噂の立つとも無理からぬこと。当方では、いちいち取り上げぬことにしておるが、内府どのには、それをいちいちお取り上げでござるかな」

「……」

直ぐには返事もできぬ図書に、おっかぶせるように、兼続はつづけて、

「景勝、上洛延引とのこと、当上杉家が国替えになったのは一昨年の正月のことにて、何から手をつけてよいか、広大な国ゆえ思案するうち、大閤殿下のご病気ゆえ、伏見にとどまり、ようやく下国いたしたのが去年の三月。にもかかわらず、本年正月早々上洛せよとの仰せ。それでは、当国の仕置き、いつ致せばよろしいのでござるか。上方と異なり、半年は雪に埋もれておるこの会津。それゆえの上洛の延引を、謀叛とでもお考えか」

「ご別心なくば、誓紙を入れられて……」

「はははは。この数年来、幾通の誓紙が反故《ほご》になったかをご存じか。図書どの、そもそも誓紙を反故にされたのは、どなたじゃ。さような反故紙がご入用と仰せあるか、反故紙が……」

居並ぶ家臣たちのあいだから、どっと笑声が起こった。図書は、真っ赤な顔になり、

「景勝卿は律義なお方、大閤さま以来、内府公もご存じのこと、仰せられる筋さえ立てば、何も事を荒立てる所存は……」

「ははは。大閤殿下以来、律義者とご存じなれば、それでよいではござらぬか」

「しかしながら、謀叛の儀については、堀監物直政より申し立てておられることでござれば、ご陳謝がなくては、すみますまい」

「監物の申し立てたることにつき、一々ご糺明されてか。されたとあらば、監物と対決させて頂こう。当家のみを咎《とが》めて監物を咎めぬのは、片手落ちでござろう」

河内長門は、うつむいてしまった。図書は兼続の問いには答えず、話題を変え、

「北陸の前田利長、異儀のところ、別儀もなく静謐になったとのこと……」

「前田は前田、上杉は上杉でござる」

「京にては坂田右衛門どの、大谷刑部どのが、万事、内府へよしなに取り次いでおりますれば、もしお申し分がござれば、この両人なり、また榊原康政へ申し越されますよう」

「康政どのが、景勝にとって表向きの取り次でござろう。ならば、景勝の逆心歴然たるものあらば、まず、景勝を諫めるのが筋目ではござるまいか。しかるに、堀監物ごとき輩のざん言を内府へ取り次ぐなど、康政どのの心中、われら侍には

理解できぬところでござる」

「武具を集め、浪人を募り、道、橋などをつくられることについては……」

「上方武士は、茶碗、掛け軸なぞと、人たらしの道具を集めるが、われら田舎武士は槍、鉄砲を集める。それぞれ、国の風俗じゃ。景勝の分限で何を集めようと、勝手ではござらぬか。武士が武具を集めるのが悪いなどと、内府ほどのお方が申されるはずはない。また、道を修理し橋をかけるのは、領民の難儀を無くするためじゃ。道を作っておるのは、堀監物の椎谷領ばかりでなく、上野、下野、磐城、相馬、伊達領最上、仙北由利と諸々方々におよんでおり、橋も架けておる。しかるに越後口の監物だけが、その道造りを見て、上杉謀反などと申すのは、彼奴《あやつ》、道や橋を見るのが怖ろしいのでござろう」

家臣たちの中から、また笑い声が起こった。

「他の国の人々が何も申さんのに、監物だけが謀反謀反と。それほどに申すなら、道をこわし橋を落として防戦の用意でもいたすがよい。それもせずと、何を吠えくさるか。それを取り上げ謀反もないものじゃ。貴殿もお調べあったように、われらは、ただいま十方、八方に道をつけておる。万一謀反のときに、十方から寄せ手を受けては、何とするか。逆心あっての道普請なら、白河口のほか二、三の道のみをつけて、内府の兵を引き受けるのが上分別というもの。それを、八方へ道をつけておるのは、それだけでも逆心のない証拠ではござらぬか。いったい、景勝へ上洛せよ、上洛せよと、何用あって申されるか」

「あるいは、明々年あたり、高麗へ攻め入るつもりで、その下相談を……」

「わははは、嘘は申されぬがよい。内府にも申されい。内府ともあろうお人が、虚言なんぞ吐かれなとな。拙者も乳呑子でござらぬ」

「めっそうもない。嘘などは……」

「当節の武士と申すものは、昨日まで逆心ありとも、都合悪しくなれば、そ知らぬ顔で上洛し、恥をかえりみず人と交わっておるが、そのような当世風は、景勝には不相応なことでござる。たとえ、心中に別儀なくとも、逆心の謀反のと世間で取り沙汰されておるのに、のこのこ上洛いたさば、累代の律義の名を汚し、弓矢の道を失うことになろう。堀などの申すことのみ信じて、引き合わせて糺明もせず、逆心呼ばわりするような内府へ、のめのめと伺候なぞできようか。景勝の家来の藤田能登なんぞのように、当家を足蹴にして内府のもとへ参ったのを召し抱えて脇差を与えたりするようなことをして、どこに景勝に対する懇切がござろうか。景勝が非か内府が非か、神明に聞いて見られるがよい。景勝が喜んで上洛いたすようなご分別がつき申せば、いつにても上洛仕ろう。たとえ、内府より在国いたせと申されても、幼少の秀頼様を見放しにいたし、上洛仕らぬような景勝ではござらぬ。ただ、ざん言を信じ、あくまでも景勝を退治せんとのご所存ならば、ぜひにおよばず。内府なり江戸中納言（秀忠）なりが下向なさろうと、勝手次第じゃ」

明らかに、家康に対する挑戦の宣言であった。

啞然としている伊奈図書に、兼続は、

「大坂へ戻ったら、内府どのに、わしの言葉を相違なく取り次がれい」

と最後のとどめを刺した。

密謀

一

五月三日、伊奈、河内の両名は会津より帰坂して、直江兼続から聴いたとおりのことを報告した。

「よし、上杉中納言の心底は読めた」

大きくうなずいた家康は、諸大名に対し上杉討伐の軍令を発することになった。

戦乱をおそれた堀尾吉晴、生駒親正、中村一氏の三中老と、前田玄以、長束正家、増田長盛の三奉行は連署して会津出征を中止するように要請した。家康にとっては、すべてが予定の行動なので、中止する気持ちなどさらさらない。

六月二日、大坂城に諸大名を集め会津征伐の部署や進路についての軍議を開き、家康、秀忠のひきいる主力は白河口より、佐竹義宜は仙道口より、伊達政宗は伊達、信夫口より、最上義光は米沢口より、前田利長は越後の津川口より、それぞれ会津に攻め入ることを定めた。

福島正則、加藤清正ら秀吉子飼いの武将たちは、雁首を並べて京都の北ノ政所のもとへ押しかけ、自分たちは、この際、いかに行動すべきかを問うた。

北ノ政所が剃髪して高台院湖月尼と称し、世俗を断って尼となったことは、秀吉に対する貞節をあらわしたものとして、彼らのあいだに大きく評価されていた。

「筆頭大老たる内府どのの命ずるままに従うように。故大閤殿下もお喜びになりましょう」

高台院は白い頭巾の下のふくよかな顔を、微動だにさせず、即座に答えた。

「内府が天下取りのために動いておることが、わかっておってでもございますか」

諸将の一人が意地悪い質問をした。

「あのお方が、豊臣家のためにならぬようなことを、なさるはずがございませぬ」

すぐに、きっぱりした答えが返ってきた。例によって、秀頼のためといわず、豊臣家のためといっているところが意味深長だった。

諸将たちは、家康に追随することの、なんとも表現のできぬ後ろめたさを、高台院の言葉によって払拭し、みんなが晴ればれしい顔になった。

家康は大坂城から出陣するに先立ち、本丸にいる秀頼のもとに伺候して、「豊臣家千年のため、しばしお暇《いとま》を……」

とあいさつすると、八歳の秀頼が、

「苦労である」

と、幼い声で教えられたとおりにいい、手ずから宝刀、茶器を出陣の祝いとしてあたえ、別に黄金二万両、米二万石を餞別として下賜した。

京都の朝廷からも、すでに勧修寺晴豊が勅使として下ってきて、勅語と布百反を授けた。

すべて、家康があらかじめ仕組んだもので、豊臣家五大老の筆頭として、秀頼の名代として、豊臣家の叛臣上杉景勝を討伐に行くのだという形式をとったわけである。

　このとし三十四歳の淀殿は、秀頼のかたわらにひかえて、持病の頭痛がずきんずきんと首の根っ子あたりまでひびいてくるのを耐《こら》えながら、家康の顔をじっと見つめていた。

　五十九歳の家康の顔は、脂《あぶら》ぎって精気と活力にあふれていた。亡き秀吉の五十九歳のときは、秀次を殺した年だが、すでに老衰の域に達し、焦躁に満ちた顔をしていた。

　その差はどこからきているのであろうか、と考えたとき、家康は長男の信康を失ったとはいえ、秀康、秀忠、信吉、忠輝の五人の男の子を持っている。秀吉はあのとき、三歳の秀頼しか持っていなかった。

　その違いだと思った。

　秀頼の前ではばかていねいに頭を下げているが、内心では、ほんの八歳の子供でしかないと嘲笑しているにちがいない。

　そう思うと、全身が怒りで熱くなってきたが、

（いまに見ておいで、吠《ほ》え面《づら》かくから）

と考えることによって、その怒りを押さえ、胸の中で赤い舌を出してやった。

淀殿は、三成と直江兼続とがしめし合わせて、家康を挾撃する準備をしていることを知っていた。

家康も、それを知っていて、知らぬ顔をよそおっているのであろうか——と、改めて、家康の顔を見直したとき、彼女の胸の中を見透かしていたように家康が、

「お袋《ふくろ》さまにも、ごきげんよろしゅうに」

しかつめらしい顔で、最後にあいさつをした。

「内府どのにも、お達者で……」

淀殿も、あわてたように、あいさつを返したが、そのときすでに家康は立ち上がっていた。そして、淀殿の熱い視線を背中に意識しながら、自信に満ちた、丸っこい感じの後ろ姿を見せて、ゆっくり退去していった。

十六日朝、大坂城西の丸から三千の兵をひきいて進発した家康は、その日の夕方、伏見城にはいった。城代として城を預かっている鳥居元忠が出迎えた。元忠このとき家康より三つ上の六十二歳、頭はすでに真っ白だった。

副城代の上総国佐貫二万石内藤家長、武蔵忍《おし》一万石松平家忠、上野三之倉五千石松平近正をまじえて、さっそく軍議が開かれた。

家康は改めて四人に守城を命じ、

「すまぬが、みんな、わしに命を預けてくれい」

と声をかけると、

「喜んでお受けつかまつる」

四人がいっせいに頭を下げた。

「殿、お願いがござります」

脚が悪いので、特に許されてあぐらをかいている元忠が言って出た。

「なんだ彦右衛門、何でもいうてくれ」

「ここにおる四人の手勢を合わせて千八百人、これでは多きに過ぎます」

「いや、わしは、もっと人数をふやしてやりたいが、思うにまかせぬので、申しわけないと考えておったのじゃが――」

「なにごともなければ、本丸をこの彦右、外曲輪を近正の二人で守ればこと足りますが、もし三成が乱を起こせば、孤立無縁の伏見城、たとえいまより五倍、六倍の人数にしても全滅は必定。このたびの殿のご東征は、一世一代の大切な戦《いくさ》、一兵でも多いのにこしたことはございませぬ。介添えは近正一人で十分でござる。その他の手勢は、みんな殿がお連れ下さりませ」

「そちの気持ちはかたじけないが、それでは家長や家忠が承知すまい」

「それがしが説得いたします」

「もうよい。死出の旅は、一人でも道づれの多いほうがよかろう」

笑顔でいう家康だが、目尻はぬれていた。

その夜、遅くまで、家康と元忠は酒をくみ交わしつつ語り合った。

十七日は伏見城に滞在したが、千畳敷きの奥座敷から、眼下にひろがる洛南地方を眺めて、ひとりでにこにこしていた。会心の笑みというところだ。

二

十八日早朝、家康は伏見城を発って東下することになった。

「彦右衛門さらばぞ」

「ご武運をお祈り申します」

馬上の家康、城門の前に立って見送る元忠、あいさつは簡単であったが、見交わす眼と眼は千万言を語り合っていた。

その日の巳の刻（午前十時）家康は、琵琶湖畔の大津城に立ち寄った。

城主は近江源氏の名門、京極高次、その正室は淀殿の妹於はつであった。家康の嫡男秀忠の正室於とくの姉でもあった。

高次の妹で、秀吉の側室であった京極局は、秀吉の死後、尼になって芳寿院と名のり、大津城に身を寄せていた。

「ご内室には、いつお会いしても、お若く美しいことじゃ」

於はつと芳寿院が、揃ってあいさつに出ると、家康は、これ以上はないというような愛想笑いで、幅の広い顔を埋めた。

その顔は、芳寿院のほうをわざと無視して、於はつにばかり話しかけているように見えた。

「ご内室どの。いまから江戸に戻るが、於とくどのに、なんぞ言伝《ことづて》はないか。秀忠とも仲むつまじゅう暮らしておるようじゃが」

問いもせぬのに、於とくのことまで口に出し、

「伜の嫁の姉のところに来ておると思うと、わが家に戻っておるように、くつろいだ気持ちになるものじゃ」

とも言った。

別室で高次との密談が終わると、すぐに大津城を発つことになった。

高次は家臣三十余人をひきつれ、家康と駒を並べて瀬田まで見送っていった。

彼は妻の姉の淀殿の味方である三成が、大坂城で挙兵した場合、妻の妹の縁につながる家康に味方して、大津城に立て籠る決心をしていて、密談の席で、そのことを家康に伝えていた。

家康は瀬田の唐橋の上に馬をとどめて、

「賤ヶ嶽の合戦以来、勇名高い浅見藤兵衛と申すご家来はおられるかな」

丸いあごで、高次のうしろにひかえた家臣たちをさしてきいた。高次が、その中から、藤兵衛を呼び出してひきあわせると、

「京極宰相は、良き家来を持たれて幸せじゃ。このような勇者をだいじにされるご主人も、仕えるご家来も、立派なことでござる。めでたい、めでたい」

と、見えすいたお世辞をならべた後、

「好い天気じゃ。琵琶湖の向こうの伊吹山までよく見える」

太い首を動かして、あたりの景色を見回し、背中を丸め、橋板にゆっくりした蹄の音をひびかせて、遠ざかっていった。

家康は草津から東海道にはいり、石部の小島本陣に宿泊した。

そこには、三奉行の一人で、水口岡山城主の長束大蔵大輔正家が待ちかまえていて、鉄砲三百挺を献上して協力を誓い、

「水口の東の入口の牛ヶ淵に茶室を新築いたしましたので、ご東下の途中、そこでささやかなご昼食を差し上げたいと存じますゆえ、ぜひともお立ち寄りを」

招待のことばを述べて、午の上刻（午後八時）ごろ帰っていった。

それから半刻（一時間）ばかりたったころ、甲賀五十三家の一人で、篠山城主の篠山備中守理兵衛景春が宿舎の小島本陣へ密告にやってきた。

それによると、水口岡山城の近くの美濃部村の又市という大工が、牛ヶ淵の茶室の新築工事を請負ったが、床がはずれて部屋に入った者が、岩壁の上に落ちるような、落とし穴を仕掛けた工事をさせられた。その秘密を知られぬよう、又市

は長束家で毒殺された。そのことを又市の老母から、同じ大工仲間の助七が聞いたという。

右のことを密告したのち篠山理兵衛は、さらに、

「石田三成の宿将島左近が、佐和山より三千五百の兵をひきい、夜襲をかけてくる由」

という重大な情報をもたらした。

徳川家は、家康の祖父清康が服部石見守保長以下百数十名を、岡崎城下に住まわせて以来、忍者とは深い関係に結ばれている。

家康自身も、三河宇土城攻めのとき、忍者の助けを借りたことがあり、本能寺の変のとき、わずか三十数名の家来を連れて堺見物をしていて、明智軍に包囲されそうになったのを、伊賀忍者、甲賀忍者に助けられ、宇治田原、多羅尾をへて音聞《おとぎ》（お斎）峠をこえて伊勢に逃れ、白子の浜から海路岡崎に逃げ帰った経験がある。

こんど大坂城を出発する四日前の十二日、山岡景友以下の甲賀者数十名がやってきて、上杉征伐に従軍させて欲しいと要請した。家康は、国に帰って兵を集

め、命令を待つように言って、十人扶持を与える約束をしたばかりである。そんなところへ、この密告である。

一も二もなく、密告を信じた家康は、ただちに女乗り物を用意させ、篠山理兵衛に道案内させ、十人ばかりの近習をお供に、早々に石部の宿舎を発った。

本多忠勝らが、同勢三千騎をひきいて後を追い、やっと家康と会ったのは野州川の上流の横田川の渡しであった。

家康は三千騎を横隊に散開させ、折りからの雨で水かさのふえた激流を押し渡り、そのまま駈け足で、水口城下を避けて間道を通り、土山に着いてほっとひと息ついたのは、翌十九日の明け方であった。

理兵衛が注進したとおり、島左近のひきいる軍勢三千五百が夜襲をかけてきたのは、石部の宿舎、小島本陣がもぬけのからになってから、半刻もたっていなかった。

長束正家は、五奉行の一人として大坂城内で勤務し、水口城のことは弟の伊賀守にまかせていた。正家は近江、長束村の出身であるが、家康方に加わる決心をして、上杉征伐に東下する家康を石部に迎えて、忠誠心を示したつもりだったが、伊賀守は、兄は三成方につくものとして、落とし穴工作などをやったため、家康の信頼を一夜にして失ってしまったわけである。

正家は、あきらめて大坂城に戻り、三成の挙兵に協力することになる。

家康は土山から鈴鹿越えして関地蔵に下り、四日市から海路三河佐久島に着き、二十日岡崎城主田中兵部少輔吉政、二十一日吉田城主池田輝政、二十二日浜松城主堀尾吉晴、二十四日掛川城主山内一豊というふうに、東海道沿いの諸城の城主からの饗応を受けつつ、悠々と江戸へ向かった。

途中放鷹を楽しんだり名所見物もした。

内心では三成挙兵の報の届くのを待っていたのである。

駿府城主中村一氏は、重病の床に臥《ふせ》っていた。家康は村越茂助を見舞の使者として駿府城に送り、一氏の子一学に長光の刀を与えた。

一氏は二の丸まで足を運んで頂きたい、と懇願したが、家康はなお警戒して城下の家老横田内膳の邸までしか行かなかった。

一氏は頭も上がらぬ病身を駕籠に托して横田邸までやってきて、家康に謁し、

「それがし、ご覧のとおりの病身にて、とても従軍は不可能にて、一子　学も幼

少にてお供はかないませぬゆえ、せめて弟の彦右衛門一巣を軍代として従軍させて頂きたい」

苦しい息の中からうったえた。家康も、

「尊公がこれほど重病とは知らなんだ。許してくれい」

といって、やせ細った一氏の手をとって、涙をこぼした。一氏も泣いた。

田中吉政、池田輝政、堀尾吉晴、山内一豊、中村一氏は、いずれも豊臣恩顧の家臣で、小田原征伐ののち、秀吉が家康を関東へ移封したとき、家康の旧領三河、遠州の街道筋の要衝に配置した者ばかりである。その目的は、家康が旧領地の者と連携をとるのを監視し、いったん事あるときは、東海道を押さえて、徳川軍が一歩も通行できぬようにするためであった。したがって精鋭の武将ばかり選んで配置したもので、その中でも堀尾吉晴と中村一氏は秀吉の股肱の臣で、中老の重職に置かれていた。

それが、秀吉の死後二年足らずで、家康の東下を知るや、みんなが申し合わせたように、膝下に叩頭して臣従の礼をとったわけである。節操がない、とか人情紙風船といわれるかもしれないが、当人たちにとっては、一族郎党の運命にかかわることなので、選択には必死だったわけである。

こうして家康は、七月二日江戸に着き、ひたすら三成の挙兵の報の来るのを待った。もともと会津まで攻めこむ気持ちなど、ありはしないのだから、落ちついたものである。

三

三成が佐和山城に隠退してから、一年余の月日が流れていた。

その間彼は、父正継のために京都、妙心寺に寿聖院を、母の追善のために佐和山に瑞嶽寺を建立したり、城内の茶室で点茶を楽しんだりして、表面、閑日月を楽しんでいたが、心は常に家康の上に飛び、その動向に猜疑の眼を光らせていた。

家康が上杉景勝の挑発に乗って、会津征伐のため東下するという報に接するや、

「時機《とき》こそ至れり」

と勇躍し、家康に書状を発して、自分は蟄居の身ゆえ、息子の重家を敦賀城主大谷刑部の旗下に加えて従軍させたいから、お許しねがいたい、という意味を伝えた。

家康から、万事よしなに、という返事が届いた。

「まず、これでよし」

三成は、それを読んで、さいづち頭をうなずかせた。これで、大ぴらに募兵ができるわけである。

つぎに、京都、東福寺第二百二十四世住持となっている安国寺恵瓊に密書を送って、かねての盟約どおり、毛利輝元に大坂城に入城して西軍の盟主になるよう連絡して欲しいと要請した。

三成は、秀吉の死後十日の慶長三年八月二十八日、増田長盛、長束正家、前田玄以と話し合い、浅野長政を除いた四奉行で家康に対抗しようと決議し、五大老の一人で西国大名中の雄である毛利輝元を味方に引き入れて盟主にしようということになり、輝元は承諾して起請文を入れてくれた。四奉行と輝元のあいだをとりもちしたのが安国寺恵瓊であった。

安芸武田氏の末裔に生まれた彼は、東福寺住持恵心の弟子から身を起こし、安芸安国寺の住持の身で毛利氏の従軍僧となり、軍使としてたびたび、その才能を示した。毛利の一門小早川隆景が四国征伐の功で秀吉から伊予三十五万石を与えられると、恵瓊はそのうちの二万三千石を拝領し、のち秀吉から六万石に加増された。朝鮮役には輝元を助けて帷幕の間に活躍し、渡鮮した三成とも親交を結び、秀吉の恩顧を忘れぬ一人であった。

恵瓊は三成の密書を読むと、直ちに広島へ密行して輝元に会い大坂城入城の約束を取りつけて帰洛した。

恵瓊からの手紙で輝元動くと知って、三成は家康打倒の自信を深めた。

その自信が胸にあったので、島左近が東下する家康を石部の宿に夜襲したいと言ってきても、

「表向きでは、わしは窮鳥となって家康のふところに逃げこみ助けられておる。その恩を仇で返すのも、どうかと思うし、夜討ちなどするのは、天下への聞こえも悪い。白昼堂々と会戦してはどうか」

と反対した。

しかし島左近は、

「この好機を逸しては、家康を討つ機会はござらぬ」

といって、独断で三千五百の兵をひきいて佐和山城から出陣したが、見事に肩すかしをくわされたいきさつは、前に書いたとおりである。

一方、三成の小姓時代からの親友である大谷刑部吉継は、家康に従って東征するため、一千の兵をひきいて居城の越前敦賀城を出発、北国街道を南下して、美濃国垂井に着いた。関ヶ原の西一里半の地である。

かねてから、三成の長男重家を同伴して従軍する約束をしていたので、垂井から七里（二十八キロ）西にある佐和山城へ出迎えの使者を送った。

三成は、吉継が垂井まできていることを知ると、腹心の樫原彦右衛門を走らせて、吉継にぜひとも佐和山城に立ち寄って欲しいと懇望させた。

親友の三成の頼みなので、吉継は、いやともいえず、佐和山城までやってきた。

吉継は、このとき癩を患い顔がくずれかけていたので、白布で面を覆っていた（大坂城内で諸将が盃の回し飲みをしたとき、吉継の膿汁が盃の中に落ちたのを、三成がかまわず飲み干したので、吉継は三成に恩義を感じていた、という説もある）。

三成は吉継に家康打倒の計画を打ち明けた。吉継はしばらく腕を組んで思案していたが、

「おぬしともあろう者が、これほどの大事を企てるに、なんで、もっと早う、わしに知らせなんだぞ。あれこれと謀略の手もあったに、事すでにここに至っては策をほどこすすべがないではないか。惜しいかな、十が九までは、勝利はおぼつかないぞ」

三成は、さいづち頭を横に振って、

「案ずることはない。東に上杉、佐竹あり、西に毛利、島津あり、そのほか諸大名、諸将も盟約してくれておるわ」

「おぬしは、ただただ、勝つことを知って負けることを知らん。だから、そのような気安げなことをいうておるのじゃ。しからば、わしの問いに、一、一、答えてみるか」

「おうさ。何でも問うてくれ」

「武士の高位は、天下で誰が第一ぞ」

「家康じゃ」

「天下の勇士を多く集めたるは」

「家康じゃ」

「慈悲ありて、家臣の心を得たるは誰ぞ」

「家康なり」

「天下の武将にすぐれて、誉れ高く名の響けるは誰ぞ」

「家康なり」

「諸国大小名の歓心を得たるは誰ぞ」

「家康なり」

「ただいま申したる五つは大切な事だぞ。一つでもおぬしの力のおよぶものがあるか。これによってみても、おぬしが勝利を得るのは、難儀のわざではないか」

「いんや、そうではない。天下第一に尊ぶべきお方は秀頼公じゃ。下として上を犯さんとする家康は逆臣じゃ。彼には不忠の名あり、われには忠義の名あり。忠義は人の好むところで、不忠は人の憎むところじゃ。天下に誰が不忠の臣に味方する者があろうか。わしが秀頼公の武命をこうむりて義兵を挙げなば、天下の武将は、まさに雲霧のごとく集まってくるであろう。おぬしのように案ずることはない」

「ソレ兵ハコレヲ校《かんが》フルニ七ヲモツテシ、計ツテソノ情ヲ索《もと》ムという言葉がある。主いずれか道ある、将いずれか能ある、天地いずれか得たる、法令いずれか行なわる、兵衆いずれか強き、士卒いずれか錬《ね》れる、賞罰いずれか明らかなる。ここをもって彼を知り、おのれを知って勝負を知る。これが古法じゃ。初めこの大事を謀るとき、わしに知らせてくれおれば、家康が伏見におるときに謀ってこれを討つべきに、関東へ下らせてしまっては、もはやどうすることもできはしない。彼は魚が水を得たようで、その勢いは当たるべからざるものがある。家康は元来三百万石の大名である。それが上杉征伐に名をかり天下の名士を集めたのじゃから、おぬしのような小身の大名が、とてものことにおよぶところではない。考えてもみろ、故大閤殿下は、実に古今不世出の名将で、武勇権威ともに備わり、一つとて欠ぐるところはなかったのに、彼の人（家康）をほろぼすことができず、かの長久手合戦以来は、もっぱら和議によって、服従せしむるようにしてきたではないか。ましてや、いま幼君の命をもって家康を制するようなことは、とうてい不可能じゃ。もし合戦におよんでも、こちらは烏合《うごう》の衆なれば、軍議もまちまちでまとまり難く、命をきかずして敗走の足も早いであろう。しかるに家康は、大名の家人《けにん》を数多く従えておるゆえ、こちらは指をふれることもできないじゃろう。そのうえ家康は、小身のときより士卒を愛し、新古のへだてなくいつくしみ、胎内の子にも家督を相続させて、憐愍《れんみん》の情を深くし、病人や狂人にまで従来の所領を与え、慈悲を第一として士卒を養うておるので、諸士はひとしく心を一つにし、いったん事あるときは、命を捨てること塵芥《ちりあくた》よりも軽い。家康を討たんとするなら、伏見にて不可能ならば、石部に宿泊したときに実行すべきであった。石部は佐和山からへだてること、わずかに七里、宵から人馬を出せば、夜半に達することができる。そのときは、この吉継も見送るごとく見せかけて宿所に押しかけ、不意に乗ずれば、万一にも討ち損じることはなかったに、無事に本国に帰らせたあとで、追い討ちをしても、いたずらに長途に疲労するだけで、とても勝利を得ることはできない。それは碁を囲むようなものだ。下手はいかに名手を打っても、上手に対しては、意外に敗れるものである。その道を得た人の知識は、格別だからじゃ。武士道もそれと同じじゃ。おぬしの名手も、家康の上手に対しては、効き目がないのではないか」

「おぬしは、わしのことを名手として、謀を共にしてくれるというのか」

「わしは、知ってのとおりの病体で、眼も見えない。なすところ常人の半ばにもおよばぬので、事の役に立つとは思わぬが、おぬしを捨てては武士道に反する。武士道に欠げるのは、男子の最も恥ずべきところじゃ。しかも幼君の命令とあれば、事の成否を論ずべきではない。生きて甲斐なき一命を、幼君と親友に捧げることに決めたぞ」

「かたじけない。おぬしが味方をしてくれたら千人力じゃ。わしは、故大閤殿下に茶坊主から五奉行の筆頭にまで取りたててもらい、そのうえ佐和山十九万五千石の城主として故郷《ふるさと》にこよなき錦を飾らせてもろうた。このご高恩に報いるため、秀頼公やお袋さま（淀殿）を狸爺めの魔手より守りたいのじゃ。おぬしのいうとおり、わしは憎まれ者かもしれんが、故大閤殿下のご恩に報いるということで、わしに味方してくれる者も少なくはないと思うておる」

「やっと本音《ほんね》を吐いたな。それでよいのじゃ。わしは、おぬしの、そういうところに惚れたのじゃ。惚れた弱味じゃ。おぬしに、わしの命をくれてやる」

「石部の宿で内府を襲うということ、わしはあまり好まなかったが、島左近がそれをやってくれた。なれど、密告したものがあったらしく、逃げられてしもうた」

「狸爺め、命冥加なやつじゃ。もはや、彼奴を倒すためには、手段を選んではおれぬ。ついては、ここに一策がある。秀頼公の使者として、股肱の勇士を関東につかわし、軍中慰労の辞を述べるといえば、彼奴も会見をせざるを得まい。そのとき機を逸せず躍りかかって刺せば、事簡にして立ちどころに大事を決することができよう。彼奴が用心深く会見せず、代理の者に会わせるということになれば、万事休すじゃが」

「よし、さっそく手配いたそう。ところで、おぬしが一挙に加わってくれることに決まったからには、おぬしと連名で諸侯に檄文を発したらいかがかと思うが」

「よかろう、そういうことは、おぬしの得意とするところじゃろう」

三成は、即座に左の檄文をしたため朗読した。

「古今より今に至り、国家の興亡を見るに、みなこれ姦人の所行なり。ここに源家の末流徳川家康、三河より出でて八州を掌握し、重禄によりて勢い飛雲のごとく、古法をほろぼし諸人をないがしろにす。誰かこれを憎まざらんや。すなわち三成、吉継、幼君秀頼公に代わり彼をほろぼさんと欲し、相談を企て相触るるところなり。おのおの指揮に従いて軍役を勤むべし。もし承引せざるにおいては、大坂における妻子はことごとく禁獄せしむべきものなり。何ぞ速かに無道を誅せざる。治国安民の謀はこの一挙にあり。急ぎ鞭をあげて大坂に馳せ参じ、幼君を守護し、指揮を相待ち申すべきなり。よって回文件《くだん》のごとし」

慶長五年六月二十七日、（漢文和訳筆者）

「さすが治部だけあって、なかなか名文じゃ」

吉継は、白布に包まれた顔を大きくうなずかせた。彼は挙兵の準備のため、いったん敦賀に引き返した。

四

三成は、吉継にいわれたとおり、家康を討つ刺客として、加賀井弥八郎重望と木村弥一右衛門秀望の二人を選び、秘命を与えて江戸へ旅立たせた。

しかし大谷吉継が予想したように、用心深い家康が、秀頼からの慰問使などと称する怪しげな二人に会うはずがない。

木村は、あっさり諦めて佐和山へ引き返したが、加賀井は何か獲物はないかと考え、木村より遅れて東海道を西へ向かっていると、三河の山中で堀尾吉晴の行列に逢った。

吉晴は加賀井と同じ美濃の出身で、秀吉に取り立てられて、三成に先立って四万石の佐和山城主となり、さらに浜松城十二万石の城主となり、三中老の一人に列した。

慶長四年十月、家督を嫡男忠氏にゆずり、隠居料として越前府中で五万石を与えられていた。

家康の東下に際し、息子の忠氏と共に浜松城で謁見したところ、家康から府中へ戻って、畿内の情勢を探って報告してくれといわれ、浜松を発って越前へ向かうところであった。

加賀井は美濃出身だけに、秀吉の岐阜城攻めのとき、夜の稲葉山を少年の身で道案内をしたというだけの功績で家臣にとりたてられた吉晴の前歴をよく知っている。秀吉の死後、中老に登用してもらった身でありながら、秀吉の恩を忘れて家康に叩頭している吉晴が憎かった。それに吉晴は三成の前任者として佐和山城内のことはよく知っている。

（よし、家康の代わりに、吉晴を血祭りにあげてくれよう）

と決心した。

かねて面識があったので、吉晴に面会し、秀頼の使者として、家康のもとに行ってきた。大坂に帰って復命したら、内府公の陣に加わりたい。内府公の御家人の誰かを引き合わせてほしい、と頼んだ。

吉晴は、あっさり加賀井の言葉を信じ、

「それなら、わしは池里鮒で刈谷城主水野和泉守忠重と会うことになっておるゆえ、引き合わせてやろう」

ということになった。

七月十九日夜、池里鮒の名主伝右衛門宅で吉晴と水野忠重が酒宴を催し、その席に加賀井が招かれて忠重に紹介された。

忠重の水野家は、家康の生母於大の方の実家であることは、よく知られている。

吉晴も忠重も、かなり酔っていた。

どういうわけか、宴席に立ててある屏風のかげに積み重ねていたお膳が、音をたてて崩れ落ちた、宴席は騒然となった。

加賀井は、好機逸せずとばかりに立ちあがり、忠重を一刀のもとに斬殺し、返す刀で吉晴に斬りつけた。吉晴は背後の柱にもたれて、うつらうつらしていたので、いきなり顔を切られたが、五十七歳とはいえ、歴戦の勇士である。

「痴《し》れ者、何をするか」

と叫ぶなり、加賀井に躍りかかって、しばし組み打ちとなったが、ついに加賀井を組み敷き、幅広の脇差しで首を刺して息の根を止めてしまった。

かくて、三成の放った刺客は、予想どおり不成功に終わったわけである。

七月十二日、大谷吉継と広島から帰った安国寺恵瓊、それに島左近を加えて三成とともに四人で、佐和山城の本丸で、作戦会議が持たれた。

恵瓊はこのとき六十三歳、毛利との講和に奔走して生前の秀吉と意気投合し、

「わが陣営に、貴僧のような外交僧がおれば、千人力じゃが……」

と持ち上げられたり、天正元年秀吉とともに信長に謁見したのち、
「あのお方は、高ころびにあおむけにひっくり返ってしまうと思う」
と十年後の信長の凶変を予測し、家康ともじっこんにし、絵を贈ったり、後陽成天皇の譲位問題で、毛利輝元と家康の間にはいって調停したりして、意思の疎通をはかっていた。

彦根の竜潭寺に残っている画像も甲冑をつけており、坊主というより武将といった風貌であった。

「毛利中納言どのは、大坂城に入られることを誓ってくだされた。あのお方を盟主にすれば、西軍の勝利は火を見るよりも明らかなことでござろう」
と、佐和山城の四者会談に臨んでも、あくまでも強気であった。

会議は、恵瓊に引きずられた形で、大事決行に踏み切ることを決議した。

恵瓊は、直ちに大坂に引き返し、十四日夜、出雲富田城から出てきた吉川広家と会談したが、これは不調に終わった。

父祖毛利元就が、嫡男隆元、次男吉川元春、三男小早川隆景を呼んで、三本の矢を示し、「この矢のように、三本を束ねば、折ることはむつかしい。兄弟三人

力を合わせて毛利家の繁栄をはかれ」と訓したことは、あまりにも有名な話だが、隆元、元春、隆景があいつぎ死に、輝元、広家、秀秋（養子）の孫の代になると、互いに勢力を争い、足並みは、ばらばらであった。

輝元は恵瓊に説得されて、大坂城へ出てくることを承知したが、広家のほうは、家康の東下に従軍するつもりで出てきているのであるから、恵瓊の説得に応じず、

「われらは、内府と戦う理由《いわれ》がない。それに力も大きい。とても勝味はない。奉行衆と結んで戦って敗れ、毛利家をつぶすようなことは、しとうはない」

と反対した。恵瓊がむきになって、

「毛利家は故大閤殿下に大恩がござる。そのご遺言に背く家康は討たねばなりませぬ」

と主張するが、広家はきこうとはせず、ついに恵瓊が感情的になって、

「広家さまに反対されたら、拙僧は腹を切らねばなりませぬ」

とまで言ったが、

「切りたければ、勝手に切られるがよい」

と話にならない。ついに会談は、物別れとなってしまったのである。

広家はさらに、大坂留守居の益田、熊谷、宍戸らの老臣と語り合い、家康への内通を確認し、

「三成らと策動している恵瓊の行動は、国許《くにもと》における輝元の関知せざるところである」

という意味の密書を、家康のもとに送ったのだから、徹底している。

さらに、これから後の広家の策動が、西軍の敗戦の大きな要因となるのである。

宣戦布告

一

そのような動きを、三成は知らない。

四者会談で大事決行と決まると、彼の事務的才能は抜群で、いささかの手落ちもなかった。

まず、安芸の毛利輝元、岐阜の織田秀信に同意を求める使者を走らせ、兄の正澄に近江愛知川に関所を設けて、東下する諸将をくいとめるよう手配し、会議の終わった十二日の夜、島左近を大坂城へ先発させた。出発にあたり三成は、

「わしに代わって三人の奉行衆を督励し、在国の諸将に秀頼公のおん名にて召状を発し、豊臣家の旗本をしかるべく部署して、大坂の諸口を固めさせるように」

などと、こまごまとした命令を与えたのち、

「ことに家康に従って東下した諸将の妻子を、人質として大坂城へ入れることを忘れないように」

と、念を押した。

左近は、十三日夜、大坂城にはいると、増田長盛、長束正家の二奉行に三成の意向を伝えて、いち早く実行に移させた。

正家は石部に家康の東下を迎えたが、弟の伊賀守のお先走りで失敗してから、家康をあきらめ、三成の陣営に加わることにしていた。

長盛は三成と大谷吉継が佐和山城で密談したことを、ひそかに家康の旗本永井直勝に、通報していた。そのため家康は江戸城を発って会津へ向かう前々日の七月十九日に、その情報をつかんでいた。三成の要請で働いている正家と長盛に、それだけの相違があった。

長束正家は、近江野洲郡長束村（現、草津市）の出身で、初め丹羽長秀に仕え、理財の才幹を認められて秀吉の直臣に転じた男だが、増田長盛は近江出身ではない。

一般に近江、東浅井郡益田村（現、長浜市）の真宗寺という寺の息子で、つい目と鼻の先にある長浜城の城主の秀吉に仕えた、ということになっているが、筆者の調べたところでは、これは増田甚平という男のことだ。豊臣秀次に仕えて百石を領し、天正十六年（一五八八）二月十四日、淀城の石垣を築造したというので二十石を加増されたという記録もある。

五奉行の一人になった増田長盛は幼名を仁右衛門といい、尾張、中島郡増田村（現、愛知県稲沢市）出身で、生誕地の八幡神社には、彼の邸址を示す大きな石碑も建てられている。

出身からいえば尾張派だが、検地、駅逓《てい》、建築などを司る文吏派で、豊臣秀長の死後、そのあとをついで、大和郡山二十万石の城主を兼ねていた。長盛は尾張出身ということで、北ノ政所に目をかけられていたようで、家康に密告した原因もそこにあるようだ。

ところが、次に述べる大坂城の人質作戦のとき、長盛は山内一豊夫人に、邸を立ち退いて城中へ入るようにとの勧告状を送り、夫人が、それをそのまま、小山の陣中にいた夫一豊に送り、一豊がそれを家康に見せたため、せっかくの密告状の効果も帳消しになった。彼は大坂城の留守部隊長をつとめ、関ヶ原戦には直接参加せず、戦後、家康のもとに使者を送って降伏を申し入れたが許されず、高野山へ追放された。長束正家が首を三条大橋にさらされたのとくらべると、死一等を減じられたのは、密告状の効果かもしれない。

話は、大坂城の人質作戦にもどる。

もともと、大坂城周辺に大名屋敷をおいて妻子を住まわせ、いざという場合に人質にとるというのは、亡き秀吉が朝鮮の役を始めるにあたって考え出したことで、三成はその政策をひきついで、こんどの挙兵に役立てようとしたわけである（のちに江戸に幕府を開いた家康も、江戸に大名の屋敷をおいて、妻子や嫡男を住まわせ、大名は一年ごとに領地と江戸に住むという参勤交代制を実行した。これも人質作戦であることに変わりはない）。

島左近は守口、四天王寺などの諸街道の口には警戒隊をおき、安治川、木津川などの河口には舟番所を設け、海陸で逃げ道をふさぎ、夕方の六時からは、すべての町筋の木戸をおろして通行をさしとめ、蟻のはい出るすき間もない、厳戒体制をしいてしまった。

徳川方についた諸侯も、すでにこのことあるを予想し、家康に従って出陣する

ときも、

「いざという場合、いかなる手段を用いても、国許へ妻子を落とせ」

と大坂屋敷の留守をあずかる家臣に厳命していたのだが、三成方の早い手配に先手をとられた形となった。噂をきいて、すわこそと色めきたったが、すでに手遅れであった。

加藤清正は家康に言いふくめられて、東下に加わらず、このころ領地の熊本にいた。

清正の妻は、家康の生母於大の方の実家の水野重忠の娘で、家康の養女という名目で嫁いできて、大坂屋敷に住んでいた。

妻が三成派に奪取されて大坂城に人質になると、家康に対してきわめてまずいことになる。

清正は帰国に先立って、留守家老大木土佐に、この点くれぐれも注意し、まさかの場合、必ず奥方を脱出させるよう厳命していた。

三成挙兵とききき、大木土佐は船奉行梶原助兵衛を呼び耳もとに口をよせて秘策をさずけた。梶原は安治川口の加藤家の船蔵に詰め、船舶を支配している播州生まれの男だ。

彼は船蔵に戻ると、配下の船手方をよびあつめ、三十艘もある加藤家名物のむかで船の漕ぎくらべを毎日やるように命じた。

むかで船は両側に櫂《かい》が多く連なっていて、その形状がむかでに似ているので、その名がついた。むかで船の競漕といえば、現代のボートレースと思えば、まちがいはない。

その競漕を安治川口で盛んにやった。三成方の船番所に詰める士卒たちも、おもしろがって見物するようになった。

漕ぎ競べを毎日させておいて、梶原助兵衛自身は仮病《けびょう》を粧《よそお》い、加藤屋敷内の医師に診《み》せると称して駕籠に乗り、伝法口の自宅から朝夕二度ずつ通った。発熱しているということで、綿帽子をかぶっているので、顔は見えない。町木戸の番所の前を通るたびに、駕籠の扉を引き開けて、番士に中をのぞかせた。なんども通っているうちに、番士もすっかり慣れっこになって、駕籠の扉をあけても、中をのぞきこまなくなった。

五日目に、この病人駕籠が加藤屋敷にはいったとき、大木土佐は助兵衛の代わ

りに、綿帽子と夜具をかぶった奥方を駕籠にのせ、下士に化けてみずからつき添い、

「梶原助兵衛、加藤屋敷よりわが家へ戻ります」

町木戸で駕籠の扉をあけていうと、慣れっこになっている番士たちは、中をのぞきこみもせず、

「通れ、通れ」

うるさそうに手を振っただけであった。

虎口を脱した思いで駕籠の扉を閉め、加藤家の船蔵までくると、漕ぎ競べをやっていたむかで船のうちの一艘が寄ってきて、駕籠ぐるみ船につみこみ、他のむかで船と競漕するように沖へ向かって漕ぎ出した。

三成方の船番所では、いつもの漕ぎ競べだと思って見過ごしていたが、番士の一人が、

「あの中の一艘に駕籠を積んでおり、家老の大木土佐が付き添っていたのはおかしい」

と言い出した。それッというので、番所の船三十艘で後を追ったが、むかで船

は船脚が速いうえ、十町余へだたっており、夕闇も迫っていた。沖合いには十九反帆の大船が待機しており、むかで船の上の人々を手早く収容すると、あれよあれよという間に、ゆうゆうと西へ舳先を向けて走り去ってしまった。

豊前中津城二十万石の当主黒田長政は、家康に従って東下中であり、父の孝高（如水）は中津にいて隠居しており、天満の屋敷には長政の若妻と孝高の老妻がいた。

黒田家の場合、仮病の役は、日本号の槍を酒で飲み取ったという母里太兵衛がつとめた。

加藤家の船奉行梶原助兵衛の場合とは逆に、太兵衛は町方の医者に診てもらいに行くということを口実にして、屋敷から外へ鹿籠という大駕籠に乗って出て行った。

ここでは門前に三成派が検問所をおき、多数の番士を詰めさせている。太兵衛は、その番士らの前を病人になりすまして、夜具を引っかぶって毎日一往復した。番士たちが慣れっこになったところで、如水の老妻と長政の若妻を鹿籠に乗せ、夜具をかぶらせて難なく検問所を通過、いったん市内の茶商納屋小佐衛門方に預けた。屋敷のほうでは、二人の奥方に似た女を部屋にすわらせておいた。

鹿籠が出て行って間もなく、大勢の軍兵が黒田屋敷をとり巻いた。指揮者らしいのが門内に押し入ってきて、

「奥方は在邸か」

ときいた。栗山備後が応対に出て、在邸だと答えると、その日はおとなしく引き揚げた。

翌日、奥方と顔見知りの女使者がやってきて、自分の眼で在邸を見届けたいという。

三の間に通して、うす暗い部屋に、奥方とよく似た女がすわっているのをのぞかせると、吹き替えとも知らず、

「いかにも」

と納得して帰って行った。

こうなれば、一日も早く、納屋小左衛門方にあずけてある、本物の奥方二人を脱出させなければならない。

考えたあげく、商売用の茶櫃の中へ二人を入れ、多くの茶櫃とともに荷車に積

みこみ、伝法町の淀川岸まで運び小さな茶船にのせた。それを河口まで漕ぎ下り、夜陰にまぎれて水船に積みかえた。水船は二重底になっていて、いちばん底に水を入れるようになっており、そこへ二人を入れて蓋をした。

船番所までくると、十艘ばかりの検問船が漕ぎ寄せてきて停船を命じた。都合のよいことに、番士の頭は母里太兵衛の顔見知りの男だったので、

「おお、おぬしは菅右衛門ではないか」

と、こちらから声をかけ、

「お役目ご苦労じゃな。黒田家の奥方がおるかどうか、この船をあらためたいのじゃろう。さあ乗りこんで、ぞんぶんに検分するがよい」

と逆手に出ると、菅右衛門は、その気合いにのまれ、形式的にのぞきこんだだけで、

「よし通れ、怪しい者はネコの子一匹おらぬわい、ははは」

わざとらしい高笑いを残して、船番所のほうへ帰っていった。船底に息をひそめている二人の奥方には気づかなかった。

こうして虎口を逃れた水船は、川口を出ると折からの順風に帆を上げて、一路

瀬戸内海を西航して、五日後には無事中津城に着いた。

池田輝政の奥方も大坂屋敷にいた。

彼女は督姫といって、家康の十数人の側室の一人、西郷の方が産んだ娘である。

したがって、三成派の監視は厳重をきわめた。

輝政の妹婿に山口家盛という男がいた。この男は三成派に案外うけがよかった。

彼は三奉行の一人増田長盛のところへ出かけて行って、

「輝政どのの奥方が、禁足のため気鬱症にかかられた。医者は野山を散歩するほかに、療養の方法がないというておる。さいわい、拙者の領地が摂津の三田にござる。よって奥方をそこへ移して療養させたいのでお許しねがいたい」

と、しつこく頼んだ。長盛はあっさり口説きに乗って、子供を大城に残すという条件つきで奥方の外出を許し、全快のあかつきは、屋敷へ戻るようにと念を押した。

家盛は、ひどく喜んで、奥方に自分の愛妾とその子供に、奥方の子供もつけて、三田へ送った。もちろん、療養など口実であるから、そのまま日本海の沿岸まで出て、北陸路を回って、父の家康のいる江戸へ帰ってしまった。以上が数少ない脱出成功の例である。

自分の知恵と才覚で、見事に危機を切り抜けたばかりか、禍を転じて福とした

のが、遠州掛川六万石の城主山内一豊夫人千代である。

彼女は一豊が織田信長に仕えて不遇の時代に、鏡の裏にかくしていた金で名馬を買い、夫の出世の緒《いとぐち》をつかませたという、ヘソクリの元祖としても有名である。

西軍が留守の妻子を人質にとる――という噂を耳にすると、千代はすぐに筆をとって、そのことを報告するとともに、

「かなわぬときは自害して、敵の手にかからぬようにするゆえ、お心を乱されず、平素申されておりましたように、徳川殿へのご忠勤をよくよくおつくし遊ばしますように」

という、夫を励ます手紙を書いた。

それを田中孫作という近江生まれの無足人（侍と足軽の中間の身分）の男にもたせて関東へ走らせた。三成が近江に設けた関所を通過するには、近江の言葉と土地に慣れたものがよい、という配慮からである。

孫作は百姓姿になり、手紙をコヨリにして竹笠のひもにないまぜにし、夜陰にまぎれて大坂を出発した。途中、たびたび身体検査をうけたが、怪しまれることもなく江戸に着いたところ、主人の一豊は家康に従って会津へ向かったあとであった。すぐに後を追い、古河付近で一豊の陣所を探しあて、手紙を無事に手渡した。

一豊は家康の本陣へ出かけて、妻からきた手紙を、そのまま家康に見せた。それが三成の挙兵を告げる第一報となり、一豊の忠誠心を示す証《あかし》ともなった。しかも一豊は、その翌日、下野小山でひらかれた軍議の席で、諸将にさきがけて掛川の居城を、兵糧もろとも徳川軍に明け渡しますと発言した。

掛川城は、亡き秀吉が家康の大坂進撃の場合を予想して、一豊を配置した東海道の軍事的要衝であった。一豊は、その要衝を家康のために進んで提供しようと申し出たのである。家康の進路にあたる諸城の城主も、一豊にならって同じようなことを申し出た。家康は膝を叩いて喜んだ。

関ヶ原合戦でさしたる戦功もなかったのに、一豊が掛川六万石の城主から、二十四万石の土佐高知城主に栄転したのは、千代が夫に送った手紙と、小山軍議における発言のおかげであったことは、いうまでもない。

だが、それは後の話で……。

大坂の山内屋敷に留守する千代のもとに、増田長盛の使者がきて、豊臣秀頼の命令であるから、奥方は大坂城内に移るようにと申し出たのは、彼女が田中孫作に手紙をもたせて関東へ走らせた翌日のことである。

「わたくしは夫から留守を命じられております。夫の言いつけのほかは、たとえお奉行さまのご命令でも従うわけにはまいりませぬ」

いささかも物怯《お》じせぬ態度できっぱりと拒否した。まさかの場合は自害する覚悟だ。

それがわかるので、使者の福原玄蕃も、それ以上強いことがいえず、この日は空しく引き揚げて行った。

玄蕃が去ると、千代は留守居の市川山城に命じて、屋敷の中にある薪やわらを玄関わきや書院の軒下にうず高く積ませた。

翌日また、福原玄蕃が百人ばかりの部下を連れて、人質になれといってきた。

千代は玄蕃を書院に通した。庭には薪を軒先まで積み上げてある。

玄蕃の前に姿をあらわした千代は、薪の山を尻眼で見ながら、決然たる表情でいった。

「福原どの、何度おたずねくだされても、答えは同じでございます。これ以上強談なさるなら、こちらにも覚悟がございます。この薪に火を放ち、あなた様もろとも、火の中で死ぬばかりでございます。それでもよろしゅうございますか」

玄蕃はおどろきあわてた。奥方を人質にとってこいという命令をうけたが、屋敷もろとも焼き殺せという命令はうけていない。そんなことをすれば、お咎めをうけるのは自分のほうである。

「それにはおよび申さぬ」

と答えると、あたふたと千代の前から姿を消してしまった。

屋敷もろとも奥方が焼け死ぬ——という、玄蕃がためらい怖れた悲劇が、その夜に起こった。玉造の細川屋敷においてである。

丹後宮津十一万七千石の城主細川忠興の夫人玉は明智光秀の娘であった。

七月十七日、妙善という比丘尼が玉造の細川屋敷を訪れ、三成の内意であるから、人質となって大坂城内に入るよう申し入れた。玉はにべもなく拒絶した。

こんどは五十人の鉄砲隊を先に立てた石田勢三百余人が押しかけ、強引に玉夫人を連れ去ろうと玄関先でがなりたてた。

邸内の人数はわずかに三十余、そのなかには威かく銃声に逃げ出すものもいた。

玉夫人は少斎老人を呼び、

「たとえ、ここを落ちのびても、城兵に捕らえられ生き恥をさらすのは必定じゃ。そうなれば、逆臣光秀の娘だけあって恥辱を知らぬものよと笑われるばかりでなく、夫の名を汚すことにもなりましょう。このうえは、いさぎよく果てたいと思います」

澄んだ美しい瞳に固い決意をみなぎらせて、もの静かな口調でいった。それを阻止する口実も手段もない切迫した情勢なので、少斎老人も涙ながらに同意した。

そこで玉夫人は、自分の血縁で七十余歳になる老女と、加賀前田家からきた長男忠隆の嫁を隣家の宇喜多家にあずけ、さらに小侍従とよぶ（洗礼名マリー）侍女に二人の女児をあずけ、大坂教会のオルガンチノ神父のもとに避難するように命じ、主人忠興と長男忠隆あての遺書を、霜という実家の明智家からきた侍女にもたせて邸から脱出させた。

それが終わると、白装束を着て、十字架を安置した一室にはいり、祈りをささげた。

あくまでも連行に応じないとみた石田勢は、いっせいに邸内に乱入し、所々に火を放った。

普通なら短刀で胸を刺し自害するところだが、彼女はそれをしなかった。クリスチャン名をガラシャというキリシタン信徒の彼女には、自殺はゆるされない。そこで彼女は、少斎にたのんで自分の胸を突いてもらい、他殺の形式をとることにした。

礼拝堂に端座し、イエス、マリア、ヨセフの名をとなえつつ、押しひろげる雪のような白い胸をめがけて、少斎老人は涙をふるって薙刀の先を突き刺した。

紅蓮の炎が、彼女の遺体を包んだ。

少斎老人は、それを見届けると、同僚の河喜多石見とともに庭を駈けぬけ、門前にすわりこんで割腹した。

本能寺の変以来、逆臣の娘よとかげ口を叩かれて、肩身の狭い思いで十八年間を送ったガラシャ夫人は、ここにキリシタン信徒として、悲痛な三十八年の生涯を閉じたのである。

二

三成が佐和山城を発ったのは、七月十六日の正午過ぎのことである。

「そなたと、こうして琵琶湖の景色を、ゆっくりと眺めるのは、これきりかも知れぬ」

三成は、天守閣の四階の欄干に身をもたせかけ、百間橋のかかった松原内湖や、その外にひろがる湖上に浮かぶ多景島や、はるか後方の竹生島を視線でとらえながら、わびしげにつぶやいた。

「晴れのご出陣に、心細いことを仰せられまするな」

　妻のお綾の方が、たしなめるように言った。

「いや、こんどは三成の一世一代の賭けじゃ。賽の目がどちらへ転がるか、天のみの知ることじゃ。なれどわしは、湖北三郡を領する佐和山城主にして、故郷に錦を飾らせて下さった大閤殿下のご高恩に報いるには、この道を行くよりほかないと考えたのじゃ。父や兄やそなたや子供たちを、悲しいめにあわせることになるかもしれぬが……」

「義父上《ちちうえ》も義兄上《あにうえ》もようわかっておられます。この綾も武士の妻としての覚悟は、とうからできております。どうか、心おきなく、思うたことを、おやり遊ばしませ」

「そなたに、そういうてもらうと心強い。御用繁多にかこつけて、家のことをかえりみる暇もない三成であった。御主君より頂戴したものは、御主君のお役に立つように使わねばならぬと心がけ、蓄財など意に介さぬほうであったゆえ、そなたにも、苦労ばかりかけてきたのう」

「なにを仰せられます。側室一人もおかずにお励みなされた、あなた様のようなお方に連れ添い一男四女に恵まれ、綾は、女冥利につきることと思うております」

「そう思うていてくれたか、かたじけない」

三成は、妻に向かって頭を下げた。この女を妻に選んだのも、どこか淀殿に似ていたからであり、この女を抱いているときも、淀殿の姿ばかり瞼に描いていたことを思うと、申しわけなさにお綾を正視できなかった。

三成は眼を南三里の伊吹山のほうに転じた。

いつも見る伊吹山の姿であったが、何か別なもののように彼の眼に映った。しかし二カ月足らずの後に、この山の下で、家康を相手に一大決戦を演じるとはこのとき想像もしていなかった。

三成が、淀川を下って、大坂城近くまできたとき、細川屋敷から炎が上がるのを船上から目撃した。

彼は川岸に出迎えた島左近から、ガラシャ夫人の悲壮な最期のありさまをきいた。彼も一、二度美しい彼女の姿を目撃したことがあった。その悲壮な最期の姿に、佐和山城で別れてきた妻の綾の姿が重なった。

「諸侯の妻子を人質にとることは、反感をそそって逆効果になるかもしれんな。止めておこう」

わびしげに言うと、鬼の島左近も賛意をあらわすように素直にうなずいてみせた（事実、家康に従って東下した諸侯たちは大坂城の人質作戦の情報を聞いて、戦意を失うどころか、逆に反三成の感情の火に油をそそいだ結果となった）。

こうして、逆臣の娘よと日ごろ白眼視されていた細川夫人の血の犠牲によって、諸侯の妻子たちは、人質となる悲運から解放されたのである。

三

大坂城にはいった日、三成は一年四カ月も離れていた淀殿の顔を早く見たくて、とるものもとりあえず西の丸御殿を訪れた。彼は秀吉が健在のころ、出仕していたときと同じ、裃と袴という姿であった。

それが淀殿の心をよけいに和《なご》ませ、なつかしさに瞼を熱くさせた。

「治部少どの、達者で何より。そなたが佐和山へ去《い》んでから、一日たりとも、そなたのことを忘れたことは、なかったぞえ。こうしてそなたと会うておると、大閤殿下のご在世のころに返ったような気がする」

「いつに変わらぬ暖かいお情け、もったいないことでござります」

「なんの、実宰院で初めてそなたに会うてから十六年、そなたはいつもわらわのことを思うて、よくつくしてくれた。ともに伊吹山の雪を眺めて育った仲じゃし、そなたの姉におんぶして育ったわらわじゃもの、のう。わらわは、そなたを他人と思うておりはせぬ」

「かたじけのうござります。それがしとしても、石田家の旧主浅井家の遺児《わすれがたみ》のおん方さまのおんためならば、いつなんどきなりとも、この命を捧げる覚悟にござります。また湖北の観音寺の茶坊主から、五奉行の筆頭にまで取り立てられ、湖北四郡十九万五千石の佐和山城主として故郷に錦を飾らせてくだされた人閤殿のご高恩、あの世までも忘れることではござりませぬ。このたびは、その万分の一にも報いたく、挙兵いたしました次第でござります」

「そなたなればこそ、よくぞ思い立ってくだされたと、うれしゅう思うております」

「なにをもったいない。臣子として、当然のことでござります。それにいたしましても、家康めは、大閤殿下のご他界のみぎり、筆頭大老として後事を託され、涙ながらに誓書を出しておきながら、掌を返したようなその後の仕打ち。このまま見過ごせば、豊家にとっては取り返しのつかぬ仕儀となると存じまして……」

「殿下のご恩をうけたものは、そなたにつづいて、こぞって味方してくれるであろうな」

「さよう思召しあるは、ごもっともなれど、頼みがたきは人の心、ご高恩を忘れて、羽ぶりのよいほうになびくものが続出しております。まず固いところは小西、宇喜多、上杉、島津、その他はその日の風まかせ」

「それは、まことか」

「加藤、福島などは、たとえ百万石でも、豊家が残れば、それでよいではないかと、うそぶいておる由にござります」

「それは、京都のあの方（北ノ政所）がいわせておるにちがいありませぬ。徳川どのは、伏見におるときは、三日にあげず、あのお方のところへ通うておったそうな」

「家康めが北ノ政所さまに近づいたのは、北ノ政所さまの息《いき》のかかった加藤や福島を味方に引き入れんがためでござります」

「治部少どの、勝ってくだされ、勝ってあのお方の鼻をあかしてくだされ」

「この三成は織田と浅井の血を引かれた秀頼公に大閤殿下の天下を継がせたいという、おん方さまの悲願を、片ときも忘れたことはござりませぬ。秀頼公のおんため、おん方さまのおんため、三成は、北の上杉、西の毛利とはかって家康を挟み討ちにし、かの白髪首を見参に入れる覚悟でござります。なれど勝敗は時の運、それがしが戦場に屍《かばね》をさらすようなことがあれば、このたびの戦は、三成の野心より出たこととうそぶき遊ばして、秀頼公やおん方さまは、何も知らなんだで、押し通してくださりませ」

「そなたは、わらわのために、それほどまでに心を使うてくりゃるのか」

このとき、淀殿の白く﨟《ろう》たけた顔に、涙の粒が走り落ちた。

「治部少どの、わらわや秀頼公を残して死んではなりませぬぞ。そなたのおらぬ、この世をわらわは、生きる張り合いもないということを忘れないでいてたも。わらわとそなたの水入らずの物語も、しばらく望めぬであろう。勝ちいくさの前途を祝うて、おらんだ酒でもくみかわすところじゃがそなたは下戸、ひと目を忍んで、会いにきてくれたことゆえ、それもなるまい。これは首途《かどで》の引き出ものじゃ」

そういって秀吉遺愛の短刀を渡した。

淀殿と三成の指先が触れ合った。

三成は十六年前、実宰院の境内で、彼女に手毬を手渡したときに、指先が触れ合ったときのことを、一瞬に思い出していた。

あのときの触感が、家康を相手に戦おうとしている、こんにちの自分の運命を導いたのだと思った。

「では、お暇つかまつります」

「なにぶんともにお達者で」

三成と淀殿の視線が、からみ合った。

三成が、これからやろうとしていることが、終局において、豊臣家をほろぼし、自分と秀頼を大坂城の火中で死なせることになろうとは、このときの淀殿が夢にも考えたことのないことだった。

四

毛利輝元が一万七千の軍勢を兵船に積んで、安治川口に着き、大坂城に入城したのは、三成が入城した翌日（七月十八日）のことである。

三成が、さっそくあいさつに出て、

「安国寺恵瓊殿を通じてお願い申し上げましたように、こたびの合戦に秀頼様の御名代の座におすわりねがわしく、そのこと、ご承知くださりましたでしょうか」

と念を押すと、輝元は三成より七歳年長の老人じみた顔に、わざとらしい威厳を保ちつつ、

「不肖ながら、おひきうけもうす決意にて、とりあえず一万七千人ばかりをひきいて参ったが、別に二万人ほどが山陽道を駆け上っておる」

「ありがたし。安芸中納言さまが、それだけの人数をお揃えくだされば、この合

戦は、すでに勝ったようなもの」

三成は、うれしくなって、さいづち頭を、床板にすりつけるようにして礼をいった。

「そのかわり、あれはまちがいあるまいな」

こんどは、輝元のほうから念を押した。

「あれ」というのは、戦勝の暁には、中国七カ国、百二十一万石の上に、山陰二カ国と筑前一国を加え、筆頭大老、政務代行の権限を与えよという要求である。安国寺恵瓊が佐和山城へやってきたとき、西軍の総師をひきうける条件として提示したものである。

(それでは、家康に輝元がとって替わるだけではないか)

と思ったが、毛利一族が西軍に加わるということが、家康打倒の挙兵の原動力になることがわかっているので、いやといえなかった。その条件を呑むと、恵瓊を通じて回答してあるので、その点、念を押されると、

「はい、委細、承知いたしております」

と答えざるを得なかったが、その声は、礼を言ったときよりは、弱めであっ

た。

輝元は、さっそく、家康の命令で留守居をしていた佐野綱正を追っ払って、西の丸に移り本拠地と定めた。

万事、家康にとって替わったという形式を踏んだわけだ。

そして、大老、毛利輝元、宇喜多秀家、奉行、前田玄以、増田長盛、長束正家の五人の連署をし、「内府（家康）ちがひの条々」という十三カ条におよぶ家康の不正行為を列挙した公文書をつくって、家康に送りつけるとともに、天下の諸大名に、同文のものを添え、

「義戦に加わるように」

と檄を飛ばした。家康に対する正式な宣戦布告である。

十三カ条は、意訳すると次のようになる。

一、五大老、五奉行が誓紙を作り、血判を押してから、まだいくらもたたないのに、そのうちの二奉行（石田三成、浅野長政）を追い籠《こ》めた。

一、上杉景勝に何の罪もないのに、他の大老、奉行の意見を無視して会津討伐に出かけた。

一、五大老の一人前田利家の逝去につけこみ、その未亡人（正室、芳春院）を人質として江戸に取り籠めた。

一、知行のことは現状維持でゆくという誓紙を取りかわしたのに、秀頼様に何らの忠節もない者どもに知行をあてがった。

一、伏見城には大閤様が定められた留守居がいたのに、勝手に追い出して、私に人数を入れた。

一、五大老、五奉行のほかには誓紙を交わさないと大閤様に約束したのに、数多くの人々と誓紙を交わしている。

一、高台院（北ノ政所）は大坂城西の丸に座居なさるべきなのに、これを京都の寺に追い払った。

一、西の丸を占領したあと、本丸のような天守をそこに建てた。

一、諸侯の妻子をえこひいきによって国元に帰した。

一、諸侯のあいだの縁組みは御法度という掟に背こうとしたので、大老、奉行が注意したところ、ふたたび違法はせぬという誓紙を書きながら、またもや数多くの縁組みをした。

一、若衆を煽動し、徒党を組ませた。
一、五大老が連署すべき議決事項を独断でおこなっている。
一、内縁の者（家康の側室、お亀の方）の奔走によって、石清水八幡宮の検地を免除した。

以上のような家康糾弾の正式公文書に、三成の署名がないのは、この時点、彼が五奉行の席からはずされているので当然のことである。

しかし、この文書の草稿を書いたのは三成であり、開戦へのすべての段取りは、彼がやったのだから、おもしろい。

関ヶ原戦においても、彼は西軍の総督でも参謀でもなく、表面では一部将に過ぎない。しかし、事実、軍を動かしたのは三成である。まったく陰《かげ》の人なのである。そこが、いかにも三成らしい。

毛利輝元が大坂城に入城した翌日、土佐侍従長宗我部盛親が六千の兵を積んだ軍船をひきいて、木津川尻に到着した。以後、来着する諸将の数はいよいよ増え、西軍は九万三千に達した。

これに対して、家康に随従して東下した諸侯の動員数（徳川家康以外の）は、五万五千余に過ぎなかった。

「西軍は勝てる」

という楽観気分が、大坂城内にみなぎったのも無理からぬことであった。

三成も、

「これでよし」

と、ひと安心し、堺から陣中見舞いにやってきた、茶道の友、今井宗庵を相手に、

「こなたも覚えておるでござろう。二年前、大閤殿下ご他界の折、こなたが伏見のわが邸に来て夜食を共にしたことが、ござったろう。給仕の小姓が瓶子で酒をつごうとしたとき、わしは、ぼんやりしておって飯碗をつき出し、小姓に注意されて、はじめてそれに気付き盃に替え、われながら粗忽《そこつ》であったと恥ずかしく思い、こなたがそれをどう思うておるかと案じたものじゃ。いまは、隠すことなく、こなたに打ち明けるが、そのときは、全くわが心を幼君の行く末にのみ注《そそ》ぎ、他を思う暇もなかったからじゃ。すなわち、こんどの大事は、すでにそのこ

ろより思い立ったことで、決して一朝一夕の思いつきではない。指折り数えれば一年十カ月、行住坐臥、飲食の間も、心にかけないことはなかったが、ここに至ってようやく機熟し、こなたの前で恥をかいたことも、そそぐことができて、わしは、うれしい」

と、上きげんで語り、

「これは、こなたも知っておるように、こなたに黄金三百枚を渡して購《こ》うてもろうた唐物の肩衝の茶入れでござる。以来、この三成、朝夕愛翫《あいがん》して、そばから離したことがなかったが、いま、こなたに進上したい。こんどの戦いに、もし三成が討死いたせば、秘蔵の名器も、ともに焦土と化すやらも知れぬ。こなたが持ち帰って愛護し、わしが討死したと聞かば、朝夕この茶入れで茶をたて、わしの供養をしてほしい。もし、この三成、天祐神助によって本懐をとげ、幼君秀頼公によって天下統一の御代を迎えることができたら、ふたたび価を倍にして、こなたから買い戻したい」

と語って、茶入れを手渡した。

宗庵は、うやうやしくこれを受け取り、

「殿には一身をなげうって、このたびの義挙を企てられました。天地神明のご加護あらんこと明白でござりましょう。すでに諸国の大小名も、殿の大義を救けたまうと聞いておりますれば、このたびの合戦、ご勝利疑いないところでござるが、仰せにしたがい、天下平均のときまで、お預かりいたします」

と答えて堺へ持って帰ったが、これが三成との永別となった。

この時点、毛利一統の西軍参加が実現したことによって、三成に勝算のめどがつき、ある程度の自信を抱いていたことが、宗庵に対する彼の話しぶりによって察知することができる。

三成は、毛利を味方につけることが勝利のカギだと考え、あらゆる謀略の手を打ってきた。家康が天下をにぎれば、毛利はほろぼされるぞ、という浮説を流布させたこともあった。

安国寺恵瓊が秀吉の恩顧を忘れなかったこともあって、内部説得に成功し、輝元が四万近くの兵をひきいて大坂へ上ってくるところまで漕ぎつけた。

最初から乗り気でなかった大谷吉継さえ、毛利の全面参加を知って、

「こんどの賭けは、おぬしの勝ちかもしれぬて……」

と楽観的なことをいうくらいだから、日和見をしていた諸将が、

（毛利が味方なら）

と、あいついで西軍に参加してきたのも無理からぬところであった。

万事に冷静で緻密な判断をする三成も、大坂城内の楽観ムードに目がくらみ、毛利の全面協力を額面どおりだと受け取ったところに大きな誤算があった。

それは、大谷吉継も同様であった。

吉川広家が、誤算をさせた張本人であることは、前にもちょっと触れた。

広家は毛利元就の次男、吉川元春の嫡子である。元春は弟小早川隆景とともに、毛利の両川とうたわれた人物である。

十八年前、本能寺の変のとき、備中高松城の水攻めをやっていた秀吉が、凶変の報を秘匿し、毛利方と講和を結んで京都へとって返した「大返し」の話は有名だが、そのとき、元春は主戦論者で、毛利を欺いて講和に持ちこんだ秀吉を追撃すべしといきまいた。それをなだめたのが、弟の隆景であった。

それ以来、吉川家は豊臣家に対する敵愾心を捨てきれなかった。広家も同様で、こんどの本家の輝元と一緒に大坂城に入城しながら、家康の近臣榊原康政に

あてて、

「輝元は石田側に立って、徳川に矢を向ける考えはもっていない」

という意味の密書を送り、家康の了解をとっていた。それが、やがて輝元にも影響を与えることになる――。

それは後述することとして、鴫屋宗庵と三成の茶入れをめぐる物語は、三成が秀吉の死の直後から、秀頼と淀殿のために家康打倒の執念に燃えていたことを示すものといえる。

また三成のことを述べた史書のなかには、西軍に加わった諸大名が、いずれも三成の巧みな弁舌に迷わされたためであると説いているものが少なくない。

三成がいかに才智に長《た》け、弁舌に秀《ひい》でていたとはいえ、たかが十九万四千石の一城主である。秀吉の生前ならともかく、その死後においても、諸大名が三成に威圧され、あるいは欺かれて、頭を垂れ膝を屈し、心にもあらぬ盟約に服したとは思われない。

一部には野心家があったとしても、とにかく十二万余の軍勢が関東討つべしとして決起し、天下分けめの戦いをしたのである。

それは、当時の天下の眼が、家康をもって豊臣政権下の獅子身中の虫にあらざれば、豊臣家を喰い荒らす虎狼なりとし、家康の豊臣家など眼中にないような独断横暴を深い憎しみの眼で見ていたからである。

もはや、佐和山の一城主に過ぎない存在になった三成の呼びかけに、容易に応じて疑わなかった理由もここにあったといえる。

後世の史家が、このことに一言も触れず、三成が奸佞邪智の人物だったために、関ヶ原役のような大戦をひき起こしたのだとするのは、曲学阿世の徒だとの批判をまぬかれないだろう。

籠城戦

一

伏見城の留守居役の鳥居彦右衛門元忠のもとに、大坂城にいる三奉行の一人、増田長盛の家臣山川半平がやってきて、即時開城して、大坂方に引き渡すように要求したのは七月十四日である。

東下する家康が、途中この城に二泊して、

「みんな、わしに命を預けてくれい」

と約束して発っていってから一カ月足らずのことであった。

元忠が、開城の要求をにべもなく拒絶したことは、いうまでもない。

城内の松の丸廓《くるわ》には、秀吉の未亡人高台院（北ノ政所）の甥で、若狭小浜城主の木下勝俊が在城していた。

元忠は、大坂方の使者山川半平を追い帰すと、勝俊と話し合って、城から出ていってもらった。徳川の手の者だけで城を守り、三成方に必ず伏見城を攻めるように仕向けることが、徳川の天下取りのために有利であるというのが、かねてから家康と元忠のあいだで話し合ったうえでの計算であった。

そのため元忠は、島津義弘や小早川秀秋が、伏見城に入って守備のため役立ちたい、という申し入れも拒絶した。

そして、本丸は元忠みずからが守り、二の丸は内藤家長、家長の子で十六歳の小市郎元長、佐野肥後守綱正、三の丸は松平家忠と松平近正、三成の邸であった治部少輔丸は駒井直方、名護屋丸は甲賀作左衛門、岩間兵庫頭、松の丸は近江にある徳川領の代官深尾清十郎、太鼓丸は上林竹庵というふうに、それぞれ部署を定めた。総兵力は千八百余人である。

晩年の秀吉が、善美を尽くして築いた城を、家康の直臣で死守するという、皮肉なことになった。

宇喜多秀家、吉川広家、小西行長、毛利秀包、長宗我部盛親などの大坂方の軍勢四万が、伏見の町に入ってきたのは七月十九日のことで、二十日から伏見城を包囲して攻撃を開始した。攻囲軍の中には、さきに入城を拒否された島津義弘や小早川秀秋の軍勢も加わっていた。

最初のうちは、寄せ手は日和見ばかりして戦意が上がらなかったが、包囲してから十日目の二十九日の夕方、三成がしびれをきらして駆けつけてきて、

「いかに要害の城とはいえ、城兵わずか千八百のこの城を四万の兵で囲みながら、いつまでもたもたしておるつもりでござるか」

と怒りをぶちまけてから、戦いの様相が変わった。その夜から総攻撃が開始された。

翌三十日は、大仕掛けな攻撃だけでも四回におよんだ。城内からもこれに応じて銃撃を加え、西軍の死者五百、負傷者五十余名におよんだ。

このとき城内に篠山理兵衛以下の甲賀者三百余名が松の丸を守備していた。理兵衛は、一カ月前、家康の東下の際、石部の宿舎に、水口城主長束正家が家康の暗殺を企てている、と密告した人物である。

その後、家康の命令で深尾清十郎の旗下に入り伏見城の守備に任じていた、というわけである。

包囲軍の中には、長束正家も加わっていた。

「兄上、このうえは、最後の手段をとりましょう。兄上にも、甲賀者には恨みがおありになるはず」

正家の耳もとにささやきかけたのは、弟の伊賀守正俊であった。

「なんといたすつもりじゃ」

「万事は、この伊賀におまかせ下されい。わがほうには、藤助がおりますほどに」

と、ニヤリとした。

伊賀守の命をうけた浮貝藤助は、夜陰にまぎれて伏見城内に潜入し、松の丸廓にこもる甲賀者の山口宗助、永原十内に、

「城内に火を放って内応し、寄せ手の軍を引き入れたら、秀頼公よりの恩賞は思いのままぞ。もし同意せざれば、水口に残した妻子を捕えて、ことごとく磔刑に処すとの主人正家公のお言葉じゃ」

と伝えた。宗助も十内もおどろいて、これを承諾した。

翌日の未明、永原十内ら四十名が松の丸に放火し、土塀五十余間を破壊して城

外へ脱出した。火の手は松の丸から名護屋丸に燃えうつり、城内が大混乱におちいったところへ、破壊された松の丸廓の土塀から、長束正家の手勢や小早川秀秋の軍勢が突入した。

大手の鉄門を突破して鍋島勝茂の兵や、肥後人吉の相良頼房の部隊が殺到し、まず松の丸、名護屋丸が占拠された。城内に残っていた篠山理兵衛以下三十余名の甲賀者は、全員討死をとげた。

乱戦のうちに夜が明けると、本丸にいる元忠のもとへ、松平近正、上林竹庵の討ち死に、内藤家長、元長父子の自刃があいついで伝えられた。元忠は、本丸の正門を開いて、五たび突撃し、そのたびに城兵が減り、ついに残兵五十余名になってしまった。

八月一日の熱い太陽の照りつける下で、疲れ切った六十二歳の老体を石段にもたせかけている元忠の前に立った鎧《よろい》武者が、

「雑賀孫市重朝、お首を頂戴して後世までの誉れといたしとう存じます。どうか、この場にてご自害を」

と懇願した。孫市は信長の石山本願寺攻めのとき、本願寺門主光佐を助け、紀

州雑賀の根来寺の僧兵を指揮し、信長に激しく抵抗した男であった。

「名は聞いておる。そちに首を授けよう」

そう答えて、元忠は具足を脱いで切腹の仕度にかかった。

伏見城の陥落で、西軍は緒戦において勝利をおさめたわけで、三成は正家の肩を叩いて、

「大蔵どの、おぬしの働き天晴れであった。伏見城はおぬしが落としたようなものだ」

と謝辞とお世辞をいったが、

「いや、それほどでもござらぬ」

正家は、うれしそうな顔ではなかった。

小早川秀秋は、伏見城が落ちたのち、京都、三本木の邸で尼僧生活をしている伯母（北ノ政所）の高台院のところへ、あいさつに行った。

「伏見城を攻める前に、なぜ伯母のところへ顔を見せなんだのじゃ」

北ノ政所は、秀秋の顔を見るなり、叩きつけるような言い方をした。

「伏見城へ入れてくれませんので、やむなく攻囲軍に加わっておりました」

「そなたは筑前三十五万石を召し上げられて、越前へ配流されるところを内府（家康）どのに助けられたご恩を忘れてか。家康どのは、豊臣家のために会津征伐にお出かけじゃ。こんど伏見城攻めに加わった償《つぐな》いをするためにも、今後は、内府どのの指図のままに動くようにしやれ。それが豊臣家のためにもなることじゃ。かまえて忘れまいぞ」

「かしこまりました」

十九歳の若い武将小早川秀秋は、生後十カ月のときに秀吉の養子となり、この伯母の手塩にかけて育てられている。その一言は、金鉄よりも重かった。

二カ月後の関ヶ原戦の真っ最中に、西軍から東軍に寝返り、戦局を逆転させた秀秋の行動は、このときの北ノ政所の一言が大きく作用したものであることは、その後の戦史が証明している。

会田雄次氏はその著『歴史を変えた決断の瞬間』の中で、このときの彼女の一言が、豊臣家の滅亡につながり、二百年間にわたって鎖国をつづけた徳川幕府の設立につながったとして、日本の近代化が三百年遅れたのは、彼女のこの一言のせいだとしている。

そして、彼女にこの言葉を吐かせたのは、「本妻が妾《めかけ》を憎む」という、世間にその例がざらにある、淀殿に対する嫉妬が原因だとしている。

家康は、北ノ政所の淀殿に対する嫉妬を巧みに利用し、豊臣家の家臣団を近江派と尾張派に分裂せしめ、豊臣家を崩壊に導くことに成功した。

この「分裂政策」こそは、上忍中の上忍といわれた家康の政略や戦略のキーポイントであった。

第二次大戦後、ドイツを東西に、朝鮮を南北に分裂させた連合国側のやり方も、家康の政略に学んだ、といえなくはない。

そして家康は、内心気がとがめたのか、豊臣家の崩壊の貢献者であった北ノ政所の血族には、好遇をもって報いている。

秀秋が関ヶ原戦後、美作、備前で五十万石を与えられたのは、当然の報酬であったとしても、北ノ政所の妹婿の浅野長政が三成と同じ五奉行の一人に列しながら、終局において芸州浅野五十万石の祖となったり、伏見城の守備をまかされながら、逃げ出した木下勝俊が長嘯子と名のって京都で悠々自適の生活を許されたり、西軍に属して戦った木下利房や杉原長房が、その後所領を安堵されているのは、いずれも北ノ政所と血縁のつながりがあったためである。

そして、当の北ノ政所は、自分が長年連れ添った秀吉の遺児秀頼が、大坂城の火中で死ぬというのに、何ら救いの手を差し伸べることなく、東山の高台寺から悠々として望見し、三代将軍家光の時代の八十二歳まで、一万六千石の養老料をもらって、安穏の生涯を送っている。

それは後の話として、八月一日、伏見城は落城した。家康にとって、これは最初から予定していたことで、いわば覇権確立のための捨て石だったのだ。留守を預った鳥居元忠もまた、最初からその覚悟であった。

神崎竹谷という茶の宗匠が、落城の直後に城から脱出したところを石田軍に捕まった。

三成は竹谷から籠城の様子をたずね、鳥居元忠やその部下の壮烈な最期を聞いて、大いに感動し、

「新太郎（元忠の子）に会うて、父の奮戦ぶりを知らせてやってくれ」

といって、竹谷に伝馬を与えて関東へ送ってやった。

元忠の首は、三条大橋の畔にさらされたが、佐野四郎右衛門という、元忠にひ

いきにされた京の呉服商が、その首を盗んで、ひそかに葬った。その後、町奉行の犯人の探索がきびしくなったので、恐ろしくなって三成のところへ自首して出た。三成は、

「そちは、義士である」

といって、あえて、その罪を問わなかった。

三成がどういう人物であったか、この二つの話だけでも、偲ぶことができるだろう。

二

家康が、会津討伐を表向きの理由にかかげて、江戸城を出発したのは、七月二十一日のことである。嫡子の秀忠は、十九日に前軍三万七千をひきいて出発している。前述のように、増田長盛から、三成と大谷吉継が佐和山城で会談したことを報じる密告状の届いた日だ。

伏見城を大坂方が包囲したのも、この日だ。

家康のひきいる本軍三万二千は、ゆうゆうと北進をつづけ、二十四日、江戸城から十七里（六十八キロ）離れた小山に着き、思川を背後にした小山秀綱の廃城跡に本営を置いた（現在の小山市役所の場所）。

後を追うように、毛利家の大坂詰めの重臣益田元祥、熊谷元直、宍戸元次からの書状と毛利一族の吉川広家からの書状が届いた。

いずれも、大坂城で三成が挙兵したことを報ずるものである。

その夜、徳川の身内の者だけが集まって会議をもったとき、謀将本多正信が、

「すみやかに従軍の諸将を領地へ帰し、徳川の将士のみで箱根の険を守り、関東の領国を固むべきと存ずる」

と発言すると、井伊直政が勢いこんで膝をのり出し、

「箱根を守るなどとは全くの下策でござる。それでは北条の滅亡の轍をふむばかりでござる。治部少が叛旗をひるがえしたるは天与の好機、この好機を逸すれば、かえって災《わざわ》いを招くというもの。すべからく大旆《はい》を上方にかえし、一挙に敵を撃破して、天下をお定めあるべきじゃ」

と反論した。

家康は黙って聞いていて、何も意見をいわなかった。彼の心はとっくに定まっていた。ただ気にかかるのは、明日の会議に豊臣家の遺臣たちが、どんな態度に出るかということであった。あらかじめ、藤堂高虎と福島正則に対しては、手を打っていたのだが……。

二十五日、本営にしつらえられた四間《けん》四方の仮屋の中で運命の軍議が開かれた。

出席しているのは、浅野幸長、福島正則、黒田長政、蜂須賀豊雄、池田輝政、細川忠興、山内一豊、生駒一正、中村一栄、堀尾忠氏、加藤嘉明など、豊臣家恩顧の諸将ばかりである。

家康は最初から会議に出席せず、まず井伊直政が代理として出席し、三成が大坂城に拠って挙兵したことを告げ、大坂に置いた妻子のことが気にかかる諸将は、遠慮なく、ここから引き返してもらいたい、という家康の言葉を伝えた。

「内府のもとを離れ、治部少の味方をするほどなれば、なんでこの地に参りましょうや」

真っ先に発言したのは藤堂高虎である。

「内府さまが大閤の遺命のままに、秀頼さまをお立て下さるかぎり、われらは内府さまのおんために、身命をなげうってお味方つかまつる」

大声で言ったのは福島正則だ（藤堂も福島も事前に家康と打ち合わせての発言だった）。

「われらは武人の意地もござれば、内府と存亡を共にいたす覚悟でござる」

と言明したのは、黒田長政だ。

いずれも、同じようなことを言っているようだが、三人三様で、少しずつニュアンスが違っていた。さらに山内一豊が進み出て、

「われらが上方征伐のおりには掛川六万石の総勢を残らず引き連れて参る。留守居には、内府のご家臣にお願い申す」

と言った。この発言が、土佐二十万石に栄転する価値となったことは前に書いた。

「ご一同のお聞きのとおり、ここから帰国する者は一人もござらぬ」

と最後に締めくくったのは細川忠興だ。

直ちに、井伊直政から、会議の次第が家康に報告されたことは、いうまでもな

い。

　やがて家康が、ゆっくりと仮屋の中に姿を見せ、直政と肩を並べて床几に腰をおろし、みんなの厚意に対して、感謝の言葉を述べたのち、このまま北進して、上杉討伐を先にするか、引き返して三成らと戦うべきかの意見を問うた。

　衆議一決して、上方征伐を先にすべしということになった。

　最後に福島正則が、山内一豊の発言をうけて、わが居城、清洲を、

「存分にお使い下され」

　と言うと、駿府城代中村一栄、浜松城主堀尾忠氏、吉田城主池田輝政、岡崎城主田中吉政らも、異口同音に、

「われらの城もお使い下され」

　と発言した。

　こうして、彼らは豊臣家の旧臣であることを忘れて、家康への忠誠を誓ったわけだが、このうち福島正則が十九年後の元和五年、五十万石の安芸広島城主を改易されているほか、田中吉政、加藤清正、生駒一正、中村一氏の諸将が、息子の代で早くも改易や断絶になっているのは、皮肉である。

それはともかく、小山会議は、「上方征伐」と衆議一決したので、家康は上杉景勝と佐竹義宜への押さえとして息子の秀康に二万の兵をつけて宇都宮城に置くこととし、二十八日小山を出発して、八月五日に江戸城にもどった。

そして、二十六日間、江戸を動かず、西軍の形勢をにらんでいた。

福島正則らは、先鋒として西上し、尾張、清洲城に集結することになる。

一方。

会津の上杉側は、家康軍北上の報に、直江兼続は兵一万をひきいて南山口から下野に出て高原に陣し、本庄繁長とその子義勝は八千をもって鶴生、鷹助に、安田能元、島津昔忠は白河、市川房綱、山浦景国は関山にたむろし、上杉景勝自身も旗下八千と控えの軍勢六千をひきい、若松城を出発、長沼まで進出、家康軍の来襲を待ちかまえていた。

関ヶ原へ出陣するまでの二十六日間、江戸城の奥深くに引きこもったまま動かなかった家康は、その間に諸大名にあてて、「わが陣営に来たれ」と勧誘する書状の発送に専心した。ダイレクトメール作戦だ。

その間に発送した書状は百八十五通、そのあて先を見ると一万石以上の大名二百十四人のうち六十六人にあてられており、そのうち最終的に西軍についたのは九人だけというから、八十六パーセントが成功という高い確率である。

その内容は、日ごろの協力に対する感謝と相手の努力を評価したもので、所領安堵や加増の約束手形を乱発していないところに、家康の慎重さがうかがえる。

ただし仙台の伊達政宗にあてたものだけは例外で、これまでの五十万石と合わせて、百万石の大大名にするという墨付を添えてあった。それだけ家康が伊達家を恐れていたわけだ。

これから二十四年後の寛永元年、六十二万石の伊達政宗が、この百万石のお墨付を持ち出して実行を迫るのを、直政の息子の井伊直孝が政宗の眼前でこれを焼き捨て、そんなことを要求すると伊達家は断絶だと、凄んでみせる話は有名だ。

三

細川忠興夫人玉（ガラシャ）の壮烈な自害の報が、丹後の田辺城（現、舞鶴市）の幽斎（藤孝）のもとに届いたのは、七月十八日夜のことである。

細川家は丹後一国を支配するため、田辺城のほかに宮津城、峰山城、久美浜城の支城を置いている。十八年前、ガラシャ夫人の父明智光秀が本能寺の変を起こしたとき、藤孝（幽斎）、忠興父子が髻《もとどり》を切って、信長へ哀悼の意を表し、光秀から味方になれとの勧誘を拒否した話は、あまりにも有名である。

関ヶ原戦前の丹後は、忠興、興元の兄弟が大半の軍勢をひきい、家康に従って関東へ下っていた。宮津城には忠興の息女たちと側室、峰山城には興元の夫人、久美浜城には重臣松井康之の夫人が、わずかの兵に護られて在城し、主城の田辺城も将兵合わせて五百五十余に過ぎない。

大坂方の攻囲軍一万五千が来襲するという報に、幽斎は三つの支城を捨て、全兵力を田辺城に集めて籠城する決心をした。

三つの城は、夫人たちが、命からがら主城に逃げこんだ直後に、三成方にくみした福知山城主小野木縫殿助を総大将とする大坂方の軍勢一万五千余に攻めこまれ、つぎつぎに放火され、炎上した。

その軍勢が田辺城を包囲したのは、七月二十一日のことである。

幽斎は、わずかの城兵を指揮してよく戦い、攻撃は五十日間にもおよんだ。

その間、幽斎は、自分に伝わっている「古今伝授」の秘奥が、そのまま杜絶《とだ》えてしまうのを残念に思い、京都に使者を出して、後陽成天皇の弟、八条宮智仁親王（秀吉の名義だけの養子になっていた）に、

「古今伝授の書物と奥儀をおゆずりしたい」

と申し出た。

親王は、さっそく天皇の使者として田辺城を訪ね和議を結ぶよう説いたが、幽斎は、

「開城は武人の本意ではござらぬ」

と固辞した。

それを聞いた天皇は、奉行と京都所司代を兼ねる前田玄以に田辺城の包囲を解くようにとの詔勅を伝えた。

そこで玄以は次男の茂勝を同城へつかわして和睦をすすめたが、幽斎は応じなかった。

しかし幽斎は、いつまでもぐずぐずしておれないので、古今伝授の箱に証明書をつけ、

いにしへも今もかはらぬ世の中に
　心のたねを残す言の葉

の一首をそえて源氏物語抄などといっしょに、智仁親王に献上しようと飛脚に託した。

その飛脚が西軍の設けた関所で足止めをくい、三成のもとに、そのことが報告された。

「古今伝授と申すからには、これを通さぬとあっては、末代までも不道の名を残すことになろう。たとえ、その飛脚が間諜であろうとも、かまわぬ。通してやれ」

「古今伝授」がなんたるかを心得ている三成は、そのように命令した。

このとき幽斎は、後陽成天皇へも、「二十一代集」を、また烏丸光広には草紙十二帖に左の一首を添えて送っていた。

もしほ草かき集めたるあととめて
　昔にかへせわかの浦なみ

六十七歳の幽斎は、城を枕に討死を覚悟していたのであるが、関ヶ原合戦の東軍の勝利によって包囲軍は退散、息子の忠興は豊前国四十万石に栄転した。

どこまでも立ち回りの上手な細川父子である。


家康の東下の軍に加わって、下野国小山まで同行していた浅見藤兵衛が、家康の密書を携えて、ひそかに大津に帰着したのは、八月二日の夜のことであった。

その書状に眼を走らせた京極高次は、会心の微笑を細面に浮かべ、

「藤兵衛、ご苦労であったぞ。苦労ついでに、もう一つ頼むことがある」

「はい、いかようなこととなりとも」

「明日より、大津城下の商人の蔵にある米を買いまくるのじゃ。なんのためか、説明せぬでもわかるじゃろう」

「はい」

「なるべく、家中のものに知られぬようにな」

それから間もなく、朽木元綱、脇坂安治らが五千余の兵をひきいて、大津城下にくりこんで来た。彼らを代表して、元綱が高次に会見を申し込み、秀頼の命令で、これから前田利長の討伐に出かけるから、越前へ同行するよう要求した。

前田利長が三成の挙兵をきき、

「秀頼公の後見役たるこの利長に一言の相談もなく、かかる大事を決行するとはけしからぬ」

と火のようになって怒り、三成討伐のため加賀から越前に大軍を入れ、まず佐和山城を攻囲せんとする動きを見せているので、これを撃砕するのが目的だという。

高次は、大軍をひかえての膝詰め談判のようなやり方に憤慨したが、拒否することもできない。城中に一千の兵を残し、みずから二千の兵をひきい、朽木、脇坂の軍と連合して、湖西街道を北進して越前へ向かった。

先頭部隊が木之本に着いたとき、前田軍が退いて、越前にはすでに戦うべき相手がいないこと、東西両軍が早くも美濃国の合渡で衝突し、西軍が破れたことが伝えられた。

大谷、朽木、脇坂、小川、赤座、京極の六氏の連合軍の総大将の大谷吉継は、全軍に美濃への転進を命じた。

高次は意識して殿軍《しんがりぐん》をうけたまわり、伊香郡東野に宿営していた。

九月二日夜、大津から急使が着いた。

大津城の留守家老、赤尾伊豆の書状を持参したもので、それによると、毛利輝元、宇喜多秀家の名で、大津城を大坂方の直轄地として守備兵を置くというので開城を要求してきた。

そこで赤尾伊豆と粟飯原助右衛門が、

「君命をもって城を守っておる。開城を要求されるなら、死をもって闘うのみ。それに開城した場合、奥方や芳寿院さまを、どうせよと言われるのか、まずそれを承りたい」

といって拒絶したというのである。

「やりおるわい」

高次は、その書状を読み終わって微笑した。淀殿の妹である妻の於はつの方と、秀吉の側室、京極局として権勢の高かった妹の芳寿院のいる大津城を、武力で占領するなら、してみろ――と開きなおってみせた赤尾や粟飯原の顔を、たのもしく瞼の裏に思い浮かべた。

高次が大津から届いた書状を、まだ手に持っているときに、木之本に宿営する朽木元綱からの連絡の兵がやってきて、明朝二番鶏の鳴くのを合図に、いっせいに美濃へ向かって出発すべし、という大谷吉継の命令を伝えてきた。

三日未明。命令どおり元綱は、二番鶏を合図に木之本を出発して北国脇往還を通って美濃へ向かったが、高次はそれに先立ち、一番鶏を合図に余呉を通って飯《はん》ノ浦に出て、かねて用意してあった船に乗りこんだ。目ざすは大津城である。

夜がすっかり明けると、湖の彼方に、紫色をした小谷山が望見された。舳に立った高次は、感慨深い眼で、なつかしい山の姿を見つめた。

小谷山にある小谷城で、彼は小法師丸と呼ばれた少年時代を過ごしたのである。城主浅井長政の長女茶々姫（淀殿）が、同じ城内で育っていた。彼より四つ年下であった。

織田信長が足利義昭を奉じて上洛のため近江に兵を入れたとき、父の京極高吉は、信長に降伏を申し出て、八歳の彼を人質として信長のもとに差し出した。

二十歳のとき、信長が本能寺で明智光秀に討たれた。彼は明智方に加わって、秀吉の母と妻のいる長浜城を攻めた。これを機会に、湖北の地にふたたび京極の旗をひるがえさんためであった。

攻撃は失敗し、彼は坂田郡柏原村の菩提寺清滝寺にかくれた。秀吉は佐和山城主堀秀政に彼の召し捕りを命じた。さいわい、秀政は京極家の旧臣の筋だったので、同じ村の小谷清兵衛のもとに逃がしてくれた。清兵衛は、彼を美濃国今須山中の洞窟の中にかくまってくれた。しかし、そんなところに、いつまでも隠れてはおられないので、彼は越前北ノ庄城主柴田勝家のもとに走った。

勝家の新しい愛妻お市の方が、彼の母方の叔父、浅井長政のかつての妻であった、という縁故を頼ったものであった。また、勝家が秀吉と対立的な勢力の代表者であることを計算に入れてのことであった。

彼はそこで、茶々姫に再会し、おかっぱ頭の妹於はつと、初めて言葉を交わしたが、ふたりとも、将来、結ばれる日があろうとは想像もせぬことであった。

せっかく頼っていた勝家は、賤ヶ嶽の敗戦後、秀吉に北ノ庄城を攻められて、燃える天守閣でお市の方と共に自刃したが、彼は一宿一飯的な恩義に殉じて勝家らと運命を共にする気は毛頭なかった。彼の悲願は近江源氏の名門京極家の再興よりほかなかった。

北ノ庄を去った彼は元若狭守護職武田元明に嫁いでいる妹の竜子を頼って行っ

たが、竜子の美貌に迷った秀吉は、元明に叛逆の罪をきせて切腹させ、彼女を側室に迎えた。彼は妹の口添えで長浜攻撃の罪を許され、近江、高島郡田中郷で二千五百石、ついで同郡大溝で一万石、つぎに近江八幡で二万八千石というように、とんとん拍子に栄進し、五年前、ついに六万石の大津城主となった。妹の尻のおかげで出世したと、高次は「ホタル大名」とかげ口を叩かれたが、当人は、ちっとも意に介していなかった。

大坂方と関東が手切れになったとき、世間は高次が妻の於はつの姉（淀殿）の縁で大坂方につくか、妹（於とく）の縁で徳川方につくか、その去就に注目していたが、高次自身は、徳川方に加わることを早くから決めていた。

妻の於はつは姉の淀殿に反感を持っていた。

「そなたは、まだ京極の子を生めないのかえ」

淀殿が秀頼を産んだとき、産後の見舞いに行った於はつに、さげすむような口調で言ったことが、トゲのように於はつの胸に刺さっていたからである。

妹の芳寿院（竜子）も、京極局として秀吉の側近に仕えていたとき、淀殿といつも対立関係にあったので、大坂方に好意はもっていなかったのは、当然であった。

高次は、妻や妹の気持ちとは別に、家康討伐の首謀者が三成であるということに、特別の感情をもっていた。

それは、三成が佐和山城主として湖北四郡十九万五千石を領していることだった。その領地は、四百年前の源頼朝時代から、京極家の領地だったのだ。

「京極の末流の茶坊主上がりのくせに……」

三成の人物に対する好悪の感情とは別に、佐和山城主になったときから、三成には敵愾心を抱いていた。したがって、東西手切れの状態となったときから、徳川に味方すると心に決めていたのである。

「わしは、どこまでも家康公に賭けるぞ。家康公に心服しているためではない。わが身のためだ。妹や妻のためだ。京極家の家名を残すためだ」

船が進むにつれて、だんだん遠くなってゆく小谷山を見つめながら、高次は、むかしを思い出すとともに、わが心に誓った。

四

九月四日の早朝、船が大津城の本丸の下の湖岸に着くと、高次は家臣たちを大広間に集め、

「わしは内府にお味方することに決め、本日ただいま馳せ戻った。高次生きてある限り、この大津城を守って、西軍の東下を食いとめるのじゃ」

と宣告すると、

「かたじけない。それでこそ、わが京極宰相どののじゃ」

まっ先に、おどりあがるようにして言ったのは浅見藤兵衛だった。

「命にかえても、西軍を食いとめてお目にかけます」

豪胆で鳴らした家老の赤尾伊豆が答えた。

「拙者とて、なんのこの命」

粟飯原助右衛門も、負けじと、ひと膝のり出した。

黒田伊予は、津川内記と顔を見合わせて、双方の眼の中に皮肉な笑いを浮かべ

たが、何も言わなかった。重臣たちの心は、必ずしも一致しているとはいえなかったのである。

その日から、籠城戦が開始された。

大津城は天正十三年、秀吉の命令で浅野長政が坂本城の遺構を移したもので、北に琵琶湖を背負い、東に瀬田川をひかえ、西と南は比叡山につづく山なみが屏風のように取り囲み、京都の咽喉首の逢坂の関の東口を占める要害の地であった。

本丸は五層の天守閣で、いま琵琶湖汽船の発着場になっている浜大津に位置していた。

高次は向こう十日間、この城を持ちこたえれば、すでに美濃の合渡まできている東軍が到着すると計算していた。

家康が二カ月半前にやって来たとき、

「無理をせずともよい。ここで大坂方を、食い止められるだけ食い止めてくれ」

と言われていた。死守せよ、とは言われていないので、十日間も防戦すれば、家康に対する面目は立つ、と考えていた。

しかし、表面では、あくまでも死守する態勢を示さねばならぬことは、いうまでもない。

彼はまず、城内に家臣の妻子を呼び入れた。これは、別の意味では人質であった。

さきに浅見藤兵衛に買い集めさせた米はもちろん、塩、味噌、竹木の類まで、籠城に役立つものは、なんでも運びこんだ。

ついで京町口と尾花口に堀を切り、逢坂峠と粟津口に竹柵を構築させた。

九月七日、城郭からの見通しをよくするため、松本方面は斎藤勝左衛門、若宮新助（山内一豊の妻の実家）ら、尾花川方面は小川勝太夫、比羅七右衛門らに命じて、巨木、倉庫など眼障りになるものを焼き払わせたが、その火は延焼して民家までおよんだので、城主になってから五年にもなるのにと、町民の恨みをかった。

京極宰相、西軍に敵対して大津に籠城――の報におどろいた大坂方の三成や増田長盛らは、淀殿の使者として、幸蔵主尼と老女阿茶を大津に派遣し、まず芳寿院を説得させた。

芳寿院は、むかし聚楽第や伏見城で一緒に暮らしたふたりの顔を見ると、二つ返事で承知して早速に取り次いだが、高次は、

「いまさら、何を申すのじゃ」

と、にべもなく拒絶し、二人の女性使者に会おうともしなかった。

芳寿院は這いつくばるようにして詫びたが、幸蔵主尼と阿茶は、冷たい眼を見かわし、

「淀殿には、お妹さまのことを、きつう案じておられましたぞ」

と、その場に於はつが姿を見せないことを皮肉っただけで、引きあげていった。

二人の報告をきいた大坂方では、さればというので討伐を決定し、攻撃軍の編成をおこなった。

総大将に毛利輝元の叔父、元康、副将に従弟の毛利秀包その下に片桐且元、小石川頼明らの七手組、桑山一西、多賀秀宗、杉谷伝三の大和三将、筑紫広門、宗義智らの九州勢もくつわを並べ、総勢一万五千、七彩の旗じるし、黄幌、白幌を秋風になびかせ、大津をめざして進発、八日夕には山科に到着した。

これに先立ち、瀬田まで来ていた立花宗茂軍は、京極軍の守る粟津の線を突破して浅井山に陣どり、大津城を眼下に見おろし、両軍の偵察隊とのあいだに、小ぜり合いを演じていた。

九日、大坂方は関寺の守備軍を破って大津城下町に突入し、元康は園城寺《おんじょうじ》（三井寺）に本陣を置いて、検使、軍監を任命し、軍議を開いて攻撃軍の配置を定め、城内には糧食が多いので、長期包囲を避けて、速戦、即決主義をとることに決めた。

その日の未の刻（午後二時）から西軍の総攻撃が始まり、たちまち外濠を埋め、園城寺の松数百本を切り倒して楯をつくり、一気に攻め寄せた。三千の城兵は、これを迎え撃ち、必死の攻防戦がつづいた。

十一日夜、高次は赤尾伊豆、山田大炊、三田村安右衛門らの五百騎を二隊に分け、赤尾、山田の二百騎は筑紫広門の軍に、三田村の三百騎は、立花軍に夜襲をかけさせた。三田村隊は立花軍の反撃にあい、安右衛門は一度は敵に捕えられ、息子の兵助に救われるという醜態を演じたが、赤尾、山田隊は大いに敵を破り、広門の旗じるしを奪って、夜明けごろに引きあげた。

十二日夕刻、寄せ手の大将毛利元康は、諸将を園城寺の本陣に集め、

「城方は、わずかに三千、こちらは一万五千、それが四日もかかって、まだ落ちないとは、何たることじゃ。東軍は、すでに大垣の手前まで迫っておるときく。こんな、とるにたらぬ小城、一挙に押しつぶし、治部少どのの本軍に、急ぎ合流せねばならぬ」

と激励した。

十三日早朝から、西軍はいっせいに討って出て、たちまち城の三方を囲み、湖上からは増田作右衛門を主将とする水軍が、船筏で押し寄せ、百艘船を奪って退路を断った。

こうして城中を袋の鼠にしたところで、大津市内を眼下に見おろす、園城寺の背後の長等山の山頂に大筒を引きあげ、城郭をめがけて盛んに砲弾を浴びせた。

城内は、たちまち修羅場となった。

しかし於はつは、別人のようにたくましくなり、白い鉢巻きをしめ、赤い襷をかけ、二の腕まで惜し気もなくむき出して、侍女たちを指揮し、炊き出しや負傷者の手当てに、大活躍をつづけた。

「怖くはないのか」

高次がきくと、

「いいえ」

はっきり答えたあと、夫の耳許に口を寄せ、

「妻は夫にどこまでも従うものです。砲弾に当たっても、あなたのおそばで死ねるなら、於はつは本望でございます」

早口でささやき、ニッコリした。高次もどきりとするような美しい笑顔であった。

於はつにひきかえ芳寿院は、終日、青い顔をして、一室に閉じこもり、食事もろくろく咽喉を通らない有様であった。

皮肉にも山上から飛来した一弾は、彼女のこもっている天守閣の二層目に命中し、彼女はその場に失心した。侍女二人は、衝撃で死んだ。

そうするうちにも、砲弾は、つぎつぎ城内に落下した。

城下の町民は、町家を焼き払った城主の高次に反感をもっていた。まるで物見遊山気分で、手弁当を提げて三井寺の裏山に避難し、砲弾が城内に落下するたび

に、

「そら当たった」

「もう一つそれ来た」

「こんどは、どこに落ちるか賭けようか」

などと、面白がっていた。

どちらが勝つか、勝つほうに売りに行こうと待機していた餅屋が、山まで登ってきて、見物の町民に餅を売り歩いたりした。

山上からは砲弾に包まれるように見える城内では、なおも死闘がつづいていた。

京町口も三井寺口も尾花口も、攻囲軍の突破するところとなり、どっと押し寄せた軍勢に、三の丸は落ち二の丸も危うくなった。

高次は二の丸の塀の上に立ちはだかり、

「ここから先は、敵兵を一人も入れるな、追い散らせ」

と、大声をあげた。

これにこたえ、山田大炊と赤尾伊豆は、手兵をひきつれ、門を開いて討って出た。

大炊は十文字槍の石突きを片手に持ち、

「参る、参る」

と声をかけながら、頭上でふり回しつつ突入し、たちまち二騎を槍の先で倒した。敵は、どっと退いた。

伊豆は猩々緋の陣羽織に大身の槍をふるい、つけ寄る敵を、六度もひきかえして突き伏せ、最後に二の丸の門内に入ろうとして、誤って味方から閉め出されてしまった。彼は少しもさわがず、敵兵を前にして、ゆうゆうと草鞋《わらじ》の紐をしめ直したので、敵は伏兵ありと恐れて近づかない間に、門をあけさせて中に入った。

そのうちに陽が沈み、西軍は、雨模様の暗闇に乗じて二の丸も突破し、本丸近くで混戦状態となった。城兵が死闘のあげく、やっと城門外に撃退したが、赤尾伊豆、粟飯原助右衛門をはじめ、勇士たちが討死をとげた。かの浅見藤兵衛も戦死した。

長等山からの砲撃は、夜に入ってからも間断なくつづいた。

「あすは、最後の戦いぞ」

高次は、残った城兵を広間に集めて、別れの宴をはった。

五

十四日。

西軍は早朝から攻撃をかけてきたが、決死の城兵は、よく戦い屈する色を見せなかった。

この日の午後。寄せ手の大将毛利元康は、京極家と同じ佐々木源氏の流れをくむ木食興山上人応其と新庄東玉斎を城中へ送ってきて、和睦をすすめたが、高次は、

「せっかくながら、その意思はござらぬ」

と、はねつけた。しかし連日の苦戦に、美男の評判高い高次も、疲労と焦悴で顔面蒼白となり、頬骨が目立ち、無精ひげで埋まった顎も尖って見えた。

木食上人らが去るのと入れ違いに、淀殿の使者として、幸蔵主尼が再度やってきて、和議をすすめた。

「どなたがこられても、答えは同じでござる」

高次は血走った眼を光らせて、かん高い声を出した。そばにいた黒田伊予が、津川内記に目くばせして、ともに膝を進め、

「殿、抗戦十日余、徳川方からいまだに援軍はなく、勝敗はもはや明らかでござります。孤城を守って、このうえ戦いをつづけることは、いたずらに犠牲のみ多く、寄せ手の軍勢一万五千に対し、味方はわずかに三千、その三千の城兵も、半数以下となりました」

「殿をはじめ、奥方さまや芳寿院さまのお命の儀も、保障したしかねます」

かわるがわる、眼を怒らせて言った。

「ええい、主君に対し、いらざる諫言をいたすな」

高次がなおも叫びつづけようとすると、堪まりかねたように、黒衣の尼姿の芳寿院が駆けこんできて、

「幸蔵主さま、兄は大坂方の攻撃に疲れて、ものを判断する力も失《う》せておるのでござります。兄のお詫びには、この私の命に代えて」

言うなり、かくし持った短刀を、胸に突き立てようとした。

「まあ、なんということをなされます」

幸蔵主尼が、背後から抱きしめるようにして、短刀をもぎとった。

芳寿院は身も世もあらぬように、かん高い声を張りあげて、細い肩を波うたせて、その場に泣きくずれた。

その泣き声は、その場の緊張した空気を破って、ちぐはぐな雰囲気を、居合わせる人たちの胸の中に流しこんだ。

「まあ、京極局さま、ひどいおやつれで……」

幸蔵主尼は、その肩を撫でさすりながら、感に耐えぬような声を出した。彼女は、秀吉在世中に、芳寿院の下で仕えたこともある。その当時の名前で芳寿院を呼んだことにも、幸蔵主尼なりの計算があった。

芳寿院は、それを聞いてさらに泣きつのったが、何か子供が母親に甘えすねているような感じを、並いる人に抱かせ、苦笑を嚙みころしている人も少なくなかった。

高次は、何か言いたげに唇をうごめかせていたが、自分がこの場にいないほうが有利であることを読みとり、わざとらしく床板を鳴らして立ち上がり、具足をがちゃつかせながら、足早に、その場を立ち去ってしまった。

幸蔵主尼と黒田、津川の両家老は、その後ろ姿を見送って、意味ありげな視線を交わし合った。この三人は籠城戦の始まる前から意思を疎通していた仲で、幸蔵主尼の背後に淀殿と三成がいたことは、いうまでもない。

幸蔵主尼が城を出てゆくと、間もなく砲声が止《や》んだ。

一夜明けた九月十五日朝。

全壊の京口門から半壊に近い本丸の間に、黒田、津川両家老をはじめ、疲れ果てた城兵や老幼男女二千三百余が、それでも死をまぬがれた喜びを顔に表わして、横隊に並んでいた。

彼らの前を、毛利元康を先頭に城受け取りの大坂方の将兵が、肩をいからせ、もったいぶった歩調ではいってきた。

ここに八日間にわたる大津籠城戦が、終わりを告げたのである。城主高次が発言権を放棄して、自分の居間にひきとってから、黒田、津川の両家老と幸蔵主尼、芳寿院の間に終戦への話し合いが行なわれたのである。

元康の前に無表情な顔で進み出た高次は、茶色の宗匠頭巾をかぶっていた。

「京極どの。苦労されたようだな。しかし、よく戦われた。芳寿院どのから幸蔵主尼を通じての切なるお訴えにより、淀殿さまにはおん妹婿の苦衷を察せられ、右府（秀頼）さまへのおとりなしが叶い、大津城をおだやかに開け渡すからには、何のおとがめもなし、ということにあいなった。淀殿さまにもお待ちかねゆえ、奥方を連れてすぐに大坂城へ参られるように――」

元康が、愛憎あい半ばという表情で言い渡すと、高次は、めっそうもないという顔で、

「大坂方に敵対いたしたるからには、その罪万死に価すると覚悟いたしておりましたのに、ご寛大なる仰せをこうむり、高次、ただただ恐れ入ります。しかしながら、それでは、この高次の気持ちがおさまりませぬ。おわびのしるしには、このとおりでござる」

頭巾を脱ぐと、青い坊主頭になっていた。

その場に居合わせたものの口から、いっせいに、

「あーっ」という声がもれた。

「それほどまでに、義理固うなさらずとも」

と、元康がいうと、

「いや、拙者はこれから高野山にのぼり、この城を守るために命を落とした者たちの供養三昧に入りたいと存ずる。妻と妹は、淀さまにお預けいたしますほどに、よしなにお願い申す」

きわめておだやかに答えた。

高次は、いったん園城寺の光浄院に入ったのち、その日の午後、十数名の部下に守られ、馬上で坊主頭を秋風になぶらせながら、逢坂峠をこえ、高野山小坂坊をめざして、大津城を去っていった。

ちょうど、同じ日の同じころ。

天下分けめの関ヶ原の合戦は、東軍の勝利に終わり、家康は天満山の西南藤川台の本陣で、つぎつぎ伺候してくる諸将の祝辞をうけていた。

高次が高野山に着いたとき、出迎えた木食上人が、

「たった一日のちがいでござりましたな。もう一日持ちこたえておられたら、関ヶ原合戦の一番首にまさるご勲功として、家康公から多大の恩賞をうけられるものを……」

と皮肉を言ったが、

「なにごとも、前世からの宿命でござる」

高次は案外けろりとした顔で、坊主頭をひと撫でした。

彼が六万石の大津城主から九万二千石の小浜城主に栄転の通知をうけたのは、それから一カ月後のことであった。

八日間の籠城戦ののち降伏したとはいえ、西軍一万五千を大津城に引きつけて、関ヶ原戦に参加させなかった功績を家康が認めたからである。

それだけに、西軍にとっては、大きなマイナスであった。それが淀殿の実妹の夫によってもたらされたのも大きな皮肉であった。

西軍四万が丹後田辺城の攻略に釘づけになったことも大きなマイナスであった。

三成は、大津城の攻防戦のときには、すでに美濃の大垣城にいたが、淀殿の妹の夫の高次が、東軍に加わったということは、痛恨のきわみであった。しかも、その高次が、石田家の旧主京極家の当主であると思うと、

「なんとかならぬか」

と焦って、いくたびか使者を送って降伏を勧告したが、何の効果もなかった。

その高次が大津城を開城した日に、三成は関ヶ原で敗北を味わっていたのである。

真田一族

一

真田幸村が秀吉の奉行で越前敦賀五万石の城主、大谷吉継の娘を妻に迎えたのは、文禄三年（一五九四）正月、幸村の二十八歳のときである。

それより三年前、幸村の兄信幸は、本多平八郎忠勝の娘を家康の養女の資格で妻に迎えていた。

真田兄弟が徳川派と豊臣派とに分かれる源《みなもと》は、このときに発していたといってよい。

さらに、その源は、兄弟の父、昌幸に発していた。

昌幸は天正十年（一五八二）二月、武田氏が滅んだのち、同年九月から十三年七月までの約三年間、家康に臣従していた。その間に上田城を築き、ここを居城とした。

　天正十三年になって、家康から上野国沼田領を北条氏に渡せ、と言ってきた。昌幸は、

「沼田は家康さまから頂いたものではなく、われらが斬り取ったものでござる。沼田城をお渡しするなど、思いもよらぬことでござる」

と拒否し、上杉景勝のもとへ次男の幸村を人質として送って手を結んだ。同年七月十五日のことである。

　家康は怒って、八月末、七千余騎をもって上田城へ攻め寄せてきた。昌幸は神川合戦で徳川軍を撃退し、武名を天下に轟かせた。

　この直後、昌幸は秀吉に書状を送って臣従を誓った。家康と秀吉が敵対関係にあるのを利用して、秀吉を頼んだわけである。

　しかるに秀吉は、家康の岡崎城まで生母を人質に送って家康との和を求め、家康もこれにこたえた。

　昌幸の立場は苦しいものになった。

　秀吉は昌幸と小笠原貞慶と木曾義昌を家康の配下と定めた。昌幸は豊臣政権下

で、家康に属する大名になった。

天正十七年二月、長男信幸は家康のもとに出仕し、やがて本多忠勝の娘を家康の養女ということで妻にした。

次男幸村は人質の意味で、大坂城の秀吉のもとへ行き、やがて秀吉の奉行の大谷吉継の娘を妻としたわけである。

慶長三年（一五九八）秀吉が死に、翌年正月、遺児秀頼は伏見城から大坂城へ移り、前田利家、三成らがこれを助け、家康は伏見の向島の自邸にいて政務をとっていた。

真田昌幸、幸村父子は伏見に残って家康に仕えていた。

この年の閏三月三日、秀頼の後見、前田利家が死に、その夜、加藤清正ら七将が三成を殺そうとし、三成が伏見の徳川邸に逃げこんで保護を求めるという事件があった。

利家が死に、三成は佐和山城に隠退して失脚したので、家康は天下の実権者として十月一日大坂城に移り、二の丸にはいった。

昌幸、幸村父子が大坂城に移ったのは、翌慶長五年四月のことで、このころ長男信幸は上田城にいた。

家康は同年正月ごろから、会津の上杉景勝の上洛を求めていたが、景勝は慶長三年正月、越後から会津百二十万石に転封したばかりで、秀吉の死去を弔って帰国したところだといって、上洛命令を拒否した。

家康は上杉討伐を表向きの理由として六月十六日大坂城を出発して関東へ下った。昌幸、幸村父子はこれに随行した。

昌幸は自分の妻と三成の妻が姉妹という関係もあって三成と親しくしていたが、この時点、三成から挙兵の企てなど聞いてはいなかった。三成が佐和山に隠居していたので、三成が昌幸に相談をするなど不可能なことであった。

家康は七月二日江戸城に着き、三成の挙兵の情報を聞きながら、二十一日江戸城を発って会津へ向かうが、嫡子秀忠は、それに先立ち十九日、前軍をひきいて先発している。真田父子は、秀忠に随行し、二十一日、下野国犬伏《いぬぶせ》に着いたところで、大坂方の密使のもたらした書状を読んだ。この時点、上田城にいた長男の信幸も同行していた。

犬伏は江戸から二十里（八十キロ）ばかり北、現在の栃木県佐野市の東六キロの地で、江戸時代、日光例幣使街道の宿場になって桜の多いので知られた。

密使のもたらした書状は、長束、増田、前田の三奉行が連署したもので、

「家康は大閤様の遺訓に違反し、秀頼様を見捨てて上杉景勝征伐に出発したので、われわれは相談して家康を討つことにした。家康が遺訓に違反した条々（十三条）は別紙のとおりだ。大閤様のご恩を忘れぬよう、秀頼様へ忠節をつくされたし」

という意味のものであった。

昌幸は宿営した家の近くの離れ家へ、信幸と幸村を呼んで密談した。

重臣の河原綱家が、あまり時間がかかるので様子を見にゆくと、昌幸が怒って、

「誰も来るなと命じておいたのに、何しに来たか」

と下駄を投げつけたので、それが顔に当たって前歯が欠けた、というから、どれほど緊張していたかがわかる。

まさに、それは、真田家の浮沈にかかわる重要な相談であった。

「わしは、このような大事を隠しておった、三成どのが水くさいと思う」

まず昌幸が口を切った。彼の妻と三成の妻は姉妹であるということで、互いに気を許した仲であるつもりでいたのに、裏切られたことに対する憤懣が、つい口を突いて出たわけである。

「三成どのは、万事に慎重なお方です。家康が大坂城におるあいだは、口にするのをはばかったのでしょう」

幸村が三成を弁護するような口をきいた。彼は先刻、密書を届けてきた使者から、三成と大谷吉継が佐和山城で密談して、こんどの挙兵のことを決めた、ことをきいていた。義父（妻の父）が一挙に加わっているとすると、自分も加担せぬわけにゆくまいと、すぐに決心した。しかし、そのことを口に出すのはためらわれた。

「わしは沼田を北条に渡せといわれたときから、家康を憎んでいる。家康もわが上田城を攻めにきたぐらいじゃから、いずれ敵に回るじゃろうと思いこんでおるじゃろう。三成どのに頼まれずとも、力を貸さねばなるまいて」

昌幸が、最初から大坂方と決めているような言い方をした。

「わしは、家康公の味方をするつもりで、上田から、ここまでやってきた。わしの女房は、家康公の養女じゃからのう」

信幸もまた、最初から決めているような言い方をした。

「それでは、真田家は、親子が分かれて戦うというのか」

幸村が眼を怒らせて言った。

「幸村、それをいうまいぞ。わしは、信幸がそういうだろうと思うておった。よいではないか。真田家が敵味方に分かれて戦うのも、やむを得ぬことじゃ。それが戦国の慣《なら》いじゃ。どちらが勝っても負けても、どちらかが生き残れるじゃろう。真田家を存続させるためにも、それが良策というものじゃ、ははは」

昌幸は、眼を和ませて笑った。

「父上……」

信幸が、何か言い出そうとするのを、

「まあよいわさ、世間が何といおうと。わしと幸村は、上田城へ戻って、もう一度徳川を相手に戦ってみせる。信幸はここに留まって秀忠どのの軍に加わるがよい。さあ、そうと決まれば、親子兄弟の別れの酒を酌《く》もうぞ」

そういって、かたわらの瓶子に手を伸ばした。

翌朝、信幸は犬伏にとどまり、昌幸と幸村は犬伏の北方二十里にある真田の支城、沼田城へ向かった。

沼田城は信幸の居城であるが、着いてみると、早くも昌幸父子が西軍に加わったという情報が伝わっていて、固く城門を閉ざして入れようとしない。昌幸の家臣が、

「大殿が帰ったというのに、なにゆえ門をあけないのか」

門の前に立って大声で怒鳴ると、信幸夫人（本多忠勝の娘）が甲冑を着、薙刀を横たえて門際に出てきて、

「門をあけよとは何者ぞ。殿は君のお供をして出陣中である。留守をねらって狼藉を働く者は、一人残らず召し捕れ」

かん高い声で叫んだ。昌幸は苦笑して、

「城を取りにきたのではない。久しぶりに孫の顔を見たくて立ち寄ったのじゃ」

と言い、門前で信幸の長男で五歳の孫六郎（のちの河内守信吉）と次男で四歳の内記（のちの松代藩二代藩主信政）に対面し、菩提寺の正覚寺で休息ののち、沼田の西二十里にある上田城に帰った。

三成へは、いち早く、昌幸、幸村父子が西軍に加わる決意をしたことを連絡してあったので、三成からわざわざ上田城に使者をよこし、お礼の書状を送ってきた。

それは、事前に挙兵の相談ができなかったことを詫びたあと、

「内府（家康）は上杉、佐竹を敵に回し、わずか三、四万の人数で分国の十五の城をかかえ、二十日の行程を要する道を上れるものではない。道筋の面々で、こんど家康に随行した者どもも、二十年来の大閤様のご恩をこうむりながら、去年以来、わずか一年の家康の恩によって心を変え、また大坂に人質となっている妻子を捨てるはずはない。また家康は、これらの人々に格別の恩をかけたわけでもない。分別もない人数が一万ばかり、これに別に一万ばかりが加わって上ってきても、尾張と三河の間で討ち取ることは、たやすい。早く上ってこないかと、語り合っているくらいだ。そうすれば、上杉、佐竹や貴殿は、袴をはいて関東へ乱入できるだろう。貴殿には小諸、深志、川中島、諏訪の仕置を仰せつけられたから、この好機を利用して軍事行動をとられたい」

という意味のことを述べている。

この書状は八月五日付のもので、伏見城が西軍によって落城せしめられた直後にしたためられたものである。そのためか、戦いの前途を、すこぶる楽観していることが、文面に、ありありと顕われている。

八月五日といえば、七月二十五日の小山会議の軍議を終えて、家康が反転し、江戸城に帰着した日である。

小山会議において、秀吉の旧臣であった諸将が異口同音に家康に忠誠を誓い、清洲城に集結することを決議したことが、この時点（八月五日）で、まだ三成に伝わっていなかったのであろうか。

だとすれば、きわめて、うかつなことといわざるを得ない。

真田父子を味方に誘うため、意識して楽観的な言い方をしているのかもしれないが、三成が、戦いの前途をさほど深刻に考えていなかったことは、この書状でも十分にうかがうことができる。

味方になる大名の数さえそろえば、それがみな、自分の思いどおり動いてくれる、と考えたところに三成の甘さがあり、彼が能吏であっても、武将ではなかったことを証明するものといえよう。

二

秀忠は別軍として、大久保忠隣、本多正信、榊原康政、真田信幸ら三万七千の兵をひきいて碓氷峠をこえ、九月二日、信州、小諸城に入った。直ちに上田城へ攻め寄せると、昌幸は降伏の意を表し、信幸を通じて赦免を願い出た。

しかし、昌幸が城から出ようとしないので、それは時をかせぐための計略であることが、まもなくわかった。

秀忠軍は五日に、上田城の北にある戸石城を攻め落として、信幸をこもらせた。

六日、秀忠は小諸城を発して上田城攻めにかかったが、真田軍はあるいは城外に討って出、あるいは神川を利用して敵を溺死させるなど、奇策を縦横に用いて敵を翻弄して、城に寄せつけなかった。

秀忠軍は、十五年前の天正十三年、家康が上田城を攻めて失敗したときと同じ失敗をまたもくりかえした。

こんな城を捨てて西上を急ごうという戸田一西と、もっと攻めるべきだとする本多正信との意見が対立し、一時は味方同士が険悪な空気に包まれた。

とりあえず、九日に小諸城に引き返したところへ、家康からの使者がきて、早く美濃国の戦場へ到着するようにと伝えてきたので秀忠は、森忠政、仙石秀久、石川康長、日根野高吉ら、信濃に所領をもつ諸将を上田城の押さえとして止め、十日、小諸を出発、本道である和田峠越えを避け、大門峠の役行者越《えん》えという間道を抜けて諏訪へ出、十七日、木曾の妻籠に着いたとき、十五日の関ヶ原の戦勝の報を入手した。

「南無三宝!!」

小心で生真面目《きまじめ》な秀忠は、色を失って、一日十五里の強行軍に移り、手兵をひきいて昼夜兼行で、二十日に近江草津に着き、同日、大津へ移った家康を追っかけて行ったが、面会を拒絶され、すごすごと草津へ戻った。

家康としては大きな誤算で、怒ったのも無理はなかった。

秀忠軍が、上田城を落としもできずに捨ててきて、しかも三万余の軍勢が肝心の関ヶ原戦に間に合わなかったのだから——。

（家康、秀忠父子が仲違いして争うようなことになれば、せっかくの関ヶ原戦の戦勝が無になるし、徳川家の将来も案じられる）

というので、榊原康政が命がけで家康の説得にあたり、ようやく二十三日夜、大津の宿舎で父子対面がおこなわれた。

秀忠は、このとき、喜びのあまり、

「徳川家のあらん限り、榊原家のあらん限り、反逆は格別として、ほかの不調法では、長く見捨てはしない」

という神文を康政に与えた。

これだけの騒ぎがあっただけに、家康の真田父子に対する怒りは烈しく、死罪にしようとしたが、家康に味方したおかげで父の本領上田および沼田領を安堵された信幸（このごろ信之と改名）が、おのれの功績にかえて父や弟の命乞いをしたので、死一等を減じて、高野山へ流罪ということになった。

配流に先立ち、信之は昌幸、幸村と対面したが、昌幸は、

「さてもさても口惜しいことじゃ。内府をこそ、このようにしたかったに――」

と五十八歳の老顔に涙をこぼした、というから、その闘志はすさまじい。

昌幸は、これから十一年後の慶長十六年、紀州九度山で病没するが、幸村が父の志を継ぎ、慶長十九年の大坂冬の陣、翌元和元年の夏の陣に、淀殿、秀頼母子のため、家康の心胆を寒からしめるような奮戦のあげく、四十九歳で壮烈な最期をとげ、息子の大助もまた十六歳の若い命を散らす話は、あまりにも有名だ。

三

白河の高原に陣取り、家康の会津討伐軍が北上してきたら、三方からこれを取り囲んで壊滅におとしいれてくれようと、手ぐすねひいて待ちかまえていた直江兼続のもとに、家康が野州小山から、どしゃ降りの雨の中を、江戸へ向かって引き返したという報が届いたのは、七月二十九日のことであった。

「惜しいことよ、命冥加な家康め」

じだんだを踏んで口惜しがった兼続は、直ちに馬を飛ばし、長沼（福島県）まで進出してきている主人、上杉景勝の本陣に駈けつけ、

「直ちに、家康を追撃いたしましょう」

勢いこんで言った。

このとき四十六歳の景勝は、分別臭い顔を横に振って、

「宇都宮城には徳川軍二万が配置され、背後には伊達政宗、最上義光の軍がひかえておる。まず、後を叩きつぶしてから西上すべきであると思うが……」

「それでは、石田治部少どのに義理がすみませぬ」

兼続が勢いこんで反発するのに、

「治部少どのへの義理も大切じゃが、上杉家の存続のほうが、より大切じゃわ。考えてみるに、会津征伐を唱えて家康が北上したのは、世間への見せかけど、その真意は、治部少どのに挙兵をけしかけるためであった。恐ろしいのは家康じゃ。われらもまず、会津の周囲を固め、家康が再度北上してくるのに備えねばならぬ」

景勝にそういわれると、三成を助けるために、家康を追撃することを再度言い出しかねて、兼続は口を閉じた。

三成の上杉との挾撃作戦は、この時点で立ち消えになったわけである。

兼続には、景勝が三成と手を組んで家康と戦うことの不利を予測して方針を変

えたことがわかった。しかし、それを明からさまに口に出さぬ以上、兼続としては、それに反駁《はんばく》することもできなかった。

このとき、山形城主最上義光は五十三歳であった。

天正十九年（一五九一）九戸政実の乱が起こったとき、豊臣秀次と家康が討伐にやってきた。義光は早くから家康の人柄を慕って駿馬などを贈っていたので、奥州遠征軍を信夫郡大森に迎え、次男の義親を近侍として召し使ってほしいと家康に頼んだ。家康は大名の子を近侍にするのは初めてだ、と喜んで迎えた。

九戸政実の討伐後、山形に立ち寄った豊臣秀次は、宴会の給仕に出た十四歳の駒姫を、強引に京都に連れ帰り側妾にした。お今の局である。彼女が十九歳のとき、秀次の謀反事件に巻きこまれ、三十余名のほかの女性たちと共に檻車に積まれて市中引き回しの上、三条河原で首を斬られた。義光は家康を通じて助命運動をしたが、不成功に終わった。義光は秀吉を恨み、処刑奉行をつとめた三成を恨んだ。

したがって、家康の上杉討伐には、大坂における軍議に参加して、家康から金の扇の馬印を与えられた。

こんな最上義光を背後にひかえているのだから、上杉景勝が家康の追撃に、腰を上げようとしなかったのも無理からぬことであった。そして、ついに、こちらから最上を攻撃することに決めた。

直江兼続は春日右衛門、上泉主水、杉原親憲らの部将をひきい、九月八日、米沢から進発、荒砥、白鷹山を越えて畑谷城を包囲した。守将江口五兵衛は、義光からの引き揚げ命令を拒んで激しく抵抗したのち、城兵百余名とともに討死にした。

兼続は白鷹山道を攻め下り、山麓の長谷堂城の攻撃にかかった。城将は志村伊豆守則俊である。

一方、兼続の第二軍は中山口から北進して上山城に攻めかかったが、城将里見越後は堅く守って、なかなか抜けなかった。また長谷堂城のほうも、天童、東根、楯岡の諸城から応援にかけつけてきた。

また兼続の第三軍である酒田城将志田義秀は最上川をさかのぼって八沼、左沢、山辺などを攻め落として、兼続軍の本隊に合流した。大浦城将下吉忠《しもよしただ》軍は六十里越を進んで白岩、谷地、寒河江の諸城を押さえて、一気に山形に攻め入る勢いを見せた。

これに対し、最上義光は伊達政宗から三千の援兵を得てこの方面に配置し、自分は長谷堂城を囲んでいる兼続軍の背後を襲った。数日にわたって攻防戦が展開され、勝敗はなかなか決しなかった。

そうするうち、関ヶ原戦における西軍敗退の報が、九月三十日、まず伊達政宗のもとに達し、十月一日、上杉景勝のもとにも達した。景勝は兼続に撤退を命じた。執拗に追撃してくる最上軍を排除しつつ引き揚げた、智将兼続の退却戦法は、後世の語り草となるほど見事なものであった。

結果からみて、景勝、兼続は三成を裏切ってはいない。ただ、小山から引き揚げる家康を追撃しなかっただけである（もし追撃していたら、歴史を変えるような面白いことになっていたかも知れないが）。

関ヶ原戦が終わってから、在京中の上杉家の家老千坂景親から、家康の家臣本多忠勝、榊原康政が和平をあっせんする用意のあることを報告してきた。景勝は本庄繁長を上洛させ、千坂と連絡をとって家康の意向を打診させた。翌慶長六年夏、景勝は兼続とともに上洛し、結城秀康のとりなしで八月八日、家康に謁した。

同月十七日、景勝は、会津など九十万石を削られ、米沢、信達で三十万石を与える旨を申し渡された。

最初は主戦論者であった兼続が、上洛をするや、家康の腹心本多正信に取り入り裏面工作をしたことが、上杉家の取り潰しをまぬかれ、三分の一の領地を温存できた陰の力だとされている。

四

宇喜多秀家は備前岡山城主、直家の嫡子である。

直家は赤松氏の家臣浦上氏に属する邑久郡豊原庄の一豪族に過ぎなかったが、天正元年（一五七三）岡山城主金光宗高を謀殺して城を乗っ取り、同五年には主家の浦上氏を天神城にほろぼし、備前、美作の両国を平定した。

織田信長の勢力が近畿から中国におよんでくると、秀吉を介して信長に和議を乞うて許された。このとき使者になったのが、かねてから秀吉と懇意であった、岡山の町人、小西屋弥九郎である。弥九郎は、堺の薬種商人小西寿徳の次男で、のちに秀吉に仕えて小西摂津守行長となった。

ちなみに宇喜多直家の弟忠家の子の信顕《のぶあき》というのは、家康の孫の徳川千姫の再嫁に反対して事件を起こし、切腹させられた、かの坂崎出羽守のことである。

ところで、直家は腫《は》れ物を病んで天正九年五十三歳で岡山城二の丸で死に、長男秀家が後を継いだ。

秀家は信長から遺領安堵の朱印状をもらい、叔父忠家の後見のもとに政務をとり、秀吉の備中高松城の水攻めには二万余騎を応援に出して賞詞をうけ、毛利方が差し出した備中河辺川以東の九万石も授けられるなど、秀吉から絶大な信任をうけた。

その信任の裏には、秀家の生母が絶世の美女で、ひと目惚れした秀吉が、一夜の伽に出すよう要求し、秀家が母を説得して秀吉の欲情を満たしてやったことが、大きく影響しているといわれている。

秀家は、その後秀吉に臣従し、賤ヶ嶽合戦、大坂築城、長久手合戦、紀州根来征伐、四国征伐、九州征伐などに常に秀吉に密着して行動した。

天正十三年に元服したときはまだ十一歳で、秀吉の一字を与えられて旧名の家氏を秀家と改め、従五位下侍従に叙任され、同十五年には参議従三位、十七年には秀吉の養女となっている前田利家の三女を妻とし、文禄三年には朝鮮出陣の功で権中納言、慶長二年の朝鮮再征には毛利秀元と共に監軍として渡海し、同三年には二十六歳という若さで五大老の一人に列せられた。異常なまでの昇進である。所領は四十七万石余。

関ヶ原戦に騎馬千五百、雑兵一万五千をひきい、明石掃部頭を先手として、西軍の中心勢力となって戦ったのは、石田三成個人に義理を立てたわけではなく、純粋な気持ちで、秀吉の恩義に報いるためであった。

敗戦ののち、秀家は家臣進藤三右衛門、黒田勘十郎の二人に守られて伊吹山中にかくれ、薩摩に逃れて島津忠恒に庇護されること三年、忠恒のとりなしで家康から死一等を減じられ、慶長十一年四月、八丈島に流罪を命じられ、宇喜多家はここに滅亡した。秀家は髪をおろして休福と号し、在島五十年、八十四歳の長寿を保って家光時代の明暦元年（一六五五）十一月、島の土と化した。

秀家の敗残のあと、五十一万石の岡山城主として入城したのは、関ヶ原戦で裏切りをしたかの小早川金吾秀秋である。

秀秋は、良心の苛責に耐えかねてか、飲酒乱淫にふけり、これを諫めた老臣杉原紀伊守を斬殺し、稲葉内匠頭は、同じ禍がわが身におよぶことを怖れ妻子を連れて脱出するという有様、関ヶ原戦から二年後の慶長七年十月に二十歳の若さで病死し、嗣子がなかったのでお家断絶ということになった。流罪になって八十四歳まで長生きした秀家とくらべると、皮肉な対照である。

佐竹義宣は常陸太田城主義重の子で、天正十四年（一五八六）十八歳で家督を相続した。三成より九つ年下である。

天正十七年、三成と謀って、常陸国の豪族二十二人の領地を佐竹家の直轄地に編入することに成功し、都合五十四万石を数え、通称八十万石を唱え、徳川、毛利、上杉、前田、島津と並ぶ天下六大名の中に加えられるようになった。

義宣が三成の恩義を感じ、親交を結んだのは、当然のことであった。

慶長四年閏三月、三成が加藤、福島らの七将に命をねらわれたとき、義宣があれこれと心配して保護につとめたことは前に書いたとおりで、家康が息子の結城

秀康に命じて三成を佐和山城へ送らせたとき、道筋に軍装した兵を配置して万一を警戒したので、家康は、

「いまの世の中で、佐竹義宣ほど律義な者は、ほかにはあるまい」

と大いに感心した。

家康が会津征伐に北上したとき、上杉景勝と佐竹義宣の連合軍でその前途をふさぎ、西軍とともに挾み討ちにするというのが、三成の当初からの計画であった。

義宣も家康が江戸城を発って、会津へ向かってくるとき、その前途を阻んで水戸城から出撃しようとしたが、家康が小山から引き返したので、城外へ一兵も出さずじまいに終わった。家康は、

「とかく律義はよけれども、あまり律義すぎるということは、ひと工夫、なくては、かなわざることなり」

ということで、十八万石相当格の久保田城（現、秋田市）主に転封を命じた。

義宣のことを律義者だといって押し通したところに、家康の腹黒さが感じられる。

小西行長は堺の薬種商人寿徳の次男で、岡山に住んで宇喜多家の使者をつとめたりしているうちに、秀吉に知られ、三百石で召し抱えられた。三成より三つ年上であった。

とくに水軍の将として頭角を現わし、天正十三年、従五位摂津守に叙任された。

九州征伐では薩摩の平佐城攻略に戦功をたて、博多町の再建に三成とともに腕をふるった。三成と相識るようになったのは、このときである。

天正十六年、佐々成政の領国肥後に一揆が起こり、行長は加藤清正とともに、これの鎮定にあたり、平定後、行長は宇土、益城、八代の三郡の二十四万石を領して宇土城主に、清正は飽田、託間、山本、合志、菊池、山鹿、玉名、阿蘇、芦北の九郡二十五万石を領し隈本《くまもと》城主となった。

朝鮮の役には、行長は清正とともに先鋒の将を命ぜられた。このとき清正は、秀吉から刎題目《はねだいもく》の旗をもらった。法華宗の信者の清正は大喜びで、諸将列座の中でこれを自慢そうに見せ、行長に向かって、

「貴殿は、いかなる旗を用いられるか」

「拙者は、みんなが知っているように薬屋の伜でござれば、紙袋に赤い丸をつけた旗を用いてござる」

行長の答えに、清正は張り合いのぬけた顔になった。

朝鮮の戦線にあっても、行長は略奪や無用の殺戮をきびしく取り締まった。彼は天正十二年に洗礼をうけた熱心なキリシタンだった。

秀吉に追放された信者の高山右近を庇護し、また領内の信者を保護し、慈善事業にも力を入れ、大坂にライ病院を建て、孤児の救済にも当たった。

日蓮宗にこり固まった清正とキリシタンの行長と肌が合うはずがない。しかも肥後一国を半分ずつ分け合って治めているあいだがらゆえ、互いに対立感情が生まれるのも自然の勢いといえた。

朝鮮の問題にしても、清正は一州を攻め取れば、一州を与えるという秀吉の言葉をまともに信じて、力戦奮闘し虎退治が有名になるような文字どおりの武将である。

これに反し、行長は朝鮮に武力行使するより、貿易を開いて利益を得るのをよしと考える男で、開戦後も、和平交渉を成立させることに力を入れる、という謀将であった。

清正は、その和議に反対して邪魔ばかりし、行長のことも、朝鮮の代表に対し、

「あの男は本来は堺の町人で武将ではない。外国の事情によく通じておるゆえ、案内人としてつかわされたのである。それが敗走したとて、日本の武威に何の曇りもない。日本の武将はかく申す清正でござる」

というようなことを広言してはばからず、これが秀吉の耳にはいって怒りを買うという有様であった。

清正は三成についても、悪感情を抱いていたことは前に書いたとおりで、増田長盛から、三成と仲直りしてはどうか、といわれたとき、

「八幡大菩薩も照覧あれ、治部めとは生涯、仲直りはいたさぬ。きゃつは、数年朝鮮に在陣しながら、一度も合戦に出ぬくせして、人の陰口《かげぐち》ばかり叩いて、人をおとしいれる、たくらみばかりしておるきたない奴でござる。かような奴との仲直りなど、真っ平でござる。さようなことを申す貴殿も貴殿じゃ。向後は一切不

通でござるぞ」

と荒々しく言いすてたのは有名な話だ。

行長が、このような清正の牛耳《ぎゅうじ》る武断派にはいらず、三成らの文吏派にはいるのは、当然といえた。

それについて、こういう話も伝わっている。

家康が前田利家の病気見舞いに伏見から大坂へやってきた夜、文吏派が宇喜多秀家邸で、いろいろ協議した。そのとき三成が、

「拙者が前田邸に見舞いに行ったとき、なにげなく書院にはいったところ、細川忠興、浅野幸長らが集まって何やら相談しており、拙者の姿を見て仰天した様子であった。合戦の相談でもしておったのかもしれぬ。その中にあって、内府だけは、いつもと変わらぬ様子で、拙者にあいさつした。彼らはわれらに、真実、戦を仕掛けてくるつもりであろうか」

と発言すると、行長が顔色を変えて、

「いや、いや。内府のほうより兵を起こすなどとは、思いもよらぬことじゃ。近々、戦を起こそうとて評定中なれば、敵の棟梁である治部少どのが、ただ一人

で来たものを、誰が救けて帰すものか。貴殿を助けて戻らせたのは、内府の深謀遠慮であろう。何故なれば、五奉行の一人を殺害せば、世はあげて逆意と称し、起誓文を破り、兵を起こせば、戦うても利はない。内府は天理を深く敬い、世のそしりを受けることを常に案ずる男であるから、これよりのちも、自分から戦を仕掛けてくるようなことはすまい。たぶん、こちらより兵を起こしたとき、謀叛人として討ち取る相談をしておったのであろう。ともかく、謀叛人といわれることを覚悟で兵を起こすつもりなら、今夜、味方を集めて運を天にまかせて内府の宿舎の藤堂邸を襲えば、内府は旅営の途中、藤堂は小身なれば、弓や鉄砲も少ないであろう。味方の勝利まちがいなしと存ずるがいかに」

と主張したが、誰も積極的に賛成するものはなく、不発に終わった。

こんな行長であるから、三成の挙兵にも積極的に参加したのである。

五

それと反対に、毛利の陣営にあって、徹底的に反三成の行動をとったのは吉川広家だ。

彼が毛利輝元が大坂城に入る直前、輝元には反徳川の意思のないことを、徳川四天王の一人、榊原康政を通じて家康に申し入れしたことは前に書いた。

広家はそれだけで安心できず、黒田長政を通じて、しきりに家康に働きかけ、輝元は大坂城から動かず、他の毛利一族も徳川と戦うようなことはしないことを約束し、その交換条件として、

「御分国の事は申すに及ばず、只今のごとく、相違あるまじき事」

という起請文の入手に成功した。関ヶ原開戦前夜の九月十四日のことである。

安芸、備後、周防、長門、石見、出雲、隠岐、それに備中と伯耆の各半国、計八カ国、百二十万石の毛利の領地には、一切手をつけぬという起請文だ。

「してやったり」

と広家は、ほくそ笑んだが、肝心の起請文が本多忠勝と井伊直政の連署したものので、家康自身の署名したものでないところに落とし穴があった。しかし広家は、徳川家の重臣二人が、血判まで押し、諸神に誓いを立てたからには、それが反故《ほご》にされるなどとは、露だに疑っていなかった。

九月十五日、東西両軍は雨降る関ヶ原で対峙した。

このとき、毛利輝元は、大坂城西の丸に腰をすえたままであった。輝元の出陣をうながす使者は、途中で徳川方に捕らえられたので、連絡は途切れたままであった。広家が不戦の密約をしたことも、輝元は知らなかった。

広家は毛利秀元と共に、南宮山に陣し、東軍の池田輝政の軍と相対した。

秀元は山の中腹に陣し、広家は前隊として麓の近くにいて、秀元の軍団が山を降りるのをふさぐような位置を占めていた。

秀元も不戦の密約を知らず、広家が起請文を受け取ったことを知っているのは、広家と元就以来の老臣福原広俊だけだった。

秀元は、このとき三十三歳。

元就の子の穂田元清の子に生まれ、五歳のとき、小早川隆景に「父元就に似たり」と見込まれて、輝元の養子となって毛利家を継いだ。

しかし、まもなく輝元に秀就が生まれたので、別家して、長門一国と吉敷郡で十八万石を与えられた。広家の十二万石を上回るものだった。

輝元が三成の味方をするということを聞き、秀元は、

「幼い秀頼公は、内府（家康）が善玉か悪玉か、まだ判断もつかぬお方でござる。お父上は近ごろ、内府と親しくなりたいとて誓いを結んだと承っておりましたが、それから一カ月もたたぬうちに、その誓いに背いて、三成らと結ばれるとは、合点のいかぬことでござる」

と諫めたが、輝元がきかないので、

「三成らに味方するなら、秀頼公のお供をしてご出陣されたい。われらが先手をうけたまわります。秀頼公ご出馬ときけば、関東へ下った上方衆も、秀頼公に弓を引くものはあるまいと存じます」

と言ったが、それも実行されず、輝元の名代として、むりやりに関ヶ原に出陣させられているのであった。

南宮山にいた毛利秀元の軍は、吉川広家の軍が麓で戦いを傍観したまま動かないので自分らも動けず、そのうち西軍総くずれとなって戦いは終わった。

広家と福原広俊は、さっそく家康に戦勝を賀する使者を送り、秀元には家康のもとに人質を出して異心のないことをあらわすようにすすめたが、秀元は拒否した。

秀元は、自分や輝元に連絡せず、広家が単独で家康と不戦条約を結んでいたことを知って、腹にすえかねたのである。

こうして、輝元、秀元、広家の三者が、ばらばらになっていることが、家康のつけこむすきとなった。

輝元は西軍の総大将になった罪を問われ、広島城を追われ、百十二万石から三十六万九千石の外様大名に転落し、萩に移って隠居し、息子の秀就が幼少のため、秀元が執政として実権をにぎった。

広家は、六万石の岩国の領主となった。

「毛利に手をつけない」という起請文など、家康は関知せずということで反故になった。

三成が家康を相手に開戦に踏み切ったのは、毛利一族が味方になって戦ってくれると信じたればこそである。家康が北の上杉攻めに釘づけになっている間に、毛利を主体とする西軍によって背後を衝けば、必ず勝てると計算したからである。

ところが家康は、上杉征伐を中止して反転して攻め上ってきた。それを迎え討つ西軍の主力の毛利が動かなかったのでは話にならない。

しかも毛利の一翼の小早川秀秋がこちらへ鉾を向けて襲いかかってきたのだから、たまらない。毛利を動かさなかった元凶は吉川広家である。

しかし広家は、吉川家の三男の身で、関ヶ原戦後、家康から六万石の岩国城主にしてもらったことに、至極、満足していた。

毛利一門という義理から、西軍に属して行動している筑前中納言小早川秀秋は、一万五千の兵をひきいて、伊吹山のふもとに近い、柏原の成菩提院に宿営していた。

信長が岐阜城主だったころ、京都への往来の道中で、しばしば宿舎に利用した寺院だ。

この寺院の山門を、一人の百姓風の男が、こっそりとくぐって入ったのは、八月二十四日の夜のことであった。

この男は、家康の側近に仕える山岡道阿弥の家来で、甲賀者の中でも屈強で知られた西尾正義であった。

西尾は、自分が道阿弥の使者であることを証明するため、秀秋が道阿弥に与えた猩々緋の腰当てを持参していた。

彼はまもなく、庫裡の近くに建てられた茶室に通され、秀秋との会見を許された。そばに成菩提院の住職祐円がひかえている。

口から口へ伝える大事の使者ゆえ、書状は持参しておりませぬと前置きして、西尾は、徳川方に寝返るように、という家康からの要請を伝えた。

「予に裏切りせいというか」

ことし十九歳の秀秋は、このことあるを、最初から期待していたとみえ、おだやかに微笑した。彼がすでに叔母の北ノ政所から、家康に味方せよと説得されたことは、前に書いた。

「西尾とやら、まあ、これを読んでみい」

そういって秀秋は、一通の書状を西尾正義の前に投げてよこした。

それは三成と長束正家が秀秋にあてた連判の誓書で、

一、秀頼が十五歳になるまで（秀頼はこのとき八歳）関白職を秀秋にゆずること。

一、上方における賄料として播磨一国を与える。

一、家老の稲葉佐渡守と平岡石見守に江州で十万石ずつ与える。当座の引き物として黄金三百枚ずつを与える。

という意味のことが書いてあった。

「それを、そちに渡したということが、予の返答じゃと、道阿弥どのから内府へ伝えてくれ」

そういって、祐円と眼を見合わせて、にんまりと笑った。

祐円は家康と親交のある天海とは、ともに叡山で修行したことのある法兄弟であった。彼も天海から連絡をうけて、秀秋が泊まったら、秀秋を口説くように頼まれていたのである。

西尾は秀秋の使者菅気清兵衛をともなって美濃赤坂に行き、黒田長政と井伊直政に会って秀秋の意向を伝え、北伊勢に転じて、長島に待っている道阿弥に伝えた。

道阿弥は西尾を三河の岡崎まで西進してきている家康のもとまで報告にやった。

「小伜《こせがれ》め、さようなことを申しおったか」

と家康は、上きげんであった。

そして、上忍中の上忍といわれる彼は、北ノ政所という女性を巧みに懐柔し、利用した、おのれの「くノ一」忍法が、見事に花咲きそうなことに、ほくそ笑《え》んだのである。

三成と挙兵の謀議を終えた大谷吉継は、居城の敦賀城に戻って、出陣の準備中のところへ、加賀の前田利長が三成討伐の旗をかかげて、大坂へ攻め上ってくるという情報を聞いた。急いで三成に報告して、脇坂、朽木、京極らに越前へ出兵するよう手配したところへ、前田利家の娘婿、中川宗伴が、越前をへて加賀へ下るところを、部下が府中（現、武生市）で捕らえたといって敦賀まで連行してきた。

吉継は、宗伴を脅迫して、利長あての書状をしたためさせた。それは、

「このたび貴殿には、大軍を動かされ、近国を討ち平げ、上方へご発向の由、うけたまわった。それを知った大坂では、大軍を敦賀表まで繰り出しておる。それ

ばかりでなく、大谷刑部は敦賀より兵船をそろえ、貴殿出陣ののち、加賀の浦々へ乱入せんとしておる。そうなると、貴殿は海陸前後に敵を受けることになる。ご用心が肝要」

という内容のものであった。

宗伴は能筆で知られた男なので、利長はそれを読んで、宗伴の筆蹟だと確認し、大いにおどろき、

「よくこそ、報《し》らせてくれた」

と、せっかく金沢から出陣していた兵を引き揚げてしまった。

利長が大聖寺、小松を攻め落とし、越前へ入ったら一大事と考えた吉継の虚報作戦が、見事に成功したわけである。

こうして吉継は、脇坂、朽木、京極（途中で大津城へ引き返す）、小川、赤座の各部隊を引き連れて敦賀を出発、九月四日、美濃の中山村に着いて宿営した。

前田利長を欺いて、足止めに成功した吉継であったが、藤堂高虎が、その後、脇坂、朽木、小川、赤座の各陣営を回って、裏切り工作をしていたことは、神ならぬ身の、知る由もなかったのである。

緒戦

一

長浜から北東一里の位置にある国友村が、鉄砲の製造を始めたのは、天文十三年（一五四四）足利十二代将軍義晴の命により、六匁玉筒二挺を献上したとき、というから種子島へポルトガル人が初めて鳥銃を伝えたあくる年のことである。

国友村は山一つへだてた美濃国から刀剣工が来りて住んだところとも、浅井郡の鍛冶部《かじべ》が流れ来て団居したところとも伝えている。

国友鍛冶を見出したのは、管領細川晴元で、前年に南蛮から渡来した鳥銃を島津氏が将軍に献上したのを、これにならって同じものを製造して献上せよと、当時、国内で最優秀の鍛冶職として評判の高かった国友村の鉄匠喜兵衛ら四人を召し出して命令した。

彼らは、いろいろと研究したが、とくに銃尾のネジのところが、工夫がつかなかった。

たまたま治郎助というのが、小刀の先で大根《だいこん》をくりぬき、その穴に道がついているのを見て会得するところがあり、ネジを作るのに成功したという。

この国友鉄砲に目をつけて、戦争に利用したのが、ほかならぬ信長である。狩猟用としか考えられていなかった鉄砲を集団使用して戦争をやれば、弓矢などの比でないと考えたのだ。彼は、橋本一巴を国友村へ派遣して五百挺の鉄砲を注文した。足利将軍に鉄砲を献上してから五年後の天文十八年のことで、信長、わずか十六歳である。槍の柄を三間または三間半の長柄にすることを考え出したのも、このころである。

信長が天下平定にほぼ成功したのも、ガムシャラな勇気だけでなく、つねに新しいものを求めるアイデアマンであったことも、大きな要素だったといえる。

信長は国友村を自分の統制と保護の下においたが、この大切な兵器製造所である国友村を領分とする長浜城主に秀吉を据えたことは、信長がいかに秀吉を信頼していたかを示すものといえよう。

信長は秀吉に命じて国友村で、

「玉大にして天守櫓に打ちかけても、たちまち覆る」

ような大筒の製造を命じ、元亀二年（一五七一）十一月、「玉目二百匁、長さ九尺の鉄砲二挺張錬」して岐阜城へ納めさせた。

これが、わが国の大砲製造の初めだとされている。

秀吉は自分の天下になっても、国友村の鉄砲師に対し、一切他の注文に応じてはならぬ、ときびしく禁じたので、他の大名は争って国友村の鉄砲師を高禄でスカウトして、自分の居城に連れてきて住まわせたという。

この国友村は、三成が佐和山城主になると、彼の治下にはいっていた。

家康は早くから国友の鉄砲師に目をつけ、関ヶ原戦の五カ月前の慶長五年四月、部下の彦坂九兵衛、成瀬隼人正を派遣し一貫目玉の大砲五挺、八百匁玉の大砲十挺を急造せよと注文した。このとき国友鍛冶師の年寄に寿斎というのがいて、いずれ天下の形勢は家康に帰すのだから、とみんなを説得して、注文に応じた。『国友文書』によると、

「慶長五年子年四月、権現様上意を以て唐銅御筒壱貫玉五挺、八百匁玉拾挺急御

用、数多御鉄砲仰せつけられ、吹立候ところ、石田三成郎党大勢まかりこし、妨げをなし、持ち運びの節狼藉におよび候あいだ、この段彦坂九兵衛様に、相願候ところ、一幅の木綿に御紋付御荷印五十本、権現様御免遊ばされ候むね、同年六月御陣所において成瀬隼人正殿に仰せわたせられ、その上、狼藉におよび妨げをなす者これあり候はば、切り捨て候段仰せわたせられ、年寄共はじめ惣鍛冶共威勢強くなり、石田郎党共を追捕し、近付け申さざるにつき、同年七月石田治部少輔三成、奉書を以て嶋左近相制し候へども、承引仕らず、お味方仕り、御荷物往来の節、妨げをなす者、鉄砲にて打払い、または切り捨て御陣所へ持ち運び候。

（意訳筆者）」

慶長五年の六月、七月といえば、家康が大坂城を発して会津征伐に東下したときで、家康は、すでにこれだけの手を打っていたわけである。

三成が国友鉄砲師に大砲や鉄砲を禁止する布令を改めて出したのは、七月二十三日のことで、島左近を現地に派遣したのも、このころのことで、すでに手遅れというところである。

まだ開戦しているわけではないので、三成のほうも、うかつに手出しができなかったのであろうが、それにしても、三成の領地のど真ん中へやってきて、こういうことをする家康のやり方は、まるで生き馬の目を抜くようだといわざるを得ない。

そこまでやるとは思っていなかった、三成の油断というべきであろう。

また、三成の領地の目と鼻の先の蒲生郡日野町の鉄砲工にも、家康は手を回していて、関ヶ原戦に日野の砲工から三百挺の鉄砲が持ちこまれたことが、日野町誌に記録されている。

小山会議の結果、家康が上杉討伐を中止して江戸へ引き返し、福島正則、池田輝政を先鋒に、浅野幸長、黒田長政、加藤嘉明、細川忠興ら豊臣縁故の諸将が、清洲城に集結すべく、西上を開始した、という情報を直江兼続の発した密使によって三成が知ったのは、伏見城が陥落してから五日後の八月六日のことであった。

（来たるべきものが、ついに来た）

三成は、さすがに身の引きしまる思いで、うすい唇を噛んだ。

肥満した家康の赤ら顔が瞼に浮かんだ。

本能寺の変と山崎合戦以来、十八年間、豊臣家をほろぼして天下を手中におさめんと、あらゆる権謀術数をめぐらしてきた家康と対決すべきときが、ついに来たのである。

さっそく、島左近に相談すると、

「左衛門大夫（福島正則）の清洲城に諸将が集まるとすれば、われわれはまず大垣城を押さえましょう。長良川より西へは、東軍を一兵も通しは、いたしませぬ」

左近は白いものの混じるひげ面を紅潮させて、厚い胸を叩いてみせた。

八月九日、三成は兵六千七百人をひきいて美濃の垂井に着陣、つい目と鼻の先の大垣城の老臣伊藤頼母と同伊予を招いて、大垣城の明け渡しを要求した。

秀頼公の名代として、東軍を誅伐するため、しばし城を借りたい、という要求に、城主伊藤長門守盛正は、いやとは言えず、しぶしぶながら開城した。

三成は十日に大垣城に入った。

その日、彼が真田昌幸あてにしたためた書状には、毛利輝元、増田長盛は大坂

に在城し、長束正家、安国寺恵瓊、吉川広家は伊勢へ出陣、島津義弘らの九州勢は佐和山城まで出てきて待機していると述べ、

「拙者は美濃に在陣しており、家康ほどの者が十人上ってきても、ご安心あれ。討ち果たすよりほかに方法はござらぬ。家康は必ず上ってくるであろうが、あわれなものよ。こちらも、上ってくるのを待ち望んでおるのに」

と、わが妻お綾の姉婿だという気安さもあって、強気な気焰を上げている。

大垣城の前方の、濃尾方面には、三成に味方する者に、岐阜城主織田秀信（信長の長男信忠の遺児三法師丸）、犬山城主石川貞清（娘婿）、竹ヶ鼻城（岐阜県羽島市）守将杉浦五左衛門がいた。

織田秀信については、大谷吉継らと挙兵の謀叛をすませた直後の七月初旬、佐和山城に招いて説得し、秀信は老臣木造具正らの諫言をしりぞけ、

「いざという場合、東軍に抗して、岐阜城を死守してみせる」

という約束をとりつけていた。

三成は、大垣城に入ると、直ちに河瀬左馬、柏原彦左衛門らの家臣を岐阜城へやって守備を援助させるという手を打った。

彼はさらに尾張の黒田城主一柳直盛、福島正則の清洲城も味方の陣営に引き入れようとした。黒田城へは一柳直盛と親しかった小川祐忠の家臣稲葉清六を、清洲城の留守居津田繁元のもとにも家臣を派遣して説得させたが、これは、どちらも不成功に終わった。

一方、伊勢方面の攻略に向かった毛利秀元、吉川広家、安国寺恵瓊、長束正家、長宗我部盛親らの西軍は、まず阿濃津城を攻めて八月二十五日に落城させ、鍋島勝茂らの一隊は松阪城を攻めてこれを降伏させ、さらに北上して野代に陣し、福島正則の弟正頼の守る長島城を攻めた。

阿濃津城主富田信高、松阪城主古田重勝、それに福島正頼は、いずれも家康の会津征討軍に加わり、西軍伊勢路に迫るとの報に、急いで帰国した者ばかりであった。

二

福島正則らが清洲城に集結したのは、三成が大垣城に入城してから四日後の八月十四日のことであった。家康から軍監として派遣された井伊直政、本多忠勝もあいついで到着した。

大垣城と清洲城の距離は、わずかに九里半（三十八キロ）。強行軍すれば一日の行程である。

彼らは、家康が西上してくるのを一日千秋の思いで待ったが、五日たっても十日たっても何の音沙汰もない。

短気者で知られた福島正則は、焦《あせ》りに焦って諸将列座の中で、

「内府（家康）は劫《こう》の立て替えをするつもりか」

と、わめいた。

「劫の立て替えをする」とは、囲碁の術語で、碁石の生死を争っているところを見すてて、大石の勝負をいどむ、という意味である。

池田輝政が聞きとがめて、

「内府は、そのようなことをするお方ではない」

と弁護すると、正則が、

「おぬしのごときに、なんでそれがわかる？」

と嚙みついて、口論となり、黒田長政が、まあまあと、仲に割ってはいる一幕もあった。

ところが、清洲に集結してから半月後の八月十九日、家康の特使として村越茂助直吉が到着して、

「家康公のご出馬がないのは、おのおの方が、何の手出しもしないからでござる。手出しさえなされば、さっそくご出馬されましょう」

と告げた。家康に味方するという口だけでは信用できぬ、まず西軍と戦うことを、実行をもって示せ、というわけである。

軍監の井伊直政と本多忠勝は、みんなが家康からの伝言に、どのような反応を示すだろうかと、一瞬、固唾《かたず》を飲んで聞き耳をたてていると、福島正則が、からからと笑って、

「わかり申した。さっそく手出しをいたしましょう」

おどけた口調で、村越の顔を扇子《せんす》であおぎながら答えたので、一同、どっとばかりに笑い声をあげたので、万事O・Kということになった。

諸将は、翌二十日、清洲城内大広間で軍議を開き、五里半（二十二キロ）西に

ある、織田秀信の岐阜城を攻撃しようということになった。

翌二十一日、東軍は二手に分かれ、福島、加藤、黒田らの一隊は岐阜城の南一里半の木曾川の下流尾越の渡しから進撃し、池田、浅野らの一隊は上流の河田の渡しから進撃を開始した。

このとき、二十一歳の岐阜城主織田秀信は、籠城を主張する老臣木造具正の進言をしりぞげ、城外加納の南にある川手村に出撃し、部下の諸将を木曾川の右岸に配置し、東軍を迎え撃つ作戦をとった。

しかし、二十二日、池田輝政軍が河田の渡しからの渡河に成功し、秀信の守兵と戦って敗走させた。この報を聞いた秀信は、あわてて城内に引きあげた。

福島軍は予定の尾越の渡しから渡河できないので、その下流の加賀野井から渡河し、まず竹ヶ鼻城をおとしいれ、守将杉浦五左衛門を自殺させ、つづいて岐阜城に迫った。

福島軍は追手口より攻撃し、池田軍は搦《からめ》手口から水の手口に回って本丸に到達、城に火を放って城内に突入した。

八月二十三日、正午ごろのことである。

城主織田秀信は、本丸の奥深く逃げこみ、

「今日の憂き目は、予のふがいなきゆえじゃ、みなの者許せ」

と、さめざめと泣くという有様。祖父の信長に見せたいような情景であった（秀信は剃髪して高野山に入り、翌年病死した）。

福島正則らの作戦開始の報は、ただちに江戸へ報告され、家康はさっそく正則に、自分もすぐ出陣するという書状を送った。そして、岐阜城陥落の報が伝わると、

「御手柄何とも申しつくし難く候」

という賞讃の手紙を送り、自分たち父子が着くまで、軽々しく動かないようにと戒《いまし》めている。

正則もまた、誠意の証拠を示すつもりか、岐阜城勝利のあと、敵兵の鼻を多数削ぎ落とし家康のもとに送っている。

朝鮮の役の例にならったものだろうが、これが秀吉子飼いの猛将のすることだから、恐れ入る。

岐阜城が東軍の手に落ちたことは、尾張、三河の境あたりまで進出して、家康軍を迎撃しようと考えていた三成にとっては、大きな誤算であった。

三成としては、伊勢方面へ向かった西軍の諸将が、平定を終えて、尾張へ進出してくるのを待って、東軍を迎撃するつもりであった。

しかるに東軍は先手を打って、二十二日竹ヶ鼻城、二十三日岐阜城をおとしいれたばかりか、黒田長政、藤堂高虎の諸隊は、岐阜城攻撃の本隊と別れて、直接に大垣城へ向かって攻め寄せてくる態勢を示した。

(これでは、わが本営の大垣城も危うい)

三成は、敵の思いのほかの早い進出に、おどろき、あわてた。

彼は、これを長良川の支流墨俣《すのまた》川の線で食いとめようと考えた。三十四年前、秀吉が墨俣川の線で食いとめるようにとの信長の命令にこたえ有名な墨俣一夜城を築いて出世の足がかりをつかんだところだ。

三成は垂井まで進出してきている島津義弘に急使を送って墨俣に行かせ、さらにその上流の合渡の右岸に、わが部下の舞兵庫、森九兵衛、杉江勘兵衛らを派遣して守らせ、彼自身は兵二千をひきい、小西行長とともに大垣城を出て、その東方半里（二キロ）の沢渡村に陣した。

ところが、合渡川の渡河に成功した黒田、田中軍は、前面の三成の守備隊に突入してきた。舞兵庫らが奮戦し、大いにこれを防いだが、杉勘兵衛以下三百余人の討死者を出したので、舞兵庫もついに陣地を捨てて後退した。

岐阜城が炎上したのと同じ日の八月二十三日のことであった。

折しも三成は、大垣城内に島津義弘を墨俣から招き、小西行長とともに軍議の最中であったが、合渡川の敗報伝わるや、顔面蒼白となり、茶碗を持つ手が、ふるえ動いたという。しょせん、彼は、三軍を叱咤《しった》する武将の器ではなく、帷幕の中で御《おん》大将の下に作戦を練る謀将だったのである。

敗報に狼狽した三成は、島津義弘が、黒田、藤堂軍を側面から攻撃しようと主張するのに反対し、急いで軍を大垣城に引きあげさせた。そのため義弘も島津豊久とともに墨俣にある自軍を撤退させて、大垣城に入ったが、そのとき三成は、城門の外まで出て義弘を迎え、

「ご苦労でござった」

と、なんどもくりかえして、ねぎらった。

味方の諸将に気を使う彼の姿が目にみえるようだ。

その間、東軍は大垣城の北方を通過して、西北一里半の赤坂に集結しつつあった。それを黙って見過ごしたことも、三成の大失敗だった。

豊臣縁故の武将たちの誠意のあかしを見た、とうなずいた家康は、やっと御輿《みこし》を上げ、九月一日、三万二千七百余の軍勢をひきいて西上の途についた。わざと、悠々と進んだのは、その間に、西軍をすべて集結させ、内応者を見つけ出す時間をかせぐためである。


柳生新陰流の流祖として知られる柳生但馬守宗厳（石舟斎）は、大和の筒井家に仕えていたころ、同家に侍大将として一万石で仕えていた島左近とは旧知の仲であった。

宗厳の五男宗矩は二百石で家康の側近に仕えていた。

下野の小山会議で、三成の挙兵に応《こた》えて戦うことが決まると、家康は宗矩に宗厳あての書状を持たせて、柳生の里へ帰らせた。

その書状には、西軍の動きを探索し、特別工作をしてほしいという意味のことをしたためてあった。

柳生一族は、伊賀や甲賀に近いところから、いわゆる忍者とも親密にしていた。いや、柳生一族そのものが忍者の集団といえた。

家康からの密書を受け取った宗厳は、島左近と旧知の仲だったのを利用して、なんどか接触し、それとなく西軍の動きについて探りを入れた。島左近も、宗厳の意図を知りつつも、差し支えのない範囲で情報をもらして協力した。そのことは、左近が関ヶ原戦で敗死ののち、彼の娘が宗厳の孫の柳生兵庫利厳（尾張柳生家）の妻になっていることでも証明できる。

石舟斎宗厳の秘命を受けた柳生一党が、美濃に潜入して以来、美濃の空気がしだいに変わったばかりでなく、大垣に滞陣している西軍の諸将のあいだに原因不明の厭戦気分がひろがった。

秀吉の軍師として名を馳《は》せた竹中半兵衛の息子の竹中重門が、関ヶ原に最も近い菩提山の砦にこもっていたのが、東軍に参加したのをはじめ、黒野城の加藤貞泰、郡上城の稲葉貞通、多羅尾の岡長門守一政、それに近江の朽木元綱までが東軍へ顔を向けた。

柳生の一党が出没して、土民の中にもぐりこみ、西軍に味方する小城の城主を誘惑し、攪乱する戦術に出たわけである。

彼らの戦術が、具体的にどれほどの効果をあげたかという記録は残っていない。

しかし柳生家が関ヶ原前夜の諜報、謀略活動の功績で、豊臣秀長にうばわれていた二千石の旧領を、戦後に家康からもとのように安堵されているところをみても、貢献度が相当高かったといわなければなるまい。

三

大垣城の本丸の一室で、三成は、立ったり坐ったり、腕を組んで歩いたりして、焦慮懊悩し、

「殿、少し落ちつきなされ。焦ったとて、どうにもなるものでありませぬ」

と島左近から注意されるほどであった。

大垣城を中心に、西軍の諸将は、ぞくぞく集結していた。まず宇喜多秀家が伊

勢の攻略に向かう途中から引き返して入城してきているし、盟友大谷吉継は北陸の守備を整えておいて長男吉勝、次男木下頼継をはじめ脇坂安治、平塚為広、戸田重政、朽木元綱、小川祐忠らの諸将をひきいて、大垣の西北、関ヶ原の一隅にある山中村に布陣していた。熊谷直盛、秋月種長、垣見一直、相良頼房らも瀬田を引きあげて大垣城の西、杭瀬川の川岸に駐屯している。伊勢方面にいた毛利秀元、吉川広家、長宗我部盛親、長束正家、安国寺恵瓊らの軍勢も垂井の南方の南宮山一帯にかけて布陣し、小早川秀秋はその西の松尾山に布陣している。

しかし、それらの諸将が東軍に岐阜城を奪取されて以来、萎縮してしまって、さっぱり士気が上がらないのである。

三成は大坂城に留守居している増田長盛に、長文の手紙を九月十二日付で書いている。

その内容は、次のとおりで、彼がどんなことに悩んでいたかを、如実に物語っている。

——大垣城には城主伊藤盛正の家来をはじめ、近江の者まで人質にとっているが、敵は放火戦術をとるおそれがあり。伊藤は若輩ゆえ、家来たちが何をするかわからないので、心を許せない。

――今日の軍議で味方の軍略も大体決まるであろうが、一昨日、自分らが南宮山の長束正家や安国寺恵瓊の陣所を訪れて、彼らの考えをきいたが、どうも事がうまく運ぶとは思われない。彼らはことのほか敵に対して大事をとり、敵が敗走しても、これを壊滅させる工夫もせず、身の安全ばかり考えている。陣所は人馬の水もない高所で、万一のとき、軍勢が上下することもできないところだ。何故そんなところに陣所をかまえたか、味方も不審に思っている。

――当地で田を刈れば、兵糧はいくらでもあるのに、敵を恐れてそれもやらず、兵糧は近江から運ぶようにしておるようだが、近ごろは味方がみんな萎縮してしまっている。

――とにかく、このようにだらだらと日を過ごしているようでは、味方の心中も計りがたい。敵味方の下々の噂では、増田と家康の間に話し合いがついていて、大坂城城内の人質の妻子は一人も成敗することはないといっている。これは物の分かったものが申すのではなく、下々の申すことだ。犬山に加勢に行ったものが裏切ったのも、妻子が大丈夫であるからだと下々では言っている。敵方の妻子を三人か五人成敗すれば、心中も変わるだろうと、当地の諸将は言っている。

——大津の京極高次が東軍の味方になったことは、この際徹底的に処分しなければ、今後の仕置の障害になるだろうと思う。ことに高次の弟の高知が東軍に加わっておるのだからなおさらである。

——敵方の様子を探りに行った者の報告によると、佐和山口から出動した小早川秀秋らの中に、大軍を擁して、敵と内通し、伊勢への出陣も押さえ、めいめい、その在所で待機するように命じたという噂が、ここ二、三日しきりに伝えられたが、近江の衆が、ことごとく山中村へ出動した（脇坂らのこと）ので、敵方では案に相違しているということだ。とにかく人質を成敗しなければ、取られた人質について心配しないのは当然のことで、こんなことでは人質も不要だと思う。

——連絡のための城には、毛利輝元の軍兵を入れておくようにすることが肝要である。伊勢をはじめ太田、駒野に城をかまえるのがよかろうと思う。近江と美濃の境にある松尾の城や各番所にも中国衆を入れておくよう配慮ねがいたい。いかほど確かな遠国勢でも、いまどきは所領に対する欲望が強いので、人の心は計りがたい。

——当地のことは、なんとか諸将が心を合わせば、敵陣を二十日以内に撃破するのは容易なことであるが、この調子では、味方の中に不慮のことが起こるのは目に見えるようだ。島津義弘、小西行長らも同意見であるが、遠慮しているようだ。自分は思っているだけのことを残らず言っている。

——長束正家、安国寺恵瓊は思いのほかの引っこみ思案である。貴殿に当地の様子をひと目なりともお目にかけたい。敵の空《うつ》けたるていたらくといい、味方の不一致といい、ともにご想像のほかであるが、それ以上に味方は、さげすむべきていたらくである。

——毛利輝元が大坂城から出馬しないのは、もっともだと思う。家康が西上しない以上不必要かとは思うが、それについても下々は不審を言いたてて、いろいろ噂している。

——たびたび申し入れたように、金銀米銭を使うのはこのときで、自分などは手もとに持っているだけ出してしまった。貴殿もその心得でありたい。

——近江から出動してきた小早川秀秋らに、万一不慮のこともあろうかと、これがただただ心配である。輝元の出馬がないのなら、その軍勢を五千人ばかり佐和山城へ入れておくようにするのが肝要である。

——宇喜多秀家のこんどの覚悟は天晴れで、一命を捨てて働こうとの態度である。島津義弘、小西行長も同様である。

——当分、成敗しない人質の妻子は、宮島へ移すのがよろしかろう。

——長束正家、安国寺恵瓊は、このたび伊勢方面へ出動した中国勢ばかりでなく、大谷吉継や秀頼公旗下の御弓鉄砲衆までも、南宮山に引き寄せようとしているので、人数が少々無駄になるようだ。

——細川攻めに向かった丹後方面の人数が不要になった由であるが、その人数を少しでも当地へ差し向けるようにしてほしい。

このような長文の三成の手紙は、途中で徳川方に押収され、増田長盛の目に触れることはなかったが、当時の西軍の内情が、目に見えるようだ。

三成は、毛利輝元が大坂城を出て、大垣城に入城してくれたら、この戦は勝てると信じ、この長文の手紙の最後にも、何とか輝元に出陣するよう説得して欲しい、と増田長盛に頼んでいる。

そんな三成の気持ちを推し計って、島左近が、

「殿おんみずから、大坂城へ引き返し、秀頼公を推戴してご出陣あるなら、輝元どのとて、じっと腰を据えておるわけに参りますまい。そうなされば、この戦いは、必ずわが方の勝利にまちがいありませぬ」

と進言したが、三成は首を横に振って、

「まだ八歳の秀頼公を、戦に巻きこむようなことは、しとうない」

と取り合わなかった。

大坂城を発つとき、淀殿に会い、このたびの挙兵に、秀頼母子は関り知らなかったことにする——と約束したことを忘れなかったのである。

それにしても、関ヶ原戦の三日前にしたためた三成の長文のこの手紙は、小早川秀秋の裏切りをはじめ、毛利秀元、吉川広家、長束正家、安国寺ら南宮山に布陣していた連中が、形勢を観望しているだけで動かないことなども、おぼろげながらも察知していたことを物語っている。

さらに重要なことは、この手紙を書いた九月十二日の時点で、三成が、家康は上杉や佐竹などの背後の勢力に気を使って、まだ江戸城から動かずにいる、と信

じこんでいることだ。どう考えても、あまりにも悠長過ぎるといわざるを得ない。家康はすでに十一日も前に江戸を発し、この時点では大垣城の東四里（十六キロ）の清洲城まで来ているのだから——。

作戦指導の責任者として、三成の大きなミスであるとともに、これが勝敗を決した、といっても過言ではない。

大谷吉継は、病身を竹輿に乗せて山中村から松尾山の小早川秀秋の陣所を訪れ、秀秋が秀吉から受けた大恩のことを、くどくどと語りきかせ、

「恩を忘れぬことこそ人間の人間たる所以《ゆえん》でござる。くれぐれも豊家のために、ご尽力ねがいたい」

辞を低くして懇願した。

十九歳の若い秀秋は、

「委細心得てござる。安心あれ」

と如才なく、馬鹿ていねいに頭を下げたが、胸の中では伯母の北ノ政所の要請にこたえて、東軍に寝返ることを心に決めているのだから、万事処置なしという

ところであった。

寝返りといえば、この大谷吉継がひきいてきた脇坂、朽木、小川、赤座のいわゆる近江衆に、同じ近江出身の藤堂高虎が、ひそかに夜中に歴訪し、東軍に寝返る約束を取りつけていた。

このことを、吉継はそれが実行されるまで知らなかった。まして三成が知ろうはずはなかった。

また、吉川広家が、ごていねいにも、南宮山まで出陣してきてもなお、黒田長政を通じて東軍と連絡をとり、毛利輝元は決して大坂城から出ることはないことを報告し、それと交換条件に、毛利一族の安泰の約束を取りつけていることも、三成の知らぬことであった。

こうして関ヶ原戦の前夜に、西軍はすでに内部崩壊をとげていたのである。

関ヶ原

一

家康は、八月二十七日、池田輝政に書状を発して岐阜城の功績を賞し、息子の秀忠は中山道を、自分は東海道を西上するから、自分たち父子の到着を待ってから行動するよう指令した。

そして、九月一日江戸城を出発し、十四日に東軍の本営赤坂に到着し、中山道を挾んで南側の岡山に陣した。岡山は大垣城の北西五キロの近距離である。

三成は、このときはじめて、家康が目と鼻の先に出現したことを知った。信じられないことだった。文字どおり、青天の霹靂《へきれき》であった。

そのことは、たちまち城内に伝わり、味方は、ひどく動揺した。

直ちに軍議が開かれた。島左近は、

「かくなれば、東軍と一戦を試み、一手二手切り崩し、味方の士気を高めたいと存じます」

と提案した。

「それがよかろう」

三成が珍しく即座に同意した。

宇喜多秀家は、唇を尖らせて、何か言おうとしたが中止した。東軍が岐阜城を落として赤坂まで進出してきてから二十日も経過している。その間に、秀家は赤坂へ夜襲をかけようと提案したが、三成に反対され、西軍が集結するのを、手をこまねいて、二十日間も東軍と対峙したまま空しく日を送っている。いまさら出撃しても、手遅れだと言いたかったのだが、この際、出撃して威力偵察をやることは必要だと考えて黙ったのである。彼は朝鮮の役に出陣して実戦を体験しており、戦のかけひきは十二分に心得ていた。

左近は兵五百をひきいて城を出た。秀家は部将の明石掃部《かもん》、長船吉兵衛に兵八百をひきいて後続させた。

いまや杭瀬川を挾んで、西軍は東に、東軍は西に位置している。

左近のひきいる部隊は、川を渡って中村一忠隊に襲いかかった。一忠は豊臣家三中老の一人で、駿府一七万五千石の中村一氏の息子で、このとき十歳の少年である。老臣が補佐している。

島隊の攻撃に中村隊は、たちまち苦戦におちいった。これを見て隣の陣地の有馬豊隊が柵を開いて応援に出た。その横あいに宇喜多隊が襲いかかり、有馬隊も苦戦におちいった。

岡山の陣所の楼上から、夕食を喫しつつ観戦していた家康は、このままだと全滅するとみて、両隊に引き揚げを命じた。

そのうち、夜に入ったので、島、宇喜多隊も大垣城に引き揚げた。

家康は、大垣城を攻撃すべしという味方の意見を排し、赤坂から中山道を西進し、一挙に三成の本拠の佐和山城を抜いて、大坂城に迫るという案を採用し、このことを細作（忍者）を使って、西軍のほうへ流した。

西軍を城から誘い出して、野戦に持ちこもうという作戦である。野戦は家康の得意とするところだ。

大垣城では、島、宇喜多両隊の奮戦に、士気大いに上がり、島津義弘は、

「この勢いに乗って、岡山の家康の本陣に、夜襲をかけもそう」

と主張した。

これが成功していたら、すぐ南の南宮山にいた毛利、吉川、安国寺、長束の諸隊も、日和見などできず、戦いに加わっており、〝赤坂合戦〟によって西軍の勝利となっていたかもしれないが、これも三成の反対で実現しなかった。

家康軍が佐和山城を落とすというようなことになれば、岐阜城に残っている東軍と挟み撃ちにされる――というのが三成の意見であった。島左近がこれに賛成し、

「先回りして要衝関ヶ原を押さえ、東軍を迎え撃ちましょう」

と主張したので、ついに衆議は、関ヶ原で会戦ということに決まった。

三成は、本拠の佐和山城が徳川軍に蹂躙《じゅうりん》されることは、耐えられぬ気持ちだったのである。

それは、家康にとっては思う壺であった。

こうして、三成の娘婿の福原長堯《ながたか》以下七将七千五百余を留守部隊として大垣城に残し、主力部隊は十四日午後七時、ひそかに関ヶ原に向かった。石田隊を先頭

に、島津、小西、宇喜多の諸隊がこれにつづいた。

　全員が同士討ちを避けるため左肩先に角取紙をつけ、馬には枚《まい》をふくませ、松明をつけず、冷たい秋雨の降りしきる中を、栗原山に陣する長宗我部軍の篝火《かがりび》だけを目標に進んだ。道はぬかるみ、体は冷え、行軍は難渋をきわめた。

　三成は途中、一人で馬を走らせ、岡ヶ鼻で長束正家、安国寺恵瓊、松尾山のふもとで小早川秀秋の老臣平岡頼勝と会い、狼煙《のろし》を合図に東軍を挾み討ちにしようという作戦を打ち合わせた。

　石田隊が関ヶ原に着いたのは十五日午前一時ごろで、笹尾山に本陣をおき「大一大万大吉」の旗をひるがえした。島左近と蒲生郷舎がその前陣として二重の木柵をつくる作業を始めた。

　島津隊が着いたのは午前四時で、北国街道をはさんで石田隊の南側に陣し、さらにその南に小西隊、その南に宇喜多隊、大谷隊というふうに並び、大谷隊の前面に近江衆といわれる脇坂以下四将が布陣した。

　西軍の主力が大垣城を出て関ヶ原に向かった、という報告がもたらされたとき、家康は就寝中であったが、

「しめた!!」

とばかりに、褥《しとね》を蹴って起き上がり、五十九歳とは見えない敏捷さで身仕度をととのえると、ただちに関ヶ原に向かっての進撃を命令した。

全軍、午前三時に行動を開始「山か山か」を合い言葉に、二縦隊で中山道を進んだ。

夜来の雨は、いまだやまず、濃霧たちこめ、視界定まらぬなかを、午前五時ごろには関ヶ原に到着、丸山より関ヶ原西端にわたって兵を展開した。途中、東軍の福島隊の前隊の一部と、西軍宇喜多隊の輜重《しちょう》隊が重なり合い、双方、それと気付いて仰天するという場面もあった。

家康は桃配山に本陣をおき、黒田、細川、加藤、田中、筒井定次、松平忠吉、井伊隊は敵の石田、島津、小西隊の前面に、福島正則隊は宇喜多、大谷隊の前面に、織田有楽、古田重勝、金森長近、生駒一正、本田忠勝、藤堂、京極高知の諸隊は、それぞれ第二陣として、その背後に布陣した。

大垣と関ヶ原の距離は約十五キロ、しかも夜間のどしゃ降りの中のぬかるみに悩まされての行軍なので、西軍は六時間もかかり、不眠と疲労で、かなり弱っていた。

これに反し東軍は、赤坂と関ヶ原の距離は約五キロ、しかも足もとの確かな中山道の行軍なので二時間しかかかっておらず、そのうえ午前三時出発というので、それまでにぐっすりと眠っている。

西軍と東軍のあいだに、体力において、かなりのハンデのあったことは否めない。

ともかく、十五日午前六時の時点で、両軍は勢揃いして対陣した。

いよいよ、世紀の大決戦の始まりである。

二

雨はそのころには止んで、関ヶ原一帯は、霧の幕に閉ざされていた。

東軍に集まった大名は九十一、総石高九百二十万石、総兵力十万余、西軍の大名は百九、総石高九百二十七万石、総兵力十万八千。

明らかに西軍のほうが優勢である。

改めて、これだけの兵力を結集した三成の器量に敬意を表せざるを得ない。

三成の要請で動いたのでなく、秀吉の恩顧に報いるためだったと言う人もあろうが、それにしても、これだけの人数を集めた三成の才能は評価すべきであろう。


天下分けめといわれるこの決戦に、東軍を選ぶか西軍を選ぶかは、大名たちにとって大きな賭けであり、その選択には、一族や家臣とその家族の運命がかかっていた。現代でも松下にするか東芝にするかといった、取引先の選択に迷うケースは多いが、たとえ、その選択を誤っても、事業不振につながるだけである。

しかし、関ヶ原戦のような場合は、二者択一、中立は認められず、その選択の失敗は死にもつながるのである。

選択こそが戦国大名の運命の岐路であった。

西軍に属した大小名は、それを知っていて、三成の主導する西軍に身を投じたのである。

なお、関ヶ原における西軍の配置は実に絶妙で、東軍が、ひとりでに袋のネズミのような形に追いこまれるようになっていた。

明治時代に来日した、ドイツの武官メッケルが、この配置図をひと目みて、

「これでは、西軍の勝利に決まっている」

と言ったほどだ。

これを見ても、三成の謀将としての頭の良さがわかるというものだが、いかに軍勢の配置が巧妙にできていても、その軍勢がこちらの意図するように動いてくれなかったら、絵に描いたモチのようなもので、何の役にも立ちはしない。関ヶ原戦は、そのとおりになった。

戦いの幕は、雨が小止《こや》みになり、風が出て霧の晴れかかった午前八時ごろ、常に先鋒の家格を誇る井伊直政の突撃によって、切って落とされた。

直政は中山道沿いに西進して、福島隊の右翼付近まで出撃したところ、同隊の先陣可児才蔵《かにさいぞう》に、

「抜け駈けは許さぬ」

とさえぎられた。直政は、

「いや、軍監として敵状を偵察するのだ」

と偽って前進をやめず、そのまま宇喜多隊をめざして突きこんだ。

福島正則は、これを望見して、

「チッ、おくれてなろうか」

と八百人の銃隊に、中山道の南側から、宇喜多隊に向かって一斉射撃を命じた。

この銃声が、東軍の諸隊の攻撃開始の合図となった。

福島隊の右翼に連なる藤堂高虎、京極高知隊は、大谷吉継、戸田重政、木下頼継隊に攻めかかり、後にいた寺沢広高隊もこれにつづいた。

織田有楽、古田重勝ら七将の諸隊は小西行長隊に向かい、黒田長政、細川忠興、加藤嘉明、田中吉政、生駒一正らの諸隊は、石田勢の本隊に向かって攻めたてた。

宇喜多隊の前陣の部将明石掃部は、福島隊の攻撃を二度、三度はね返し、押し戻すほどだった。

これにくらべ小西行長隊は、寺沢隊の攻撃に最初は激しく戦ったが、前陣がくずれると、本隊も浮き足立って退き、寺沢隊は鉾先を転じて宇喜多隊の左翼に攻めかかった。

十万を呼号する西軍も、いま実際に戦っているのは、三万五千程度で、松尾山の小早川隊や山麓の赤座、脇坂、小川、朽木の諸隊、南宮山の吉川、毛利、安国寺、長束の諸隊は、しーんと静まり返って、動こうとしなかった。もっとも、南宮山では、山麓にいる吉川広家隊が動かないので、その上にいる諸隊は、動こうにも動きがとれぬというのが実情であった。

これに対し、東軍で実際に戦っている兵は約四万人であった。それも大半は豊臣恩顧の大名ばかりで、徳川譜代の大名といえば、軍監の井伊直政と本多平八郎、それに家康の四男松平忠吉ぐらいで、家康の直属の本隊は後方に位置していたという。

なんとも奇妙な合戦で、一種の代理戦争といえた。

ついでにいうなら、西軍三万七千、東軍四万が実際に戦ったというのは、これまでに伝わっている戦記によって書いたものである。

関ヶ原の現場へ行って見られたお方なら、誰でも考えられることだろうが、あの猫の額のように狭い、三キロ平方に過ぎないあの戦場で、合計八万人ばかりの人数が、どのようにして戦ったのだろうか、という疑問である。まるで、イモの子を洗うようで、肘《ひじ》と肘がぶっつかったのではないか、という気がしてならない。

島津義弘（維新）の軍勢も蒲生隊と小西隊の中間に位置しながら、少しも動かずにいた。前夜の軍議の席で、家康の本陣岡山の夜襲を提案して容《い》れられなかったときから、義弘は西軍の前途に見切りをつけていたのである。ただ、薩摩武士の面目にかけて、また三成に対する信義からも、裏切りや内通だけはしたくない、という気持ちを抱いていた。

三成から、たびたび、戦闘に参加するよう要請する使者を送ったが、義弘は取り合わない。

じっとしておれなくなった三成は、みずから馬を走らせ島津豊久の陣へ行き、督促したが、豊久は、

「今日のことは、各隊がめいめい力をつくすだけで、とても前後左右のことにかまってはおれぬ。勝敗は天運にまかせておりもす」

と、うそぶいているだけである。

三成がすごすごと本陣に帰ったところへ、島左近が右大腿部に貫通銃創を負っ

て倒れたとの報告がはいった。

「なに、左近が……」

三成は、立っている地面が、急に地の底に沈むような衝撃に打たれた。

時も時、折も折である。

三成の前衛として、蒲生郷舎とともに、黒田長政隊を相手に戦っていた島左近は、突出しすぎ、迂回してきた黒田隊の銃将菅六之助のひきいる鉄砲隊の一斉射撃を浴びたのである。

左近は傷つき、島隊は混乱におちいった。

案じているところへ、当の左近が従卒に抱きかかえられるようにして、柵内に戻ってきた。

「左近大丈夫か」

三成が走りよって声をかけると、左近は痛みをこらえながら、ひげ面を微笑《ほほえ》ませ、

「殿、大砲をお忘れあるな」

しぼり出すような声で言った。

「おう、そのこと、そのこと」

三成は笹尾山の中腹にすえた、五門の大砲の一斉射撃を命じた。

柵内に押し寄せていた敵勢は、阿鼻叫喚の大混乱におちいり、突出していた田中吉政隊は一町余も撃退された。宇喜多、大谷隊も善戦をつづけた。

正午ごろの時点では西軍のほうが押し気味で、一進一退、勝敗の帰趨《きすう》は判断できないような混戦状況になった。

こうなれば、戦場を見下ろす位置にある小早川秀秋軍一万五千が、山を駈け下りて東軍に味方するか、西軍に属するかが、勝敗を決するカギになると誰の眼にも見えた。

三成は懸命になって、松尾山へ南宮山へ使者を走らせて参軍を要請し、くりかえして合図の狼煙を上げさせた。

しかし、ちっとも反応がなかった。

家康も桃配山では戦況の把握はむつかしいと見て、関ヶ原駅まで本営を進め、松尾山の小早川陣営に、かねての約束どおり、東軍に寝返って西軍を攻撃せよとの命令の使者を出した。

それでも小早川秀秋は、依然として動こうとしなかった。

これは想像だが、秀秋は、東西両軍の配置を山上から観望して、ドイツのメッケルのように、

「これは西軍が勝つかも知れぬ」

と思ったのにちがいない。

それで、家康のたびたびの命令にも腰を上げなかったのである。

「ちっ、小伜めに図られたか」

家康は、焦ったときのいつもの癖で、血のにじむほど爪を噛んでいたが、ついに意を決し、鉄砲隊数十人に命じて松尾山に向かって一斉射撃を命じた。言うことをきかぬと、みな殺しだという威嚇である。

三成の場合は、戦闘参加の要請、家康の場合は命令であり、三成が狼煙で合図するだけだが、家康は鉄砲を射ちかけたのである。

要請と命令、狼煙と鉄砲——。

両者のあいだには、極端な差があった。

三成は西軍のまとめ役に過ぎず、家康は東軍の総大将であった。

三成が島左近のいうように秀頼を擁して出陣しているのであれば、秀頼の名によって命令を出せたかもしれない。それは、三成にとって、できない相談であった。

また、佐和山十九万四千石の城主と関八州二百五十万石の領主という三成と家康の貫禄の差が戦局を左右する肝心なときに、大きく物をいった。

小早川秀秋は、とうてい家康に楯《たて》つくことはできないと判断し、一万五千の軍勢に、西へ向かえとの采配を振った。

小早川勢は、なだれを打って山を駈けくだり、大谷隊の側面から攻めかかった。

大谷吉継も、秀秋の裏切りを、かねて予測していたので、藤堂隊と戦っていた余力を小早川隊に向け、懸命に戦い、反撃に転ずるほどの余力を見せた。

このとき、藤堂隊の兵数人が、赤旗をかかげて、これを打ち振った。すると、それまで、大谷隊の前面にあって傍観していた脇坂、朽木、小川、赤座の諸隊六千がいっせいに大谷隊の正面から攻めかかった。

吉継もこれは計算外だったので、周章狼狽し、善戦していた大谷隊も総くずれとなった。

大谷吉継旗下の松塚為広隊も、戸田重政隊とともに勇戦していたが、為広は、その乱戦の中で、秀秋の部将、横田半介と激闘の末、これを討ち取り、その首に添えて、

名のためにに捨てる命は惜しからじ
つひにとまらぬ浮世と思へば

という和歌一首を大谷吉継に送った。

これにこたえて、吉継も、

契りあらば六つの巷《ちまた》にしばし待て
おくれ先だつ事はありとも

という返歌を送った。

為広は、なおも十文字槍をふるって奮戦したが、ついに討死した。戸田重政も勇戦して討死した。

大谷隊も、ほとんど全員玉砕するまで戦った。

吉継は病身を竹輿に托して山林にはいり、そこで自刃した。親友三成のために

捨てた、四十三歳の命であった。

　このとき吉継の重臣湯浅五助と藤堂家の一門藤堂仁右衛門高利が槍を合わせ、敗れた五助の首をあげんとしたとき、五助が、

「しばらく待たれい、さきほど自害したわれらの主人大谷刑部さまの首を埋めたところを、貴公は見てしまった。貴公は高虎の甥だから存じておろうが、われらの主人は智略にすぐれておるが業病のため見苦しいご面相だ。だから面貌を包んでおられた。それを首実検の場に並べられることは、臣下として忍びがたい。武士は相見互いだ。おれの首に免じて、刑部様のご最期のことは貴公の胸に秘めてくれ」

　と頼んだ。仁右衛門は、

「承知した。武士の約束だ。決して口外はせぬ」

　と言い切って、五助の首をあげた。

　戦いが終わって、家康の床几場で首実検がおこなわれたとき、家康と藤堂高虎の前で仁右衛門が五助の首を実検に供すると、

「大谷吉継の首はどこにあるか。存じておるだろう」

と家康に問われた。仁右衛門は姿勢を改め、

「たしかに存じております。なれど、それは申し上げられませぬ。と申しますのは、五助がそれがしにむざむざと討たれたのは、その首を秘したいためでござりました。一槍突いたぐらいで、もろくもそれがしふぜいに討たれる五助ではござりませぬ。刑部どのの首級《しるし》を人目にかけまいとの五助の衷情から、自分の首をそれがしにさずけましてござる。それがしも、その約束で五助の首をあげました。この儀をもって、それがし、たとえ万石のお取り立てをこうむろうとも、五助を裏切るわけには参りませぬ」

家康は大きくうなずいた。彼も大谷吉継の業病のことをよく知っていた。

「高虎どのは、よい甥御《おいご》をもたれたのう」

といい、仁右衛門に褒美として、一筋の槍を与えた。

三

小早川秀秋の裏切りによって、西軍の士気は一挙に失われた。大谷隊の潰滅に

つづいて、小西隊、宇喜多隊も総くずれとなった。

それと反対に東軍は、小早川軍の裏切り実現によって勢いたち、後ろにいた家康直属の精鋭三万が前線に押し出してきた。

宇喜多秀家は、小早川金吾秀秋の裏切りに、

「おれは、金吾めと刺し違えて死ぬ」

といきまいたが、老臣明石掃部が諫めたので、わずかな近臣数騎にまもられて、伊吹山麓をめざして落ちて行った。

残っているのは、笹尾山の石田隊と島津隊だけとなった。

勇将島左近、蒲生郷舎、舞兵庫らの采配に、石田勢は黒田、田中、細川隊らを相手に血みどろになって戦った。

そこへ、大谷隊を屠って意気上がる藤堂、京極隊が横あいから、蒲生、舞の隊に攻めかかってきた。

それが、石田隊にとって、最後の戦闘となった。

『天元実記』に、

「石田治部少輔三成のことを、武道不得手であるかのように世人は評判している

が、それはまちがいである。三成は、ことのほか士を愛し、武道名誉の者をなにをさしおいても召し抱えた。関ヶ原における士の働き、死にざまは尋常でなかった」

という意味のことが書かれている。

笹尾山上に立って、三成が、血走った眼で見下す前で、石田勢は必死に抵抗して戦い、敵を押し返すこと七、八回におよんだ。

郷舎は島左近と並ぶ石田家の侍大将で、実名を横山喜内といい、近江蒲生郡横山村の出身で、蒲生氏郷に一万三千石で仕え、氏郷から蒲生の姓を与えられた勇将であった。

このとき、五十一歳であった。

三成が、郷舎隊の玉砕を暗然たる表情で見おろしているところへ、島左近が息を切らしながら登ってきて、

「殿、いかが遊ばしますか」

五十一歳の半白のひげ面に、緊迫した表情を浮かべてきいた。

最後まで、ここに踏みとどまって自刃するつもりか、それとも戦場から落ち延

びるつもりか、ということを、訊ねたわけである。

「わしは負けない。大坂へ戻って軍備をととのえ、再度、内府と戦う」

「いかにも殿らしい申されようじゃ」

左近はにっこりした。眼がぬれていた。三成の眼もぬれていた。

左近は、三成を逃がして、最後まで戦って討死する覚悟を定め、

「われと共に、死ぬ者はないか」

大声で叫ぶと、生き残っていた士卒百余人が、集まってきた。

「おう、みんな、戦場から去らずに、死んでくれるというか」

左近のひげ面が、涙にぬれた。

彼のこのときの軍装は、三尺ばかりの半月の立物を打った兜を頂き、桶革で菱綴溜塗の鎧をまとい、木綿浅黄の羽織を着こみ、縄帯を締めていたが、

「殿、さらばでござる」

三成に最後のあいさつをすると、太股にうけた鉄砲傷の痛みをこらえつつ、百余人の先頭になって、低い山を下っていった。

それを見送った三成は、

「左近が、ささえてくれている間に、落ちることにするか」

と、つぶやいたのち、大きなくしゃみをした。小柄な体に似ず、彼の大きなくしゃみは有名であった。

この切羽《せっぱ》つまったときにもかかわらず、あまりにも、そのくしゃみの大きさに、近習の磯野平三郎、渡辺甚平、塩野清助の三人は、おもわず、くすりと笑った。

自分の大きなくしゃみと、笑い声をきいた瞬間、三成はおこりが落ちたように、頭の中がすかっとなった。

昨日、家康が赤坂まで出撃してきたことを知っておどろいて以来、この事態にどう対処するか、味方の西軍をどのようにまとめてゆくか、小早川秀秋や吉川広家の離反をどのようにしてつなぎ止めるか、その全責任は自分一人にかかっていると考えて、思い悩み、焦慮していたことが、まるで嘘のように感じられた。肩の力が、急に抜けたようだった。

ついに家康に敗れた、という現実も他人事のように思えた。

急いで鎧や直垂を脱ぎ捨て百姓姿になると、

「さあ行こうか」

まるで物見遊山に出かけるように、近習たちに声をかけた三成は、前面の敵の京極高知隊を一撃で蹴散らし、長刀を振り回しながら斬り死にすべく、生駒一正隊に突入していった島左近の生死を確かめる間もなく、笹尾山の尾根伝いに、伊吹山を目ざして落ちていった。

島津義弘隊の前衛は、井伊直政隊と衝突して数百人の死傷者を出したが、本隊の五百余人は、なお戦場に残っていた。

石田、大谷、小西、宇喜多の諸隊みな潰滅し、後ろに伊吹の険あり、前には敵兵充満、という孤立状態となった。

六十六歳の老骨、島津義弘は、侍臣に筆紙を用意させ、

急ぐなよ、またいそぐなよ、世の中を
　定まるかぜの吹かぬ限りは

という辞世の一首をしたためると、馬上の人となった。これから、全員が家康に降伏するのでも、自害しようというのでもない。

決死の中央突破を試みようというのだ。

義弘の命令一下、馬印を折り、隊旗を捨て、全員、捨てがまり（防禦）の戦法に出た。

敵か味方か、わからぬ姿になって、敵中を行進しようという薩摩兵児《さつまへこ》らしい捨て身の戦法である。

東軍は、はじめ、この前進的撤退に気がつかなかった。

井伊隊の中を抜け、田中吉政隊と筒井定次隊の間を通り、福島隊の前を通って東へ進み、関ヶ原のはずれから南へ折れ、伊勢道の烏頭坂にかかったところで、馬上から四囲を観望していた監軍の井伊直政がそれと気がついた。

「あれは島津ぞ」

というなり、馬を走らせた。

側臣の岡本半介ら八騎が後を追い、本多忠勝、小早川秀秋の部隊が一団となって後につづいた。

義弘の甥、島津豊久は殿軍をひきうけ、追尾してくる東軍と戦って討死し、そのすきに義弘らは、近江路から伊賀路を抜けて河内国にはいり、田辺屋道与の支援で住吉の浦から乗船、無事に薩摩へ落ちのびることができた。

井伊直政が、島津隊の鉄砲の名手、柏木源蔵《げんぞう》に右肘を射たれたのは、この追撃の最中のことである。彼は翌月（十月）十日、三成亡き後の佐和山城主となるが、二年後の慶長七年二月、この鉄砲傷が原因で、四十二歳で病死することになる。

それはともかく、午前八時に始まった世紀の決戦は、午後二時過ぎの島津軍の中央突破で終結を迎え、家康は、いま床几場と呼ばれている松林の中で、首実検に余念がなかった。

四

九月十五日の関ヶ原戦が東軍の勝利と決まるや、家康は息つく間もなく当日夜、七里（二十八キロ）西にある、三成の本拠、佐和山城の攻撃を命じた。

攻城軍の中核は、皮肉にも当日、裏切り軍となった小早川秀秋以下、脇坂安治、朽木元綱、小川祐忠の各部隊で、それに田中吉政、宮部長熈隊が差し添えられた。このうち、脇坂、朽木、田中、宮部は三成と同じ近江の出身である。

裏切り軍は、おのれの忠誠心を家康に認めてもらおうと、口を揃えて参加を申し出たという。

当日、中央突破を敢行した島津義弘軍を追撃して肘《ひじ》に鉄砲傷をうけた井伊直政が総軍目付《そういくさめつけ》として監軍することとなり、当夜、早くも西一里の今須まで進んで宿営した。

十六日、攻城軍一万五千は佐和山付近に集結し、鳥居本で小早川、脇坂、朽木、小川は大手口、田中、宮部は水の手口というふうに部署を定めた。

監軍の井伊直政は佐和山より一里西の高宮の葛籠《つづら》に陣し、福島正則はさらにそれより二里西の愛知川に陣し、家康は佐和山の西北一里の平田山に床几をすえた。

佐和山に立てこもる城兵は二千八百。

本丸には総大将の三成の父石田正継、その下に岳父の宇田（多）下野守頼忠、子の頼重、大坂からの援軍赤松則英、長谷川守知ら、三の丸には三成の兄木工頭正澄（一成）、子の右近朝成、水の手口には老将河瀬織部、太鼓丸には小谷山田の出身山田上野が、それぞれ決死の覚悟で配置についていた。

攻撃は十七日早暁から開始された。

籠城軍の士気は意外に高く、小早川、脇坂らの軍は、家康の点数をかせぐのはこのときとばかり懸命に攻めかかるが、しばしば撃退され、水の手口（搦手口）を攻める田中軍も苦戦を強いられた。

勝負のつかないまま、陽が西に傾きはじめた。

平田山の本営で、気楽な気持ちで観戦していた家康は、ようやく焦りはじめた。

ここに釘づけになってしまえば、せっかくの関ヶ原での勝利が色褪《あ》せたものになり、過半手中にした天下の権も取り逃してしまう恐れなしとしない。

家康は船越五郎右衛門を使者として城中へ送り、その友人である石田正澄の属将津田清幽《きよふか》に会わせ、

「これ以上、無益な殺生は、やめにしようではないか」

と説いて、城将一人が責任を負って切腹すれば、無血開城を認めようと申し入れた。

清幽が石田正継、正澄父子に会って、家康の申し出を伝えると、

「では、わしが、しわ腹を切る」

という正継を制して正澄が切腹することに決まり、十八日、村越茂助直吉が検使として佐和山へ行くことになり、十七日夕方、いったん休戦となった。家康は平田山から、大手口の正面の擢針山に本営を移した。抗戦するなら、徹底的に叩くぞ、という意思表示である。

十八日朝、きょうこそ、二千余の城兵の命に代わって、いさぎよく切腹しようと、正澄が石田一族と別れの水盃を交わしているところへ、裏手の琵琶湖に面した水の手口から、突如として鯨波《とき》の声が起こり、

「田中吉政軍が攻めかかって参りました」

という伝令が、かけ登ってきた。

城内は大混乱におちいり、まともに持ち場につく者もいない状況に追いこまれた。

守将河瀬織部は討たれ、水の手口を突波した田中軍は本丸に迫ってきた。

正澄は必死の防戦につとめ、いったん山裾に撃退したが、このとき、小早川、

朽木軍が大手口から攻撃を開始し、たちまち太鼓丸に迫ってきた。

ここを守る福島次郎作は、大筒を放ち、弓や銃を一斉射撃して、なんどか敵をひるませたが、味方はすでに逃げ腰である。

まず城の鼻の出丸がつぶされた。

福島は太鼓丸の守将山田上野を通じて、本丸へ援兵を乞うた。しかるに、山田は、その直後、城から逃亡してしまった。

本丸から救援にかけつけていた赤松則英、長谷川守知の二将も途中から逃亡した。

このうち長谷川は、あろうことか、逃亡の際、大手口の城門を開いて小早川勢を迎え入れたのである。彼は石田正継の従弟という関係にありながら、あらかじめ大津城主京極高次としめし合わせていて、石田方に味方するふりをして佐和山に入城していたのであった。

彼のこの裏切りにより、大手口は破られた。

三の丸は背後から敵の大軍を受けることになり、大混乱となった。

正澄の長男朝成は、三の丸の守将であったが、万事休すとみるや、奥殿に入り、次のような辞世を残して切腹した。

げにさぞな西に心は急がる

かたぶく月もいまはいとはじ

大手にいた福島治郎作は、太鼓丸に退いてみて、守将山田上野が逃亡したことを知った。

彼は残兵を指揮し、曲輪内を走り回って戦い、その兵も少なくなったので、強弓を手にとり櫓の挾間からこれとおぼしき武装兵を狙い射た。太鼓丸へ迫る寄せ手は、あいついで倒された。あまりの見事さに、家康は使者を出して、福島を助命して召し抱えようとしたが、福島は拒絶した。矢種が尽きると、本丸へ退いた。

太鼓丸も法華丸も落ち、残るは本丸だけとなった。

石田正継、正澄父子、宇田頼忠らは、三成の妻綾や自分たちの妻子を刺し殺したのち、天守閣に火を放ち、それぞれ、いさぎよく切腹した。侍臣土田桃雲らが介錯した。多くの侍女たちは、近くの崖から身を投げて死んだ（そこは女郎谷と呼ばれた）。

三成の長男重家はこのとき大坂城にいたが、京都へ逃れ、妙心寺寿聖院にかくまわれ僧となった。

巷説では、家康は正澄が城外に出て切腹し開城するなら、石田一族と城兵二千を助命すると約束していた。しかるに連絡不十分だったため、田中吉政はそのことを知らず強行突撃し、小早川秀秋らも、それにつられて攻撃に転じたため、悲劇が起こったとしている。

しかし郷土史家中村達夫氏は、その著書『井伊軍志』において、家康と田中吉政の間に、暗黙のうちに、事前に了解があったとしている。助命、開城を決定することによって籠城兵の決死の気持ちをゆるませ、士気がたるんだところで一気に衝く、という家康の策謀だとしている。

佐和山落城のあとをしらべた徳川軍は、城中にいささかも金銀のたくわえのないことを知った。三成がこの一戦にすべてをかけていたことと、彼が身辺を清潔にする人物であったことを証明しているといえよう。

敗残

一

三成は、九月十五日の夜を伊吹山の東麓の樵小屋の中で過ごした。

前夜にまた降った雨も上がって、陽光がまぶしいような朝であった。

十四日夜は、大垣城から関ヶ原への転進で、ほとんど眠っていなかったし、十五日は、三成の生涯にとって〝最も長い一日〟であったので、薪の上にかぶせた莚の上に陣羽織を頭から被ったまま、横たわったとおもうと、前後不覚に眠ってしまった。

目覚めてみると、頭がはっきりして、体の疲れもとれ、生き返ったような気分であった。

敗残の落ち武者であるという気持ちはせず、亡き秀吉のお供をして、鷹狩りに出てきているような、ゆったりした気持ちであった。

「わしは、一度の敗戦ぐらいで、へこたれはせぬ。必ず大坂城に戻って、家康を相手にふたたび合戦を挑み、家康めに吠《ほ》え面《づら》をかかせてみせよう。大閤殿下の築かれた要害堅固な大坂城に籠《こも》れば、東軍百万を相手にして戦うも、恐れるものではないわ」

水にひたした乾飯をほおばりながら、三成が明るい声でいうと、近習の磯野平三郎、渡辺甚平、塩野清助の三人が、声を合わせたように、

「仰せのとおりにござります」

と答えた。

「わしを、もう一度大坂城へ戻らせるつもりなら、ここで別れて、わし一人にしてくれい」

「何と仰せられます」

こんども、三人同時に反問した。

「四人も一緒に歩けば、人目につく。この伊吹山を西へ越えれば、わしの領地、わがふるさとじゃ。どの森も、どの川も、わが庭と同然じゃ。どこにでも、ひそ

み隠れる自信がある。そのうち機を見て琵琶湖を渡り、堅田あたりに舟を着けて京都に入り、必ず大坂に戻ってみせる。安心せい」

「ならば、三人のうち一人だけでも、お供させて下さりませ」

「三人連れるも、一人連れるも同様じゃ。わしは、一人で行動したいと申しておる。天の助けか、ここに野良着が一枚ある。わしは、これを着て一人でゆく。お前たちも、人目を逃れて無事に逃げのびてくれい」

「では、どうあっても」

「くどいぞ、平三郎。わしを困らせるつもりか」

ここにおいて、三人とも、あきらめざるを得なかった。

小屋を出た四人は、別々の行動をとることになった。

三成は、伊吹山の麓にそって北へ進んだ。

別れた三人の近習には、船に乗って堅田へ渡り、京へ入って大坂へ出ると言ったが、それは万一のことを警戒したので、本心は陸路、琵琶湖の北を通って西江州に出、京を避けて丹波にはいり、能勢から摂津へはいるつもりであった。

しかし、三成は、もともと頑丈な体ではなかった。

近江の旧領地を通れば、かえって人目につくと思い、遠回りして金糞岳のふもとまで美濃国内の山地を歩き、鳥越峠をこえて近江路に入り、己高山の谷間を通って古橋村に出たときは、十八日の夕方で伊吹山の樵小屋に泊まったのを合わせると、三日三晩を山地で過ごしたことになる。

家康は、佐和山城攻めを開始した十七日に、近江出身の田中吉政に三成の逮捕を命じた。

吉政は、

「一村がかりで捕らえた場合は、その村の年貢を永久に免ずる。捕らえずに討ち果たした場合は、その者に黄金百枚を与える」

という懸賞付きの沙汰書を発し、もし隠《かく》まった場合は、その者ばかりでなく、家族、親類および一村の者を処刑する、という触れ書を、湖北三郡の村々へ回していた。

三成は、佐和山城の落ちたことも、そのような触れ書の回ったことも知らない。

古橋村にはいると、夜になるのを待ちかねて、法華寺の三珠院の門を叩いた。

同院は、この村にあった亡き母の実家の菩提寺である。

三成は、極度に疲労しているうえ、大垣城を出るときから下痢ぎみだったのが、乾飯と水ばかりという逃避行に悪化し、病人のように弱り果てていた。

住職の善蓬は、三成の顔を見て、日ごろ過分のお布施をもらい、「宗珍大禅定尼」と刻んだ彼の母の墓もあることとて、むげに断わりもできず、寺内に招じ入れ、いわれるままに韮粥《にらがゆ》を炊いてもてなした。しかし、その顔には、明らかに迷惑というよりも、恐怖の表情が、あらわに浮かび出ていた。

三成は、その表情を見て、早くもこのあたりに、自分の追捕の手がのびていることを知った。しかし、横になったきり、頭も上がらぬほど弱り果てているので、どうしようもなかった。

彼が法華寺に泊まったということは、三十戸ばかりの古橋村中に、翌日のうちに知れわたった。しかし、同村は、三年前に冷害に見舞われたとき、領主の三成に年貢を減免してもらったうえ、百俵の米を与えられるという恩恵をうけていた。そこで、だれ一人訴えようという者はなく、みんな息を殺して黙りこんでいた。

十九日の晩、村の名主の与次郎太夫が、法華寺を訪れて三成に会い、

「寺は人の出入りが多いので、万一のことがあると大変でござります。わたくしの屋敷におかくまいすればよろしいのですが、露顕すると、村中の迷惑になります。さいわい、わたくしの持ち山に岩窟がござります。ここでしばらくお隠れになって下さりませ」

「大津城主京極宰相が、長浜攻めの罪を大閤殿下から問われ、清滝寺を出て岩窟にひそんでおったことがあったな。佐和山城主も、法華寺を出て、岩窟にかくれるか……」

三成が自嘲的な微笑を浮かべたとき、

「その佐和山城でござりますが……」

と前置きして、与次郎太夫が、昨日（十八）佐和山城が徳川軍の攻撃で二日にして落城し、父の正継、兄の正澄、妻のお綾ら石田一族がことごとく自刃したことを語ってくれた。

大きな衝撃で、さすがの三成も、しばし口がきけなかった。

自分が山中を彷徨《ほうこう》しているあいだに、肉親たちが戦火に包まれたとは……。

思いもよらぬ出来事であった。

自分が、こんどの戦を起こさなかったら、肉親たちが、こんな悲惨なめにあうこともなかったのに――。

関ヶ原の戦場で、敵味方がぶっつかり、多くの死傷者が出て、流血の修羅場を描いたことを目撃しながら、さほどにも感じなかった〝この戦を起こしたのは自分だ〟という自責の念が、肉親を失ってみて、はじめてわが身を責めて、さいなんだ。

（わしが、立身出世の道を歩んだばかりに、石田村の名主として安穏な暮らしをしていた父や兄を、地獄の底に引きずりこんでしまった）

と考えると、申しわけなさに、胸も裂かれる思いであった。

打ち沈んでしまった三成を、同情にたえぬような眼で見つめていた与次郎太夫は、白い眉の下の、うるんだ眼をしばたたかせながら、

「それで、家康は田中兵部大輔さまに、近江の地理にくわしかろうというので、殿さまの追捕を命じたそうにござります」

「あの田兵《たひょう》がの……」

三成は、宮部継潤の若党から、家康の生誕地、岡崎城主にまで出世した田中吉政の、自分に会えば、いつも卑屈に頭ばかり下げていた顔を思い出して、唇を噛んだ。

「早う、お逃げ下さりませ。時世時節《ときよじせつ》を待てば、また花咲くときが参りましょう。田中さまは隣村に捜索隊の宿所をつくっておられるそうでござります」

隣村の持寺は、三成の領地ではなかった。

与次郎太夫にせきたてられて、三成は、いくぶん元気を取り戻した体を立ち上がらせ、

「わしは関ヶ原の戦いを利のために起こしたのではない。義のために起こしたのじゃ。一度の敗戦くらいで気を落とす三成ではない」

そう言い切ったとき、〝淀殿のために起こしたのではないか〟という声が、胸の中で聞こえたが、首を振って無理に打ち消した。

三成は、夜陰にまぎれ三珠院を出て、与次郎太夫に案内されて、裏山の畳二帖くらいの広さの岩窟にかくれることにした。

与次郎太夫の娘が、柴刈り姿で忍んできて、朝夕の食べ物や白湯を差し入れて

くれた。

しかし、それも二日しかつづかなかった。

与次郎太夫の娘婿の養子の与吉が、嫉妬の気持ちもあったのか、持寺村の捜索隊の宿所へ、恐れながらと訴え出たのである（これ以後、養子は信頼できないというので、養子を極端に嫌う風習が、昭和のこんにちまで湖北地方に残っている）。

二十一日朝、腹巻き、草摺姿の十数名の武者が、岩窟の前に立って、

「田中兵部大輔の家来でござる。お迎えに参りました」

大きな声を出した。

「早くも参ったか」

柿色帷子《かたびら》の樵夫姿の三成は、悪びれぬ態度で出てきて、用意された竹輿に乗った。

両手を縛るような、無礼な扱いはしなかった。

田中吉政は、関白秀次の家老をしていたとき、秀次のきげんを損じて浪人したことがある。

そのとき三成は、同じ湖北出身の宮部継潤に仕えていたことがある、というよ

しみで、秀吉の家臣に推せんしてくれた。

吉政は、その恩義を忘れなかったのである。

彼は持寺村から南へ一里の井ノ口村に駐屯していた。三成を護送してくると聞いて、途中まで出迎え、

「このたび数万の大軍をひきいて、天下分けめの戦をされたこと、武士として本懐でござろう。智謀すぐれた貴殿なればこそでござる」

と慰めの言葉をのべた。

「田兵《たひょう》、久しいのう。わしは、秀頼様のおんためにならぬ者を除いて、大閤殿下の海山のご高恩に報いようとしてはかったが、武運拙《つた》なくこの有様じゃ。しかし、わしは後悔はしておらぬ。すべては天運じゃ。これは、礼のつもりじゃ」

三成は、そういって、身につけていた切刃《きりば》貞宗と呼ばれる脇差を渡した。

しかし吉政は、井ノ口村の陣所に着いても、三成のために、衣服を改めるということはしなかった。家康に気を使ったのである。

三成は井ノ口村の田中吉政の陣所に三日間留め置かれて、病気養生をさせられ、二十四日、同所を出発して家康のもとに護送された。

井ノ口村からの道中は、小谷山のふもとを経て、平塚村の実宰院の前を通る。

三成は、竹輿から身を乗り出すようにして、杉木立に囲まれた実宰院を、なつかしげに見つめた。

昌安久見尼は、三成が初めてここを訪れた翌年の天正十三年（一五八五）に四十九歳で死んだので、すでにこの世にいないが、寺院のたたずまいは、十六年前ここを訪れたときと、少しも変わっていなかった。

三成は、寺の門をはいったとき、飛んできた手毬《てまり》を拾って、そのころまだ茶々姫と呼ばれていた淀殿に手渡した日のことを、昨日のことのように思い出していた。

彼女の紫色の小袖と、白いふくよかな顔に浮かべた微笑が、あざやかに瞼の裏に浮かんできた。

（あのとき、あのお方に初めて逢うたことが、わしの、こんにちの運命を招いたのだ）

と思ったが、後悔はなかった。

茶々の顔につづいて、それによく似た妻の綾の顔が瞼の裏に浮かんだ。

（わしは、彼女《あれ》を、しあわせにするどころか、戦火の中で死なせてしまった）

と思うと、苦い後悔が胸を嚙んだ。

沿道に立って見送る人たちは、つい十日までは、彼の領民であった。

それらの人たちは、いたましい眼で、十三カ条の掟や石田枡をつくって、自分たちに善政をしいてくれた、郷土出身の領主の、変わり果てた姿を見送った。

なかには、手を合わせて拝んでいる者もあった。三成は、それらの人たちの眼を見るだけで、自分に代わって、善政をほどこしてくれた亡き父や兄に心から感謝した。

二

三成の護送隊は途中、守山に一泊し、二十五日、西軍の包囲攻撃で半壊になっている京極の居城だった大津城に着いた。

家康は、十八日に佐和山を落城させたあと、二十日に大津城にはいっていたが、田中吉政が三成を連れてきたということをきくと、

「とりあえず、門前に畳一帖を敷いて、すわらせておけ」

と命じた。三成は、後ろ手に縛られて、門柱につながれた。

城門を出入りする、東軍に味方した豊臣家の遺臣たちに、すでに豊家は滅び、
徳川の天下になったことを誇示するためであった。

最初に通りかかったのは福島正則で、

「おのれは、無益の乱を起こし、いまのその有様は、なんじゃ。恥を知れ」

馬上から口汚く罵った。

黒田長政は、三成の姿を見ると、ゆっくり馬から下りて、そばへ寄り、

「不幸にも、このような姿になられて、さぞかしご無念でござろう」

と、いたわり、三成の汚れた衣服を見て、自分の羽織を脱いで、着せかけて立ち去った。

浅野幸長と細川忠興は、馬を並べて城門からはいってきたが、三成の姿を見て、

「討死も自害もせず、臆病者め」

と罵ると、声をあげて嘲笑した。

三成は、きっと顔を上げて、

「討死をよしとするのは、羽武者のいうことじゃ。大将は、なんとかして逃れて、再起をはかるものじゃ。この三成も、臆病で逃げたのではない。大坂へ落ちのびて、いま一合戦を試みたいと思うたに、かような不運なことになって是非もない。おのれらは、武将の作法を知らぬとみえる」

と言って冷たく笑った。

藤堂高虎は、わざわざ馬から下りてきて、

「貴殿とは、たびたび友軍として、共に戦って参った。このたびは貴殿と対戦したわけじゃが、貴軍はなかなか強く、さすがにと存じた。ついては、貴殿がごらんになった、わが藤堂軍について、何かご教示頂ければありがたいが……」

「さればでござる。貴殿の鉄砲組は、卒ばかりでござるが、石以上の者をお加えになったほうが、よろしかろうと存ずる」

「まことに、ありがたいご指摘、心してうけたまわってござる」

高虎はペコリと頭を下げた。

石以上とは知行取りの侍、卒とは足軽、雑とは雑兵のことだ。十分に射撃を練習した侍のほうが、命中率が高く、無駄玉が少ないぞ、と注意したわけである。

高虎は、さっそく三成に注意されたように編成替えをしたという。いかにも合理主義、実利主義に徹した高虎らしい。

かの小早川秀秋は、怖いもの見たさに似た心理から、細川忠興の止めるのもきかず、門の外まで出てきた。

三成は、秀秋の姿を見ると、目を怒らせ、

「おのれの二心あるを知らざったは、三成の不覚であった。大閤殿下のご恩を忘れ、義を捨てて約束を違《たが》え、裏切りしたおのれは、武将として恥ずかしくはないか」

と、はげしく罵倒した。

秀秋は何も答えず、赤面して去った。

夕方になって、家康は、三成の縛めを解き広縁に上げて引見した。

「治部少、心境やいかに」

「すべては天運、ことと次第によっては、それがしが貴殿の席に、貴殿がこの席に坐っておるやも知れませせぬな」

堂々たる態度で答えた。

家康は、そのあと、三成を本多正信の息子の正純に預けた。

正純は、三成に食膳を供し、

「秀頼様はまだ年若く、事の是非もお知りにはならぬ。貴殿は秀頼様のために太平の道を講じねばならぬに、よしなき戦を起こして、かかる姿になるとは、あさましいことでござるまいか」

と皮肉った。

三成は軽く微笑して、

「世のさまを見るに、徳川殿を打ちほろぼさなければ、豊臣家のためにならずと考え、宇喜多秀家、毛利輝元をはじめ同心なき者を無理に誘って戦を起こした三成でござる。ところが、いざ合戦となって、二心ある輩《やから》が裏切ったため、勝つべき戦に敗けたのは、まことに口惜《くちお》しいことでござる。拙者の負けたのも天命でござる」

と答えた。正純は、さらに追いかけて、

「智将は人情をはかり、時勢を知ると申すが、諸将が同心しないのも知らず、軽々しく兵を起こし、戦に敗れても自害もせず、からめ捕られたとは、貴公にも似合わないことでござるな」

と言うと、三成は憤然として、

「おぬしは武略を露ほども知らぬ。大将の道を語っても、耳には入るまい」

と答え、以後、黙然として、何をいっても口を開かなかった。

小西行長は九月十九日、伊吹山の東、糟賀部村で捕らえられた。

安国寺恵瓊は二十三日京都で捕らえられた。

宇喜多秀家は、薩摩まで逃れ、島津家の庇護のもとに暮らしていたが、慶長十年に伏見へ出てきた。島津家久の口ききで死一等を減ぜられ、息子の秀隆とともに八丈島へ流され、妻の実家の前田家の仕送りで在島五十八年八十四歳まで長命して明暦元年（一六五五）に死んだ。

家康も秀忠も家光も死んで家綱の時代だった。

長束正家は南宮山に陣取っていたが、ふもとにいる吉川広家軍が動かないので、動きたくも動けず、心ならずも観戦していた。

西軍潰滅とわかったので、居城の水口城へ逃げ帰るべく、伊勢道へ出て、揖斐川沿いに南下の途中、長島城から三成方の桑名城主氏家行広攻めに北上中の山岡道阿弥軍と遭遇した。

「おのれ、伏見城の恨み、思い知れ」

とばかりに、道阿弥以下三百七十余名の甲賀忍者集団は、火の玉となって襲いかかり、三千余名の長束軍が、さんざんに打ち破られ、百余名の死体を残して敗走した。

正家らが帰ってみると、水口城は甲賀者に占拠され、妻は城を出て大池寺で自殺していた。

正家兄弟は、蒲生郡中之郷まで落ちのび、旧家の中西孫左衛門方にはいったが、ひと息つく間もなく、家康の命令で後を追ってきた池田備前守長吉と亀井武蔵守茲政の軍勢が、家の周囲を取り巻いた。

池田、亀井両将がはいってくると、

「大閤殿下に大蔵大輔として勘定をもって仕えたそれがしが、誤算をいたしてこの始末でござる、お笑い下され」

自嘲の笑いを頬に刻み、正家兄弟は従容として型どおりの切腹をして果てた。

三成、小西行長、安国寺恵瓊の三人は、二十六日、大津から大坂へ移された。

大坂の宿舎で、三人の衣服があまりにも汚れているので、家康は小袖を一襲《かさね》ずつ与えた。

三成は使番の村越茂助に、この小袖は誰からのものであるかときいた。茂助が、

「上様からの賜物《たまわりもの》でござる」

と答えると、三成は顔色を変え、

「上様とは、秀頼公のほかにはおわさぬ、内府はおのれの主人に過ぎぬ、殿様といえ」

と叱りつけた。あくまでも、秀吉の五奉行の筆頭であるという態度と気位《きぐらい》をくずさなかった。

三人は、それぞれ首にかねをはめられたうえ、檻車に乗せられ、家康の家臣柴田左近、格平重長に護衛されて、大坂および堺の町を引き回され、それが終わると、京都へ送られ、所司代奥平信昌に引き渡された。

十月一日が処刑の日であった。

京都所司代奥平信昌は、三人を一人ずつ一台の車にのせ、信昌の堀川出水の邸を出て、一条の辻、室町通りをへて寺町にはいり、洛中を引き回した。

途中、三成は、しきりに咽喉の渇《かわ》きをうったえた。警固の者が、あたりを探したが、あいにく白湯がなかった。そこで持ち合わせている干柿を与えようとすると、三成は、

「それは痰《たん》の毒になるから食べない」

と拒否した。警吏が笑って、

「間もなく首をはねられるお方が、毒を断つのは、おかしいではござらぬか」

と言うと、三成は、冷笑を浮かべ、

「おぬしのような者には、わかるまいが、大義を思う者は首をはねられる瞬間まで、命を大切にするものだ。それは、何とかして本望を達しようと思うからじゃ」

と答えた。

刑場の六条河原に着いた。

十五年前、三成が処刑奉行となって、秀次の側妾やその子たち三十余人の首を斬った三条河原とは十町と離れてはいない。

七条道場の遊行上人が引導を渡そうとすると、三成は、

「その必要はござらぬ」

と拒否し、従容として土壇場の前に坐った。

首斬り役人の刀が、彼の首と胴を別々にした瞬間、三成は眼の底に、明るい紫色がとびこんでくるのを感じた。

それは、湖北の実宰院で見た、茶々姫の小袖の色だったのである。

三人の首は、水口城外で切腹した長束正家の首とともに三条橋畔に懸けられた。

三

家康は二十七日に大坂城にはいり、秀頼に会見した。

淀殿は、秀頼のそばにひかえていて、家康の態度が三カ月前、上杉討伐に出か

けるためあいさつにきたときとくらべ、格別に尊大になっているのを感じた。

「上杉討伐の大命を拝して出立いたしましたが、途中にて逆徒が蜂起いたしましたので、関ヶ原において討ち破り帰城いたしました。どうか、ご安心下さりますよう」

安心というところに、とくに力を入れて、家康はあいさつした。

三成をはじめ、自分に敵対するものは討ち果たしますが、あなたたち母子は、おとなしくしておれば、危害を加えるつもりはない。三成が秀頼の名を借りて、諸将に呼びかけて挙兵したことも、秀頼が幼少で何も知らなかったことにして不問にするから、安心しておれという意味だと淀殿は解釈した。

（一度のいくさに勝ったくらいで、行く先どうなるか、わかったものではない。いまに見ておいで、この子が成人したら……）

胸の中で反発しながら、なにげないふうにきいてみた。

「石田治部少や小西行長、安国寺恵瓊はどうなりますか」

「三人は捕らえてあります。明後日、大坂の街を引き回し、来月一日に京の六条河原で斬首し、首は三条の橋に曝《さら》します。世間をさわがせた者の、当然の報いと存じます」

家康は平然たる表情で答え、小さな丸い目で、淀殿の目を見すえて、かすかに微笑した。まさかのときは、あなた方も、同じ運命になりますよ、とその目は語っていた。

淀殿は、背筋に氷を当てられたように、冷やりとなった。

家康は、末席にひかえている片桐市正且元《いちのかみかつもと》に目を転じると、

「市正どの、そこもとが当家の家老になられよ」

ずばりといってのけた。

家康は秀吉から政治の後見人になるようにいわれていた。家康が秀頼母子の前で且元に家老になれと言い渡したことは、家康がそういうことまで命令する資格をもっていることを公式に認めさせたことであるとともに、それは秀吉の命令の代行だという意味をふくんでいた。

律義者の且元は、大任を仰せつかった感激に目を輝かせていたが、家康が退席し、秀頼が奥へ去り、淀殿だけが後に残ったのを見すますと、上段の間のすぐ下まで進み出て、

「恐れながら、申し上げます」

「なんじゃ、改まって」

「内府（家康）さまの仰せには、豊臣、徳川両家の万代の契《ちぎ》りを結ぶため、お袋《ふくろ》（淀殿）さまを、奥方に迎えたいと……」

「且元!!」

みなまでいわせず、淀殿のかん高い声が、且元の頭上に天下《あまくだ》った。

「……それが、豊臣家の家老を仰せつかったそなたの最初の言葉か。わらわは、大閤殿下の遺児《わすれがたみ》、秀頼公の生母なるぞ。豊臣家の大忠臣の治部少どのにも、肌身を許したことのないわらわに、治部少をほろぼした家康に身をまかせよといやるか。恥知らず、顔も見とうない。下がりゃ」

「これは、どうも……」

淀殿が家康の奥方になれば、秀頼の安全は絶対に保証されると考え、家康に頼まれたままのことを取り継いだ且元であったが、彼女の怒りの烈しさに、どぎまぎしながら、あわてて退出していった。

（治部少どの、私のために、命を投げ出して戦ってくれたそなたに、私は、心の

操を立て通してみせますぞ）

淀殿は、いまは囚《とら》われの身の三成に思いをはせて、瞼を閉じて、心の中で呼びかけた。

瞼の裏の三成の顔が、にこやかに笑いかけてきた。

その笑顔は、十六年前、湖北の実宰院の境内で手毬を拾って渡してくれたときの、三成の笑顔と少しも変わっていなかった。

＊

これから十五年後の元和元年五月、淀殿は秀頼とともに燃える大坂城内で自刃した。

織田と浅井の血を継いだ子に天下を取らせたいという淀殿の悲願を、彼女に代わって達成してくれたのは、徳川秀忠に嫁いで、三代将軍家光を産んだ妹の於とくであった。

参考文献

今井林太郎『石田三成』吉川弘文館
安藤英男『石田三成』新人物往来社
『大名列伝（武功篇）』人物往来社
司馬遼太郎『関ヶ原』新潮社
海音寺潮五郎『石田三成』文藝春秋社
渡辺世祐『稿本・石田三成』雄山閣

この作品は、一九八九年五月にＰＨＰ研究所より刊行された文庫版『石田三成』を改版し、再編集したものである。

著者紹介

徳永真一郎（とくなが　しんいちろう）

大正３年香川県生まれ。昭和14年毎日新聞社に入社。鳥取支局長、大津支局長、大阪本社学生新聞部長を歴任するかたわら、歴史小説を中心に数々の作品を生み出す。昭和46年びわ湖放送常務取締役に就任、49年退社。日本文芸家協会、日本ペンクラブ会員、滋賀文学会長。平成13年逝去。

著書に『影の人・藤堂高虎』（毎日新聞社）、『家康・十六武将』『明智光秀』『賤ケ岳　七本槍』『滝川一益』（以上、PHP文庫）、『三好長慶』『島津義弘』『黒田長政』（以上、人物文庫）など多数がある。

ＰＨＰ文庫　新装版　石田三成　「義」に生きた智将

2017年３月15日　第１版第１刷

著　者　徳　永　真　一　郎
発行者　岡　修　平
発行所　株式会社ＰＨＰ研究所
東京本部　〒135-8137　江東区豊洲5-6-52
文庫出版部　☎03-3520-9617（編集）
普及一部　☎03-3520-9630（販売）
京都本部　〒601-8411　京都市南区西九条北ノ内町11
PHP INTERFACE　http://www.php.co.jp/
組　版　朝日メディアインターナショナル株式会社
印刷所
製本所　図書印刷株式会社

ISBN978-4-569-76702-4